# 敬业

# THE EXTRA MILE

## HOW TO ENGAGE YOUR PEOPLE TO WIN

# 从优秀到卓越的公司精神

英国政府高级顾问 戴维·麦克劳德

伯恩茅斯大学卡斯商学院院长 克里斯·布雷迪 著

姜法奎　曹金凤　译

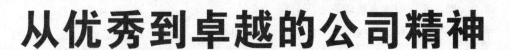

中国市场出版社
China Market Press

图书在版编目（CIP）数据

敬业：从优秀到卓越的公司精神/(英)麦克劳德,(英)布雷迪著；姜法奎，曹金凤译.
—北京：中国市场出版社，2009.8
ISBN 978-7-5092-0575-4

Ⅰ.敬... Ⅱ.①麦... ②布... ③姜... ④曹... Ⅲ.企业—职工—职业道德 Ⅳ.F272.92

中国版本图书馆 CIP 数据核字（2009）第 106903 号

书　　名：敬业——从优秀到卓越的公司精神

著　　者：戴维·麦克劳德　克里斯·布雷迪

译　　者：姜法奎　曹金凤

责任编辑：郭　佳

出版发行：中国市场出版社

地　　址：北京市西城区月坛北小街 2 号院 3 号楼（100837）

电　　话：编辑部（010）68033692　　读者服务部（010）68022950

　　　　　发行部（010）68021338　　68020340　　68053489

　　　　　68024335　　68033577　　68033539

经　　销：新华书店

印　　刷：北京中达兴雅印刷有限公司

开　　本：787×1092 毫米　　1/16　　16 印张　　228 千字

版　　次：2009 年 9 月第 1 版

印　　次：2009 年 9 月第 1 次印刷

书　　号：ISBN 978-7-5092-0575-4

定　　价：48.00 元

# 敬业

## 从优秀到卓越的公司精神

**敬业**

从优秀到卓越的公司精神

# 序

## 只有敬业才能成就卓越

我们一起工作了四年，探索敬业这个问题。本书获益于朱利安·鲍威(Julian Powe) 20 年来在帮助企业改造过程中所积累的既有深度又有广度的经验，还有来自卡斯商学院（Cass）和韬睿（Tower Perrin）咨询公司的研究团队的共同努力。我们搜集了所有的已出版文献材料。这本书是对来自 3300 万的受访者进行调研之后的实践总结。我们希望探索敬业与绩效之间的联系，并将其运用到更广阔的社会环境之中。在整个调研分析的过程中，我们发现了令人信服的事实，那就是敬业预示着企业的绩效，敬业成就卓越。

我们组织相关方面的专家，如商学院研究敬业课题的教师、帮助企业实施敬业活动的顾问以及领导企业的敬业先锋，与他们共同探讨，同时发挥来自不同领域专家的特长：欧普公司（OPP）培训与国际部的主任白塔西·肯达尔（Betsy Kendall）用其深刻的洞察力分析了思维偏好；艾安·多兹（Ian Dodds）在多种领域建立了顾问服务公司；毕奥斯公司（BIOSS）的吉丽安·斯达姆（Gillian Stamp）对组织活动的重要性有深入的理解；R&J 有限公司的鲍勃·简斯（Bob Janes）为我们研究思维类型，并为少数几种类型命名。我们还与英国和国际同事亲密合作，比如与我们交谈甚广的罗格·迈特兰（Roger Maitland）以及来自 ISR 团队成员，他们已在敬业领域研究了 20 余年。敬业作为一个新课题，今后我们将通过一系列的研讨会对其进行检验，并分享其研究成果。

与来自各种各样商业部门领导人的 50 多次深度访谈，使我们受益匪浅。目的就是不断把在真实世界里灌输敬业思想的人们那里听到的和看到的与我们的研究成果进行比较。希望本书不仅仅是一本学术著作，而且能对企业领导或未来的企业领导有实际指导意义，这才是我们贯穿于写作始终的初衷。

我们从始至终竭尽全力要回答的问题是：你的组织如何能找到目标和方法、如何才能领先一步。所有的研究成果均显示敬业是一个涉及面广且相当复杂的领域。敬业建立在信任、尊重和自信等理念的基础之上。坐而论道容易，要在工作场所真正让员工高度敬业却绝非易事。此外，敬业还对管理态度有很高的要求，它不能被随便移植到一个基本结构松散、交流不畅的组织。敬业可以纠正并影响组织成员的日常行为。考虑到以上种种原因，我们认为敬业并非是立竿见影的解决方法。只有夯实基础、竭尽全力才能见成效。

今天，敬业常常是个被随意传播的时髦词汇，如何才能使人敬业却很少有人做深入的了解。如果你在山脚下抬头寻找灯光闪烁不定的灯塔，就想知道如何爬到山顶，这是很难做到的。敬业之路必须建在坚实的路基之上，这个路基就是组织的英明战略和坚强领导，当然该路还要有使敬业成功的要素支撑。因此，我们按上述思路设想了本书的结构。本书不仅提供了经过系统调研总结出的敬业理论和方法，而且还要引导你沿着这条路径走下去，直达目的地。

第 1 部分，研究敬业的重要性，并清楚解释其日渐重要的原因。我们采用统计分析的方法，分析敬业的动因、概念并对其进行分类。

第 2 部分，分析在形成敬业基础的过程中领导应该做什么及其所起的关键作用，领导者能做什么才会确保敬业成功。

第 3 部分，剖析敬业的七大要素：阐述组织建立敬业水平的具体领域。

我们希望这是一本具有实用价值的书。万事开头难，我们在您星期一早晨踏上敬业之路之前，就为您准备好了适合您和您的组织的合理可行建议。

希望它能够激发您的思想，而不仅仅给您苛刻的工作程序。

最重要的是，我们希望本书把敬业从时髦的词汇真正转变成现实的行动。敬业是通向成功的路径：它让您知道为什么以及怎样才能实现敬业。

——戴维·麦克劳德 davidtmacleod@aol.com

克里斯·布雷迪 cbrady@bournemouth.ac.uk

在为重振多乐士油漆品牌的一次经历中，我第一次感受到敬业的力量。尽管当时并没有敬业这一说法，然而却让我认识到企业里每一个人都积极参与新产品和新观念创造性活动的情景（包括获得巨大成功的多乐士白漆）是多么令人兴奋和激动的事情。我所在的工业研究部门业务范围从英国到欧洲，再到全球，我对这个现象的观察从未停止过。我逐渐注意到激发员工的创造力和活力，让员工相信组织的目标是能实现的，员工的巨大潜力将会被挖掘出来，因此，一个组织员工的敬业水平将成为其成功与否的预测器。

我被调到英国内阁办公室工作的时候，又对此产生了共鸣。作为常务秘书和首席执行官论坛的几届主席，我更加相信有一种共同的语言、共同的方式与任何经济部门都有关联，即组织的绩效就是建立在此基础之上的。

有了上述的信念，我就决定改变职业生涯，集中精力来探究它。如果我总结的观察结果，能创造出一种更富有成效和更加满意的工作生活，使员工和公司都受益，那将证明我所做的事情是有价值的。

在这次旅行中，我为自己找了一个拥有共同信念的伙伴：伯恩茅斯大学卡斯商学院的副院长克里斯·布雷迪（Chris Brady）。

——戴维·麦克劳德

我非常幸运，能有机会在多样化的工作情景中观察实际的敬业行为，观察的范围从体育界到商界和学术界。在我担任商学院院长和波恩茅斯大学管理学教授之前，我曾经是一个业余足球运动员、一个合格的欧洲足联"A"证教练，达到半专业的高级管理水平。16年的海军生涯，我的生命和生活一直处于动荡不安之中。作为底特律克莱斯勒汽车公司的流水线工人、城市里的索赔办事员、奥登斯勘测公司（Ordnance Survey）的土地测绘员、制靴厂的经理，我的这些经历都见证了一线员工的敬业精神对企业绩效起着至关重要的作用。

作为亨利·明茨伯格（Henry Mintzberg）理论的信奉者，按照他的建议，我用自己的亲身经历和在写这本书过程中搜集的大量数据进行实证研究。值得庆幸的是，最终我们的研究结果得到证实，同时证明了我的经验都是真实可信的。

——克里斯·布雷迪

**敬业**

从优秀到卓越的公司精神

# 前 言

## 敬业是一种理念，
## 更是一种行为

## 为什么被敬业所困扰？

你是一位领导者，你使出浑身解数规划组织战略。你进行市场调研，评估竞争者，和最优秀的战略思想家保持联系。你选择了一条熟悉的道路，它将给你带来竞争优势。你有清晰的组织前进方向，并且为其光明前途激动不已。现在，你就付诸行动吧。

你热情满怀地与你的员工一起分享你的睿智，描绘新方向的益处，诠释其对于不同区域的重要意义，员工们认同你，愿和你一起奋斗。你踌躇满志地开始了组织的新征程，领导团队向前挺进。三个月过后，当你正充满信心地前进，转身回顾队伍里的其他成员时，你却发现没有一个追随者，或许他们离你很远，但这跟没有人追随你又有何区别呢。

### 他们在哪里？

答案是，他们不同意你的计划，依旧按部就班地做着以前的事情，并尽力不去妨碍你。很可能他们也认为你的观念是正确的，也为有个人能够把组织带到另一个崭新的领域而激动。问题是他们并没有意识到这个人就是他们自己，所以也就不会诉诸行动。因为他们没有受到应有的尊重。

当你的员工工作时，他们会考虑做这个工作的意义还是只是为工作而工作？他们会想方设法去解决一大早遇到的工作难题，还是想草草收场，才上班就盼着下班，好做自己真正感兴趣的事情？他们是考虑组织的业务，还是仅仅为了工资？他们因自己是公司的一员而骄傲吗？他们会理解组织的发展和经营方向吗？他们尊敬他们的老板、上司和同事，还是把这些人看成了躲不开的恶魔？他们为兑现承诺而尽心尽力工作了吗？他们是否凡事得过且过，不努力工作呢？

如果你是一个管理人员，一定会对上述答案感兴趣。而你之所以感兴趣既不是因为你想让你的办公室成为一个愉悦的场所，也不是因为你希望你的员工很快混过郁闷的周一，而是因为敬业的水平预示着公司的利润大小。尊重你的员工是企业获胜的关键。

因此关注员工敬业不是一个"软"问题，书中的事实证明敬业确是"硬"问题。本书的题目不是偶然为之：它强调敬业是成功的手段，而不是目的，其传递的信息就是你应该象关注你的产品和战略一样关注员工敬业问题。

**敬业是成功的手段。**

## 战略角色

注意：对战略问题我们应尽量关注，而不是过分关注。员工的素质和待遇并不能拯救糟糕的经营模式和过时的产品，因此理智的战略仍然至关重要。值得一提的是，合理的发展战略已经不再像过去那样神秘，我们知道我们需要做什么，同时我们的竞争对手也早晚会知道的。市场竞争日渐向有执行力的一方倾斜，这意味着谁的组织敬业度高，谁就会赢得胜利。

英国联合博姿的首席执行官理查德·贝克（Richard Baker）一再强调执行的重要性：

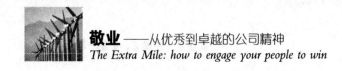

> "成功就是10%的战略和90%的执行。所谓执行就是组织中所有的人都要积极参与、全身心投入。董事会的英明决策如果未得到车间、工厂和销售区员工的理解和支持，董事会再怎么强调执行也无济于事。"

一个领导人若想在组织内提高敬业度，就必须先从外部经营环境着手。从马莎百货公司（Marks & Spencer）到辛克莱的C5产品（Sinclair C5），世界上无数失败的例子无不是因为没深入了解外部环境或者市场情况，就是固执地无视它们存在的结果。

在关注内部敬业之前，组织领导人如果对外部环境没有足够重视，员工敬业必然会失败的。更糟糕的是，如果以牺牲组织战略发展的代价来关注人的问题，最终也会使员工敬业一步一步走向失败。在本书中我们看到，如果员工对决策者的战略充满信心，那么员工的工作热情就会被大大激发，他们对组织就会有一种可靠、安全和希望感。马莎百货公司的所有员工除了管理层外都认为该公司的股票是不稳定的。几乎没有人认为C5产品会赢得市场份额。人们很难向跟现实明显冲突的政策妥协。所以，敬业的成功取决于企业领导对外部环境的深入了解和有切实可行的组织战略。

# 领先一步

理智的组织战略是敬业成功的先决条件。假如您制订了组织核心战略计划，本书下面将要谈到：有了切实可行的组织战略，下一步要认真考虑的问题是在征途中如何带领员工，让员工与你一起同舟共济，如何让每一位员工不怕吃苦、不怕吃亏、多想多做一点点，靠这种敬业精神推动组织朝目的地前进。

我们不讨论员工的幸福感，而是探讨如何挖掘其潜能。卓越的企业并不仅仅是有形的工厂或者建筑物，而是员工所投入努力的总合。我们必须把员工当成人看，他们有感情、有理性、有事业心，要充分发挥他们的才能。员工成长，组织才成长。本书所提及的理论和实例并不复杂，容易读懂。领导人和管理者声称他们变"复杂"了，他们都成了职业领导人和管理者了。事实并非如此。他们所作所为无非就是用复杂化、战略化、以基于分析和证据的方法告诉员工干什么，而不是鼓励员工从要我干到我要干。

我们研究成果表明，上述方式并不是建立一个成功的、持久的和富有活力的企业的最好方法。20世纪80年代，很多公司拥有的都是股东导向的经营理念，但现在这些公司在哪里？我们不要指望采用那些折中的政策、时髦的口号或是休假就让你的公司"人性化"。员工需要的是工作有吸引力和对他们个人的理解。他们以为组织工作而自豪，他们关心组织的生存和发展，领导者的工作就是扫清阻止员工工作热情的一切障碍。

**员工需要有吸引力的工作。**

敬业不是神奇的魔杖，它应该是一种贯穿组织上下的管理理念。如果每一个组织成员都愿意为组织多奉献一点点，那么一定会积少成多，组织就一定会从优秀到卓越。

# 为什么要敬业

## 从优秀到卓越的公司精神

**THE EXTRA MILE**

HOW TO ENGAGE YOUR PEOPLE TO WIN

　　为了实现敬业，首先，必须理解敬业的含义是什么，并且确信敬业在取得高绩效的过程中起的重要作用。在第 1 部分，我们要给敬业下一个准确定义，搞清与之相关的研究内容，明确企业在这方面如何做。更为重要的是，我们要探究敬业在商业环境中，尤其是在今天这个瞬息万变的社会里对组织为什么会如此重要。

敬业

从优秀到卓越的公司精神

*1*

## 什么是敬业？

*What is engagement?*

　　什么是敬业？简单的定义就是：组织成员把自己的时间、脑力和精力超额投入到工作中的意愿。敬业的员工有把工作做得最好的愿望和承诺。他们不但热情洋溢、精力充沛地完成本职工作，而且还在提高质量、降低成本和客户服务上下工夫。他们给团队带来新的点子，用他们的敬业精神鼓舞其他团队成员，极少寻找跳槽的机会。他们相信组织的使命，用自己的行动和态度来实现组织的宏伟目标。

　　敬业能够挖掘员工的潜力，提高劳动生产率，这在生活中屡见不鲜。我们要问一问，企业的推销员有没有尽心尽力让顾客相信他的产品，生产部门的管理人员是否千方百计想法使产品质量得到提高和改善，员工个人是不是密切关注企业的发展，企业的管理制度是鼓励建设性和创造性的工作还是不管工作好坏搞平均主义？

　　告诫：不能简单地把员工敬业度与员工的幸福感混为一谈。本书的宗旨并不是给你提供让企业员工更快乐的方法，而是要把他们变成有效的执行者。大卫·瓦尼（David Varney），我们采访的对象之一，最近被任命为（Gordon Brown）戈敦·布朗的特别顾问，戈敦·布朗曾经是英国天然气公司 MM02 的董事会主席、壳牌石油公司的董事。大卫·瓦尼曾说：

　　"当然,我们一直都相信幸福的团队会更有效率的神话。我们也知道一些团队满足于自身的幸福而怠慢了客户,所以我认为不能说团队幸福就会高效。"

　　提升员工敬业度的目的不仅仅是建立一个愉快的工作场所,而是要提高公司的整体绩效、效率和适应力。事实上,单纯的满足感也许是敬业的大敌。1993—2000 年度阿斯特拉捷利康 (AstraZaneca) 公司的首席执行官大卫·巴尼斯爵士 (Sir David Barnes) 认为企业并不需要十全十美的制度,只要组织和员工个人有发展的空间就会做得更好。敬业并不完全是让员工有更好的感觉,而是企业运转良好的一个工具。

　　要利用企业这一常被人们容易遗忘的特性,组织有它自身优势。通常,组织员工实际上也有信守承诺的良好愿望。塔维斯托克研究所 (Tavistock Institute) 的主席和英国外交与英联邦办公室通讯部负责人罗肯·胡德森 (Lucian Hudson),几乎把敬业度看做是一个能量单位:

　　"尽善尽美做好工作,这个概念的含义很简单,人们从工作中获得巨大的喜悦、满足感和动力这是最根本的能量单位。"

　　大卫·欧蒙德爵士 (Sir David Omand) 是英国安全和情报部 (内阁办公室) 协调员和前英国政府通信总部 (GCHQ) 的常任秘书,他也持有类似的观点,他说:

　　"小组管理的本质是激发每个人都有的必须努力工作、只有工作做好才会被人尊重这个与生俱来的愿望。他们都希望被认为是集体中最棒的。你能激励他们。"

　　联合博姿公司 (Alliance Boots) 的理查德·贝克 (Richard Baker) 明确指出:

　　"在博姿有 10 万个有才智的员工希望公司成功。"

事实上，即使员工在工作场所不被赞赏，感到不满意和未受到尊重，他们也可以在其他的地方得到满足。看过本书的人都知道，有这样一类员工，他们每天按时上班，管理人员要他们做什么他们就做什么，出色地做了大量分内的工作，下午 5 点 30 分下班。回家后，他们组织管理优秀的青年足球队，参加丰富多彩的社区项目，做一些既精彩又有创造性的业余活动。他们也会由此受到尊重，不过，很明显，这不是从工作带来的满足。如果我们能够让他们把这些创造力、精力和灵感应用到工作中，那么可以想象，那将给公司创造多大的价值啊。

一位受访者描述呼叫中心的一位顾问的例子证实了上述观点。她工作时作一个决策的报酬上限是 25 英镑。除了当公司顾问，她也是地方法官，其当法官作出的决定对人的一生都有重大影响，所以 25 英镑的上限报酬并不能激励她把身心全部投入到呼叫中心。

不管员工在外面从事什么活动，总之他们都是做自己喜欢的事情。事实上，在英国人们为寻求富有挑战性的工作已被认为是吸引人才的第四大要素。员工希望他们是为一个值得拼命、会成功的公司作出实实在在的贡献。阿斯特拉捷利康公司的大卫·巴尼斯爵士用潜能这个词来阐述自己的观点：

> "我认为很多员工的潜能远远超过他们在体制内允许发挥的程度。这有点像被储存的能量，你怎样才能让他们自觉地充分释放这些能量呢？"

从这些评论中可以看出，在伟大的公司，员工不仅希望有工作做，还希望管理层把自己的潜能释放出来。如果他们的潜能得到充分释放，那么他们的工作就会得到认可，他们也会有成就感。他们的工作是以奖励和惩罚的形式而得到认可的。做得好的会受到奖励，做不好的会受到惩罚，但不管结果是什么，组织都要鼓励和促使员工尽最大的努力为其工作。

## 敬业对组织意味着什么？

所有这些对于组织中个人很有意义，但是雇主为什么还要为加强员工敬业精神而努力呢？员工已聘用在组织工作，但是如果迁就他们、随他们的意，这似乎有些奢侈了。还是要有一个底线。在下一章我们会详尽讨论这个问题。首先，对于那些中型或者大公司来说，人力

> **不管结果是什么，组织都要鼓励和促使员工尽最大的努力去工作。**

资源是其最重要资产，目前许多公司对人力资源开发和利用远远不够。在英国只有12%的劳动力高度敬业[1]，他们为组织贡献的绩效是实实在在的利润（这将在第2章详细介绍）。研究结果表明敬业精神和员工的去留有极大关系，三分之二的高度敬业的员工没有离职的计划。联合博姿公司的理查德·贝克以商店为例来理解这个问题：

> "在一个激励有效、员工士气旺的商店，其商品销售的前景看好，员工缺勤率就低，因此即使是单调乏味的工作，员工也干得很有效率。"

苏格兰的皇家银行（RBS）非常重视员工敬业问题，其人力资源部的主任尼尔·罗登（Neil Roden）证实，他们不把敬业看做一个"软"问题，而当作管理的一项至关重要的职能：

> "当我们在英国谈论员工敬业时，我想，通常我们总会认为它是空洞的模式化的思想，是'软'问题。我认为，这是一种掩盖我们的工作场所使人不舒服这一事实的一种心理战术。而美国人在谈论这件事的时候显得很轻松，我要对大卫好，不是因为我想和他好，而是因为如果我对他好，他就会给我带来10%的额外回报，10%的额外回报对我而言相当于5000美元，因此要是我给他500

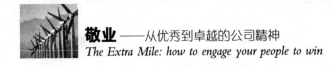
> 美元，换来 5000 美元，对于我来说这笔交易太划算了。有时候，许多人就是看不透这一点。"

我们并不提倡罗登（Roden）描述的美国化的方式，但敬业确实与组织的绩效密切相关。

在美国，SAS 研究所是世界最大的私人软件公司，是软件市场上的领导者。30 年来 SAS 研究所营业额每年都是以两位数的速度在增长，目前其年营业额超过 10 亿美元。它的成功一方面取决于该公司持续不断对研发的投入，另一方面其创始人吉姆·古奈特（Jim Goodnight）"把工作场所变成一个吸引人的地方"的管理理念也功不可没。美国《财富》杂志曾经把 SAS 研究所比作美国工人的乌托邦，例如，其现场医疗保健服务每年为公司节省 500 万美元的费用，使人员流失率低于 4%，远远小于该行业 15% 的标准，仅此一项就为公司节省了 5000 万美元的人员招募和其他相关开支的费用。

敬业不仅影响到组织对员工吸引力和员工的去留，而且还影响到产出的质量。亚当·克罗齐尔（Adam Crozier）2003 年 2 月成为整顿中的英国皇家邮政公司的首席执行官。当时，英国公众都认为这个每天损失 150 万英镑的国有公司必死无疑。但是三年来，该公司的平均利润每天达 220 万英镑，十年来，其优先邮件的准时投递率一直都保持在 92.8%，信件丢失率减少了一半。很清楚，英国邮政现代化的进程并未结束，而且正取得丰硕的成果。克罗齐尔认为，生产率不仅与效率有关，而且与员工奉献精神有密切联系。克罗齐尔发起了标题为"说出你想说的"的匿名调查问卷活动。这些活动覆盖了传统观念认为喜爱工作场所，一线管理人员设身处地为员工着想的"软"环境领域。部门与部门之间活动的效果好坏可通过部门的产出大小来衡量。克罗齐尔发现以"硬"标准衡量的表现最佳的团队和在"软"环境中表现最佳的团队之间存在必然的联系。

**生产率不仅与效率有关，而且与员工奉献精神有密切联系。**

上述现象我们在实践中也注意到了。上个世纪 80

年代中期，大卫当时是多乐士 (Dulux) 的营销经理 (英国化学工业公司)，那时该公司的主打品牌亮白油漆在受到不用生产者品牌而用经销商品牌的低价漆打压下，失去了市场份额，销售队伍的士气也由此而低落。

该公司营销主管要用一种新方式改变亮白油漆销售不佳的命运，即重新设计包装或者在人们常活动的地方开展一场新的广告战。这些方法都很容易，但是未必会成功。大卫非常敬业，想为组织多作贡献，他深知该公司营销主管这个决策的重要性，希望能在这个问题提出建议以回报公司对自己的信任。他想用一种更有创造性和更加全面的思维方法来做这个项目。他把自己周围的人组成一个团队，向每一个部门和人员搜集有益的信息：技术问题找研发部门、色彩问题请教色彩顾问，向有创意的广告公司请教，还向重要客户及国际同行征求意见。

这个过程很复杂，一开始就不顺，自然也会有很多相互冲突的意见。事实上，来自国际合作伙伴的一条小小的信息：美国一家公司已对米色油漆系列产品成功地开展了营销活动。这就是一个重要的突破。得知该信息并建议采用三种天然白色的色彩专家对这一进展也起了巨大作用。此外，公司销售人员建议在油漆包装上打上明显的标志，广告部门进一步推广了这一概念。

回顾过去，现在已明显进步：那时，当产品销量低时，多种系列产品的生产成本就是个令人担忧的问题。一些经销商以货架上没有空间为由不愿进货；生产商拒绝学习生产油漆所需要的新技术，亮白油漆的产销都成了问题。

但后来，结果出人意料：才做了第一次促销，特种油漆的订单就从开始每家商店只要三四桶到最后大批量订购了。生产车间从原来一周五个工作日调整到一周五天每天 24 小时开工，到最后为了保证供应，一周由原来工作五天改为七天，每天仍然 24 小时开工。公司的经营状况大为好转并成了该行业成功的典范。

员工敬业使亮白油漆在市场上大获成功：所有人都为此付出了额外的努力，也得到了丰厚的回报。

同样，对于兼并和收购资本运作的企业来说，关注敬业问题对于企业兼并和收购的成功也是至关重要的。近年来，企业兼并和收购后财务状况大大改善。在最近并购周期中，进行并购公司的交易额达 4 亿多美元，占市场交易额的 7% 以上。相反，与 1988 年和 1998 年并购的初期在同一个时点进行类似交易的、根据股票市场表现的公司，其在金融市场的交易额不到的 6.4%（1988 年）和 2.5%（1998 年）[2]。

并购成功的一个关键因素就是对公司的人员整合问题给予更大的关注。不得不承认，协议签订后，整合中公司各个层次的员工敬业度和忠诚度对并购成功运作有着直接的影响，且转换成并购财务成功的重要驱动力。

企业并购团队在并购的困难阶段和并购初期面临的首先是人力资源问题，通过关注敬业这个亟待解决的事情，就能更为成功地识别关键人才和解决文化融合问题。反过来这些行动又能迅速有效地使公司在落实并购协议的过程中实施人才战略。

事实上，2004 年的一份有关购并的调查结果表明[3]，并购的成功与早期公司人力资源的参与密切相关，特别是当并购初期已提出的关键问题诸如选举高层领导团队和建立有效的领导机制等执行问题，且还扩展到广泛的人力资源整合如新公司的企业文化开发与员工的凝聚力有关的问题时，这种关系就更为明显。

## 敬业不是一时的狂热。

很清楚，敬业不是一时的狂热，也不是一种时尚。凭本能我们知道敬业员工的绩效优于那些推一下动一下的人。我们可用大量数据来佐证这个观点。让员工敬业并不是奢侈的事，不要把它搁置一边。因为它是一笔巨大投资，敬业对公司的成功和生存无比重要。埃瑞克·皮考克（Eric Peacock）是英国首席执行官学会主席和贝登希尔公司（Baydon Hill PLC）总裁，他认为：

> "这是个大问题。市场充满投资和渗透的机会。发展的最大障碍就是人才管理议程。得到人才，就要留住人才，这样会令你的敬业议程见成效并与众不同。"

英国超市运营商塞因斯伯里思（Sainsbury's）的首席执行官加斯丁·金，也强调：

> "我的公司有 14 万人，敬业是我关注的头号问题。在一个大企业如果没有敬业的员工，公司的业务都难得开展啊。"

1998—2002 年度史密斯产业的部门总经理，现任国家行政学院的首席执行官大卫·斯本瑟（David Spencer）认为：

> "敬业与那些不用跟顾客直接打交道的公司也息息相关，所有的工厂都一样：生产线在运转，原材料从一端进去，产成品从另一端就出来了。但是也有一些工厂，他们的成员满怀企业家的激情投入工作，他们想用更精干、更快捷和更有效的方式生产出更优质、无缺陷的产品。却有一些工厂，你进去时会发现，它们的员工对什么都不在乎，结果，草草生产出来的东西都是垃圾。"

## 我们如何弄明白敬业的含义呢？

在某种程度上，可用人的本能来说明这一问题：很多采访对象都强调管理人员要多到公司走动走动，多跟一线员工接触，这样，就会很快感受到组织的敬业氛围。前英国安全情报部协调员大卫·欧蒙德爵士说"只要到一个工厂或者企业十分钟，你就会知道这个企业是否运转良好"。高层管理人员和一般员工的眼神和身体语言就是公司士气的晴雨表。与公司员工进行坦诚的对话，问从一线到中层管理人员的每一个人有关公司的相同问题，看一看来自同一阶层的答案是否相同。基于你所了解的情况、组织成员的人品表现和沟通的反馈速度，经验能够帮助你判断员工敬业度的高低。英国电信监管机构欧弗克姆（Ofcom）的主席，前卡斯商学院院长劳德·大卫库里(Lord David Currie) 认为："从公司会议上参会人员之间相互如何交谈，你多少会感受到他们的敬业精神。你会深刻体会到组织成员的活力、敬业精神、奉献精神以及对实现组织使命而奋斗的信念。"然后，他又警告说：

> "在要进行本能测试和严格分析的组织里，或许会出现差错。人的本能是会出错的，一定要注意：你接触的人所提供的信息很可能与现实不符。"

除此以外，无论组织运营业务规模是大是小，你都不可能亲自走遍公司的每一个部门、每一个角落。因此你必须谨慎地作出决断。你可能认为自己在做一件有意义的事情，但是我们的研究结果可能是一个与之不同的结论。如果组织的员工中仅有12%被认为是高度敬业的，有可能你访问的是敬业度低的88%的员工。除了根据本能进行判断，还有一些你该仔细检查的具体、可度量的敬业定义。

在对全世界100多万人调查后，可从以下九个相关的因素为敬业度进行度量[4]。敬业的员工：

- 知道怎样工作才能为公司的成功作出贡献；
- 知道怎样把自己在公司的角色与公司的目标和发展方向保持一致；
- 满怀激情为公司的成功助一臂之力；
- 关注公司的发展前景；
- 愿意付出额外的努力；
- 在工作中有成就感；
- 愿意推荐朋友到自己公司工作，宣传自己公司是工作的好地方；
- 相信公司会激发他们尽心尽力做好工作；
- 以在公司工作而自豪。

为写作目的的需要，我们把这九个因素以结盟和敬业为基础进行分类。

# 结盟

> "我认为，结盟这个因素至关重要，如果人们不团结，组织和个人都永无出头之日。"
>
> ——彼得·厄斯金 (Peter Erskine)
>
> 欧洲西班牙电信 $O_2$ 公共有限公司主席和首席执行官

上述关于敬业的两个说法形成了结盟的基础。扼要地说，结盟就是员工清楚地知道他们的工作是什么和为什么他们的工作如此重要。结盟对于真正的员工敬业至关重要——如果在组织中没有结盟关系，员工保持长久的敬业精神几乎是不可能的。但是，有时候我们也会看到全面的组织结盟和个人的敬业会产生紧张关系。

结盟由什么东西构成的？结盟的员工知道他们如何工作才能为公司全面的成功作出贡献。重要的是，这种认识应以公司的实际战略决策为基础。认识到工作重要性以及为什么工作如此重要，这是敬业的基石。结盟会在各种不同的工作、在组织的各个层次产生作用。组织成员必须清楚公司每天都期待他们完成什么，真正地理解公司的决策会使他们受益匪浅（为什么要问并且回答这个问题）。理解公司的战略意图对员工日常决策水平的提高有益。只有知道了该做什么，结盟才会起作用。

结盟的员工知道怎样把自己工作与组织的所有目标和发展方向联系起来。员工必须在更广阔的公司环境中，既在职能层面又在战略层面了解自己的工作。2006 年前英国国防航空巨头罗尔斯洛伊斯公司（Rolls-Royce）的总裁科林·格林（Colin Green）说："若要你的士兵取得胜利，必须要让他们相信参战的正义性。"当然，这是一个战略要务。如果高层管理人员已决定投资的战略重点是南非，如果管理人员还企图在亚洲投产，没有比这浪费精力更糟糕的事了。世界上最大的广告商 WPP 公司的首席执行官马丁·索瑞尔（Martin

> **如果你组织中的每个人都与你结为同盟，那么你就将拥有整个世界。**

Sorrell）扼要地阐述了这一观点："如果你问我什么是最大的问题，那就是与员工结盟，如果你组织中的每个人都与你结为同盟，那么你就拥有整个世界。你不能允许员工反对组织的战略。"所以，员工对公司目标和发展方向有深入理解，对员工敬业的合理性就是支持。日本人用"Wa"指代结盟，我们可把"Wa"不太严谨地译为"和谐"。

在结盟过程中最重要的因素就是有效的交流。信佳策划管理有限公司（SERCO）的首席执行官凯文·比斯顿（Kevin Beeston）说：

> "只有自己知道组织的战略是没有意义的。要把组织战略用员工能接受的方式明确地表达出来。只有员工真正了解组织的精神特质以及在战略实施过程中自己所扮演的角色，你才会成功。事情就是这么简单。"

或者从更基本的层面说，就是和员工交流他们工作的重要性。如国家行政学院（BSG）的大卫·斯本瑟所说的：

> "我认为组织与员工结盟是管理的智慧之光，例如，在一家飞机制造厂，与员工结盟就是要他们知道他们正在生产的是飞机的每一个零件及其重要性。尽管员工可以把飞机的输油管装好，但他们没有实际看到该输油管对整个飞机所起的作用，要他们把一架波音飞机或者一架战斗机跟自己的具体工作联系到一起是非常困难的。当他们突然意识到他们组装的是一个至关重要的零件，没有它，整个事情就会失败，他们才会尽心尽力把工作做好。因此如果你让生产线上的员工除自己的那一部分工作之外什么都不知道，员工的奉献精神和参与度就不会高。"

想要有效地交流，公司的中心目标必须清晰、易于沟通并能实现。英国埃森哲（Accenture）咨询公司前领导人，现任内阁办公室交流部的头儿艾安·华特茂（Ian Watmore）认为：

> "你必须有清晰的愿景，既要能简明扼要地表述出来，又要赋予其深刻的道理。太复杂的东西很难引起员工的共鸣，而太简单的听起来又过于肤浅，所以要深入浅出才好。"

然而，简明并不意味着过分简单化。管理理念必须简明扼要地交流，才能使其要传递的信息易于理解。曾任英国第 10 战略室（NO 10 Strategy Unit）的头儿，现任杨氏基金会（Young Foundation）领导人的格夫·马尔干（Geoff Mulgan）说："领导工作就是把复杂的问题简单化。"联合博姿公司的理查德·贝克说："你需要分清事情的现象和本质。"英国皇家邮政公司的亚当·克罗齐尔对整个组织有效沟通的重要性坚信不疑：

> "公司从上到下保持绝对透明是非常重要的……你要员工做什么、希望他们怎样做一定要清晰地讲出来。因为每个人都想知道自己在公司中上司期待自己成为什么样的角色以及在组织中起什么样的作用。以我的经验来看，绝大多数人都想知道他们的公司正在向哪个方向前进。"

真正了解公司前进的方向是员工敬业的关键因素。通过让员工了解组织宏伟蓝图，使他们感受到工作的成就，激发起他们的工作兴趣，组织员工的努力才有意义。员工积极寻找有决策能力的领导人和影响决策的机会。一定要意识到，这是一个双向过程。从雇主的观点看，只有员工有总揽全局的洞察力，他们才有能力作出独立的、与组织战略不冲突的决策，公司才会越做越强。戴安内·汤普森（Dianne Thompson）几年来在卡梅洛特公司（Camelot）经受了各种各样媒体猛烈攻击，他解释道：

> "我希望我们组织中那些敬业的员工相信我们前进的方向和我 ▶

们正在做的努力是正确的。这样他们就能经受来自外界的任何打击。在我看来，销售第一，敬业第二。"

结盟至关重要。近年来，英国的公司已经成功地把注意力转向这一领域。在我们有关此课题的问卷调查中，84%的调查对象把结盟看做第一要素。因此，我们将验证上述说法，结盟是敬业的先决条件而不是与之无关的题目。我们必须不断地为结盟努力，但是实现了结盟也只是迈向真正员工敬业的第一步。

## 敬业

如果结盟能确保员工知道该做什么，那么敬业就是员工自己要把该做的事做好。结盟与敬业息息相关，前者是理性的行动，后者则是感性占上风。

> "要找到一种方式，让员工关注他们所做的工作，他们做的，也是我们要求的。因为在公司里最糟糕的情形莫过于员工说'我真的一点都不在乎公司的那些事情'。如果你能够让员工都关注公司的事，那么你就有了95%的成功把握。记住：让员工关注他们所做的，即使是一些极普通的事情，你也要让他们发自内心地关注。"
>
> ——亚当·克罗齐尔
> 英国皇家邮政公司的首席执行官

对员工的激励与让他们理解敬业是同时进行的。从基于理性的敬业和从感情上敬业的区别开始变得模糊。感性敬业是指员工把公司的成功等同于个人的成功，他们受到鼓舞、得到重视，有兴趣把整个身心投入到组织的工作之中。敬业受许许多多变量的影响。员工能否把个人的成功与公司的成功联系在一起，取决于个人如何评价成功。在某种程度上，成功可以用金钱来衡量，但成功衡量标准也可能包含了更多无形的因素比如非金钱的奖励、心理上的满足或者是对其工作成绩的认可。然而，如果员工只是对工作本身感兴趣，而未与组织建立情感上的联系，结果将是很难想象的。相反，也有这样一种可能（尽管这种可能很小），那就是员工虽然没有被他履行的工作任务所鼓舞，仍然对公司有极大的忠诚度。

在上述定义敬业的其余七个要素里，我们看到这些陈述是这样变化的：先是对公司的忠诚（我很自豪地告诉别人我在这儿工作，并且愿意为朋友推荐这个工作的好地方），然后是激励（我愿意为公司付出额外的努力，我要为公司成功而奋斗），最后是鼓舞。在研究定义敬业的问题中，对所有感性敬业课题最好的总结是："我的公司激励我尽力把工作做得最好。"值得注意的是这个重要表述包含了有关敬业的方方面面。但在调查中，有40%调查对象同意我们的看法，不到50%则认为这是对结盟最好的总结。需要强调，尽管大多数员工能够很好地意识到公司期待他们做什么和为什么做，但是很明显，还是有不到50%的员工按照自己的定义理解问题，他们觉得自己在工作中没有竭尽全力。也正是基于这种理由，本书在强调理性结盟的同时，更多的注意力还是放在了敬业这个专题上。

## 敬业和结盟

事实上，在撰写写本书的过程中我们要全力解决的一件事就是"敬业"和"结盟"之间的关系问题。敬业是感性的、结盟是理性的吗？如果认为敬业是理性的，就没必要谈论结盟了吗？真理是不受上述专业词汇限制的。很明显，在公司和员工之间、在领导者和被领导者以及在管理者和被管理者之间的关系中都既有理性的成分又有感性的成分。这种关系发生组织的各个层次，且对所有层次都同等重要。本章前面的部分已经解释了理性和感性的基本构成。下面，我们要解释为什么让员工敬业的同时，结盟也不可少。为保证讨论的进行，我们假设，谈到结盟时我们倾向于理性，而在提及敬业时，我们倾向于感性。

为回答这一问题，我们在图 1.1 中画了四个方格模型。该图阐明了结盟和敬业在现实生活所起的重要作用。

## 书挡

　　通常，敬业度低和结盟度也低的公司管理上毫无章法、一片混乱，又无效率。要么是它们已占领了一个市场利基，有了安全感就认为不考虑工作方法都可以生存了（在这种情况下，或许某一天他们就会发现自己虚弱得不堪一击），要么是它们已经出局，却全然不知。在这样公司工作的员工就会发现他们就像是书挡一样：静止而被动地待在那里维持着公司生存。这些栖居在办公室的工作人员就是大卫·波尔乔弗（David Bolchover）在《活死人》中描述的真实写照[5]。

## 罐装的士兵

　　通过为其指明方向提高"书挡"的结盟层次，将会改善他们的市场竞技状态。不提高"书挡"的结盟层次，他们是得不到创新力的。这样的公司就

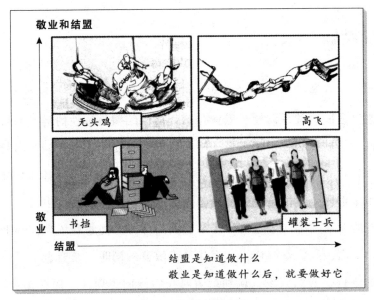

**图 1.1　敬业和结盟**

像是由罐装的士兵构成的组织，一切都摆放得整整齐齐，但是没有前进的动力。好好想想那些程序统领绩效的公共部门吧，这是最糟糕的例子。

## 无头鸡

相反，员工高度敬业但结盟度低的公司情况也会变得一团糟。没有战略目标，组织成员发生矛盾和冲突时，员工的努力只会产生破坏性的后果。在这样组织工作的人就像无头鸡。高度敬业的公司如果未实现结盟，它的力量将一天天被内耗掉，最终将导致失败，不可能持续发展。现在，看看才高八斗的能人却不与团队合作也不敬业的例子——英国曼联的克里斯蒂亚诺·罗纳尔多 (Cristiano Ronaldo) 个人非常优秀，却不善与人合作。有趣的是，当罗纳尔多与球队别的成员积极配合的时候，球队就取得骄人成绩。

> **公司如果未实现结盟，就不会可持续发展。**

研究结果表明，公司在实现员工结盟方面远比在员工敬业上做得多。调查数据显示，支持结盟的人数是支持敬业的人数的两倍。

## 高飞

只有员工在理智和感情上都作出承诺时才称得上是高度敬业，只有如此，敬业才能发挥最大作用。想想危机发生时急救队的表现。每个组织成员都竭尽全力工作，他们各就各位，每一个人为着同一个明确的、压倒一切的目标——挽救生命而努力。

然而，人们不得不认识到这样一个潜在的悖论，那就是实现结盟偶尔会意味着强迫人们去做他们应该做的而不是想做的事情。管理人员的工作就是处理好这种矛盾，不仅让敬业个人不感到痛苦（或只是在短期内），而且组织混乱状态也不发生。卡恩（Kahn）(1990)[6] 的研究表明，员工对组织的参与度天生就是矛盾的。他们不断在敬业与不敬业之间徘徊，以期在组织内有自我表达的空间和起到应有作用之间找到一个最佳平衡点。因此雇主的第一个挑战是通过设计工作和改善环境以使员工把主要精力投到组织的需要上来。

道理很简单，不要忽视任何影响敬业的要素。你的员工要清楚做什么还要清楚他们要做的这件事的结果。正如我们前面描述的，这道菜肴的各种原料以及各种原料的比例都必须仔细量度，提供给组织的是精确量度的平衡物。可能我们大多数人都意识到了平衡的重要性，下一个问题就是，我们提供这个平衡物了吗？

## 注释

[1] 韬睿咨询公司. 欧洲人才调查, 2004.

[2] 韬睿咨询公司. 并购的优缺点, 2007.

[3] 韬睿咨询公司. 探索并购的价值, 2004.

[4] 韬睿咨询公司. 全球劳动力研究, 2005.

[5] 大卫·波瓦尔. 活死人[M]. 顶点出版社, 2005.

[6] 卡恩, W.A.. 个人敬业与非敬业的心理状态[J]. 管理学, 1990(33):692-724.

敬业

从优秀到卓越的公司精神

## 我们做得如何？这重要吗？

*How are we doing and does it matter?*

简要回答是：情况比我们想象的还糟。英国特许管理学院（Chartered Management Institute）和英国贸易工业部（DTI）的一项研究项目显示，有三分之二的企业负责人认为他们的组织成员有成就感、干劲十足，但是只有三分之一的中层管理人员同意这个观点。48%的企业负责人认为组织领导人能与员工打成一片，想员工之所想，只有21%的中层管理人员同意这个观点。你的公司做得怎么样？统计结果显示，做得好的可能性不大。

从20世纪90年代的初期开始，韬瑞（Towers Perrin）咨询公司就一直在研究分析员工的工作态度和这种态度对雇主财务业绩的影响。目前该公司的研究课题将会为提高敬业水平提供有价值、发人深省的建议。

由对北美35000人进行的一对一的问卷调查结果构成的《2003年人才报告[1]》对这个人力资源新的、开发不足的研究领域很感兴趣，很快又在2004年以独特的采访的方式，对欧洲超过15000名员工进行了同样调查。2005年该人才报告对员工敬业又进行了更雄心勃勃的研究，这个研究项目是目前世界上关于员工敬业最大的专题调查[2]。同时还将在16个国家作符合下述两个问题的调查：

● 全球员工敬业度如何？

● 在这些处于领导全球市场上驱动员工敬业的因素是什么？

## 英国敬业的驱动力

敬业的员工就是愿意而且有能力为公司的成功作出贡献的人。敬业从某种程度上说，就是员工以时间、脑力和精力的形式把额外的努力全部投入到工作之中。仅有12%的英国工人认为自己是高度敬业的（见图2.1）。尽管这个数字较低，却高于欧洲国家调查的平均值。

重要的是，英国有65%的员工敬业度中等，23%的员工表现得很不敬业。因此组织有大量的机会来激励众多、工作态度中等的员工。即使高度敬业的员工所占比例不高，公司也是有能力改变这些员工的态度的。

图2.2标明了各种问题的数据。任何公司都能使用这些问题和标准答案。如读者对这些研究方法论感兴趣可以参阅附录B。图2.2显示了英国员工按照重要程度排列的敬业驱动力图表，在英国高层管理人员对员工福利的关注度被认为是最重要的敬业驱动力。

每个驱动力都对应着相应的调查结果，显示公司对每个要素实际做得

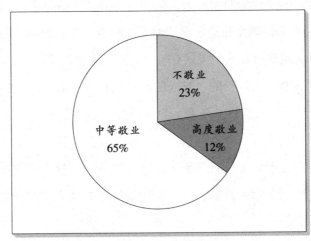

**图 2.1　英国员工的自我敬业度描述**[3]

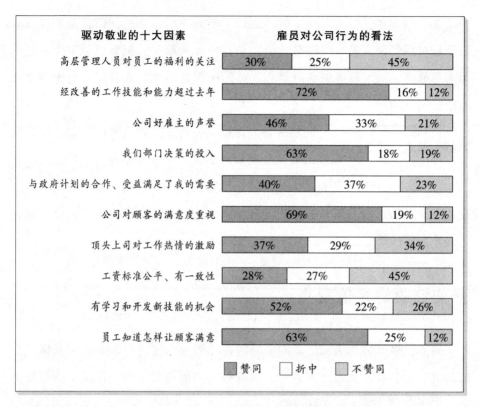

驱动敬业的十大因素　　　　雇员对公司行为的看法

| 高层管理人员对员工的福利的关注 | 30% | 25% | 45% |
| 经改善的工作技能和能力超过去年 | 72% | 16% | 12% |
| 公司好雇主的声誉 | 46% | 33% | 21% |
| 我们部门决策的投入 | 63% | 18% | 19% |
| 与政府计划的合作、受益满足了我的需要 | 40% | 37% | 23% |
| 公司对顾客的满意度重视 | 69% | 19% | 12% |
| 顶头上司对工作热情的激励 | 37% | 29% | 34% |
| 工资标准公平、有一致性 | 28% | 27% | 45% |
| 有学习和开发新技能的机会 | 52% | 22% | 26% |
| 员工知道怎样让顾客满意 | 63% | 25% | 12% |

■ 赞同　　□ 折中　　▨ 不赞同

图2.2　驱动敬业的十大因素[4]

如何。

　　理论可暂不管它，该研究成果显示的是实际价值。英国虽然敬业水平低，公司结盟的整体情况却很好。关于结盟最直白的表述是：我知道我的工作能为整个公司作出贡献。84%的人同意这一观点。还有73%的人能把他们承担的角色与公司整体目标联系在一起。在对多数公司的一般性研究中，我们能衡量的就是员工清楚地知道公司对他们的预期是什么；不能衡量的是员工的想法是否与高级管理人员一致或者员工是否真正的理解高层管理人员的意图、领会公司的战略决策。

　　与结盟相联系的要素比如改善员工技能的机会或者公司对客户满意度的关注，这些都得分相对较高，然而与敬业相关的要素——管理态度、公司名誉、激励因素显示出员工的期望与现实差距太大。整体的敬业水平与年龄几

敬业——从优秀到卓越的公司精神
*The Extra Mile: how to engage your people to win*

乎无关，然而却受资历影响。概括地说，正如我们预期的，随着调查深入到公司较高层管理人员，高度敬业的人员比例也在提升，但是可能不像人们认为的那样多。高度敬业的高级管理人员的比例是 20%，非管理人员中高度敬业的比例是 9%[5]。

**才能吸引人才的证明。**

同样的研究课题也分析了保留人才的因素，该研究成果的结论是最重要的留人准则是公司尽力挽留有一技之长的人才的信念。这就是才能吸引人才的证明。可以说，在这方面英国公司的得分并不高。只有 23% 的员工认为他们的公司在挽留人才方面做得好。

## 有关敬业的其他观点

对于大多数员工来说激励的关键因素是领导，这毫不足怪。为支持我们的研究结果，我们从大量报告中详细列举了"敬业"部分，提供了选择性的数据以证实有关敬业的观测结果。

最近，博拉顿 (Bradon) 和托马斯 (Thomas) 在一篇文章中把员工敬业度定义为"员工和公司之间关系的质量和强度[6]"。在卓越的公司，员工为它自豪，并且乐于把该公司作为就业的理想场所推荐给朋友。有趣的是，这篇文章的基础报告部分研究了薪酬问题，并发现员工对自己的工资和福利的感受与他们如何看待自己的公司之间并没有明显的联系。我们的研究结果也支持这个结论，可以断定，员工与雇主的关系是非常复杂的。

《科学评论索引》 (ISR) 的一份报告[7]描述了员工敬业度的关键驱动因素：

- 公司有很高的伦理标准。
- 公司的核心价值观清晰明了。
- 员工尊重管理人员。
- 员工受到尊重（在英国这个统计数据最重要）。

- 管理人员征求员工的意见。
- 人们乐意接受公司的核心价值观。

公司领导委员会（CLC）的报告指出，组织领导的价值观、伦理观、对员工的尊重程度是影响员工敬业度的最重要因素。排在第二位的是职业生涯发展，接下来是授权和员工决策，最后才是公司的品牌和形象。公司领导委员会（CLC）[8]通过对 5 万员工进行调研后，得出如下结论：

- 敬业的员工出色地履行了企业 20% 的任务，87% 的敬业员工不愿意离开公司。
- 超过 10% 的员工根本不敬业。
- 高敬业度和低敬业度的群体与性别、任期和职务无关。
- 敬业的水平与公司的战略和政策紧密相关。
- 感性敬业与员工的努力息息相关。
- 人才保留与感性敬业和理性敬业都相关。
- 薪酬与员工的留职意向相关。
- 管理人员对员工敬业度起着关键作用。

这就是为什么在敬业计划成功之前，本书必须先强调建立敬业领导的必要性。领导者在与员工讨论实施敬业议程之前，首先要检查自身敬业情况如何然后检查高层团队。常识说明，中层和高层管理人员手中掌握让员工提高敬业度的方法；我们的统计研究结果也佐证了这一点。高层管理人员关注员工的福利，这是员工敬业的第一推动力。有趣的是，对于中层管理人员来说，这也是留住员工的最关键因素；有时，员工加入了公司，却离弃了管理人员。

鼓舞人心的领导是一个说易行难的概念，可以说这种领导机制的关键是相互信任。好的领导者既要向他的团队挑战也要信任他的团队。然而，如果团队成员不信任他的领导者，那么领导者再怎样信任他的团队也无济于事。像辛金达（Syngenta）的马丁·泰勒（Martin Tay-

**优秀的领导者既要向他的团队挑战又要信任他的团队。**

lor）曾说："我们为什么要为我们不信任的人工作呢？——这一点绝对关键"。他的话引起了苏格兰皇家银行（RBS）内尔·罗登（Neil Roden）的共鸣：

"如果员工不信任公司，他们行为绝对会用不信任的方式表现出来。如果你在一个公司做事又不信任它，这对你的行为会没有影响吗？当然有影响。你打算为这些人冒险吗？肯定不会。你将会更加关心自己而不是他人？绝对会。"

我们采访了很多公司的首席执行官和领导人，他们都支持鼓舞人心的领导是实现员工敬业的核心这一观点：

"当你支持他们，让他们看到期望时，员工们就受到最大的激励。"

——卢西恩·赫德森(Lucian Hudson)
塔维斯托克研究所主席和英国外交联邦事务部通讯室主任

"要做一个好的经理人员，你必须要热爱管理。这种激情会保证你为工作作出奉献，你的态度也会感染他人，让其他人更敬业，激励他们去实现自己的目标。"

——容根·格勒布勒(Jurgen Grobler)
英格兰的赛艇队教练

"我的目的就是让员工成长并且让他们发现自己的伟大之处。"

——艾瑞克·皮科克（Eric Peacock）
英国贝登希尔公共有限公司(Bay Hill PLC)的主席

鼓舞人心的领导由许多方面组成，诸如与员工打成一片，坦诚、真实和有成功希望。然而，除了上述特点，敬业的领导还必须有员工信任的支持，即在员工和管理人员之间要有一个双向契约。

有利的是员工对领导感兴趣，盼望着领导人为其指明方向、鼓舞激励他们（见图2.3）。不利的因素下一章将详细讨论，那就是员工并不相信这就是

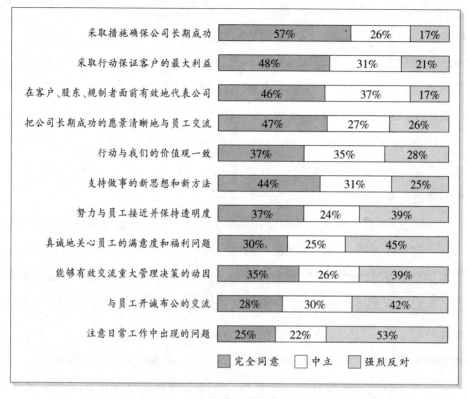

图 2.3 高级管理层的能力和行为[9]

他们要得到的东西。

　　虽然员工相信管理人员正在代表公司合理地处理外部事务，比如与股东和客户进行交流，采取措施确保公司的长期成功，但是高层管理人员对于公司内部的态度却不能令员工满意。图 2.3 显示了领导和员工之间巨大的分歧。令人震惊的是，只有 25% 的受访者认为他们的管理人员注意到了日常工作中所出现的问题；只有 30% 的员工相信高层管理人员多次讲要关注员工福利问题。员工认为他们的领导并不会跟他们进行坦诚的交流（72% 的人持中立态度或者同意这种观点），领导人不会支持创新的观点（56% 的人采取中立态度或者不同意），领导人不会努力做到开诚布公和平易近人（只有 37% 的人同意）。

　　英国特许管理学院（Chartered Management Institute）和贸易工业部

(DTI) 的研究成果证实了这些数据。这些调查显示了员工的希望与他们的实际所得之间的差距。96%的人希望他们的领导能成为好的沟通伙伴,能更多地倾听他们的心声,只有43%的人认为他们的领导做到了;79%的员工希望和他们的领导真正分享公司的远景规划,38%的员工认为他们的领导在实践中做到了。尽管受访者相对来说已经很积极地参与《全球劳动力研究》关于高层管理人员领导能力的调查,但是只有57%的被调查者认为他们的领导正在为保证公司的长期成功采取措施。实际上,组织员工对领导的这些基本构成要素的回答甚至是模棱两可的[10]。

从图 2.4 看到,员工对一线经理的看法是较为肯定的。大多数人认他们的一线经理能够支持合作,认可出色的工作,信任并且尊重员工。然而员工认为管理中最重要的激发员工的工作热情,这一点,只有37%的受访者认为他们的管理层在实践中做到了。仅有35%的人认为他们的经理知道什么因素能激励他们工作,51%的经理鼓励他们下面的人主动工作。随后,在书中我们将看到一线经理在发展敬业和利用敬业产生动力方面起到的关键作用。

员工期望从领导那得到的与其相信实际会得到的之间存在着大的脱节。考虑到这些统计数据,整体的敬业水平低就不足为奇了。

## 就业协议

员工除了关注组织领导人对激励敬业所起的作用外,还关注他们的就业协议是否公平、是否有吸引力。显而易见,员工都希望被公平地对待、得到回报,能有升职机会。吸引有价值员工的关键因素是工资(有竞争力的基本工资是吸引员工的第一要素),因此工资要保持公平和一致性。仅有28%的员工认为他们的公司做到了公平和一致性[11],一个令人担心的统计数据表明,工资也是公司留住人才的第三大重要因素。

> **员工都希望被公平地对待、得到回报,能有升职机会。**

学习和发展的机会在吸引员工、留住员工和使员工

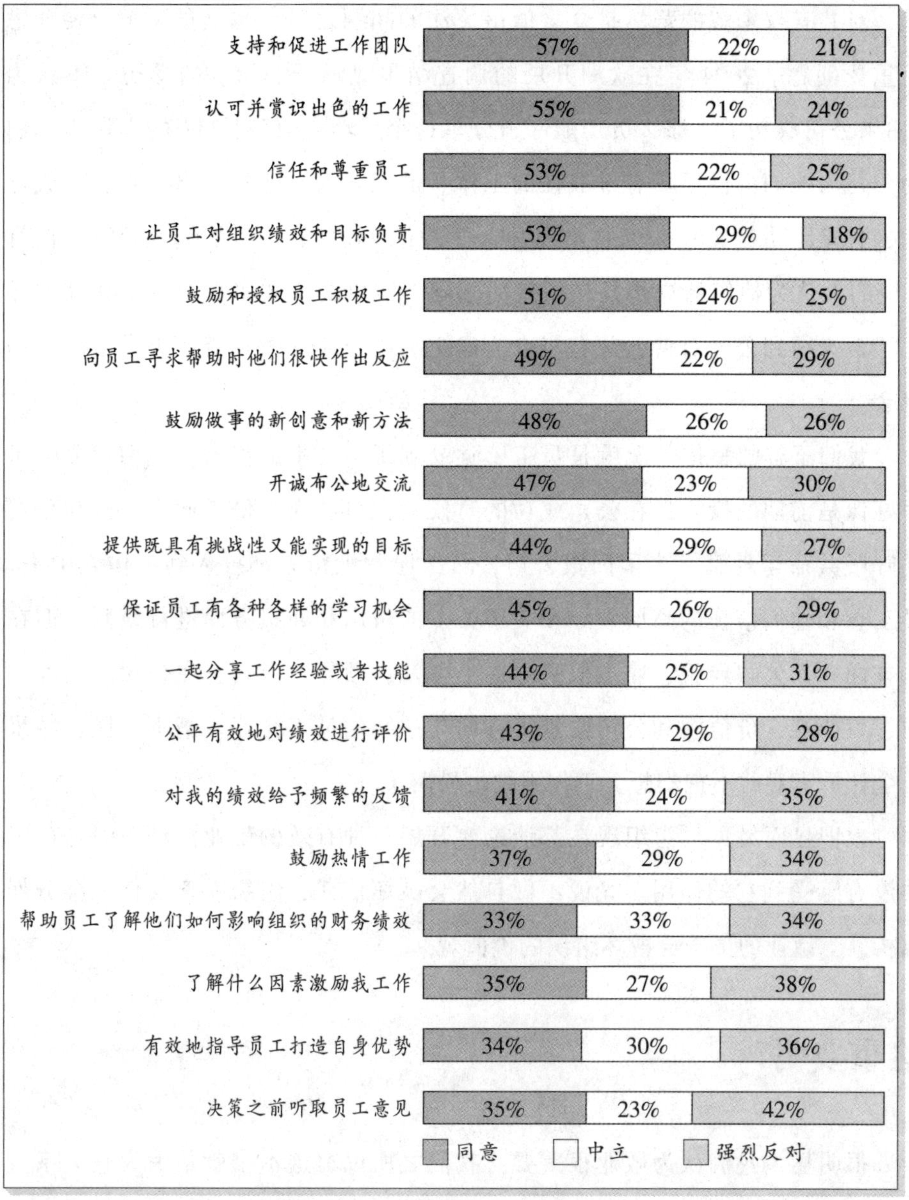

| | | | |
|---|---|---|---|
| 支持和促进工作团队 | 57% | 22% | 21% |
| 认可并赏识出色的工作 | 55% | 21% | 24% |
| 信任和尊重员工 | 53% | 22% | 25% |
| 让员工对组织绩效和目标负责 | 53% | 29% | 18% |
| 鼓励和授权员工积极工作 | 51% | 24% | 25% |
| 向员工寻求帮助时他们很快作出反应 | 49% | 22% | 29% |
| 鼓励做事的新创意和新方法 | 48% | 26% | 26% |
| 开诚布公地交流 | 47% | 23% | 30% |
| 提供既具有挑战性又能实现的目标 | 44% | 29% | 27% |
| 保证员工有各种各样的学习机会 | 45% | 26% | 29% |
| 一起分享工作经验或者技能 | 44% | 25% | 31% |
| 公平有效地对绩效进行评价 | 43% | 29% | 28% |
| 对我的绩效给予频繁的反馈 | 41% | 24% | 35% |
| 鼓励热情工作 | 37% | 29% | 34% |
| 帮助员工了解他们如何影响组织的财务绩效 | 33% | 33% | 34% |
| 了解什么因素激励我工作 | 35% | 27% | 38% |
| 有效地指导员工打造自身优势 | 34% | 30% | 36% |
| 决策之前听取员工意见 | 35% | 23% | 42% |

■ 同意　□ 中立　■ 强烈反对

**图 2.4　对一线管理人员的看法**

敬业方面起到极其重要作用，尤其是对非管理角色，这些将是促成敬业的首要因素。另一个影响敬业的关键因素就是员工感受到自己的建议已被部门决策时采纳。

对共有权理解的茫然是众多值得关注的问题之一，也是员工敬业要考虑的重要问题。2004 年在欧洲开展的调查结果显示[12]，46%的受访者不认为"如果公司成功了，那么员工能一道分享这个成功"。仅有 34%的人认为他们的公司为他们提供了具有挑战性的工作。员工认为自己的付出与收获不成比例，且差距明显。有 28%的人认为他们能定期收到有价值的绩效反馈。仅有 23%的人认为他们的进步是在绩效的基础上产生的：效率高的员工感到被异化了，为得到公平对待，共有权也为雇主利用企业的潜在资产提供了巨大的机会。

我们了解的整体情况就是员工感觉受到了不公平的待遇。他们想要的东西好像是前期的投入，在公司成功的时候就把自己那一份带回家。有与公司同呼吸共命运理念，为了回报公司，员工愿意把精力都投入到工作之中去。员工想和他们信任的高层领导在关于员工的付出和回报方面进行谈判，但在这方面尤其欠缺经验，雇主似乎更遥不可及：领导没有真正在公司的基本方向、道德观、价值观和公司愿景等方面与一线的员工交流。毫不奇怪，结果只会让员工对此不抱幻想，工作干劲也松懈了。

教训显而易见。组织现在都谈论要开展一种有效的敬业活动，但是员工并没有感受到它的作用。光说不做自然会破坏信任，组织缺乏信任就会分崩离析，不敬业的员工会败坏组织的价值观。

## 这重要吗？

很明显，我们认为敬业很重要。我们之所以写这本书就是因为它关系重大。受访者和我们也有一致的看法。事实上，每个关心公司福利和绩效的人也会同意我们的观点。敬业是个热门话题。但是每一个人看法都是对的吗？它真的有那么重要吗？从过去的情况看，人们在关于员工的满意度、士气、满足感、个人发展和为了提高上述员工的心理需求公司投资所获得的回报之间的关系方面作了许多的研究（参见附录 A）。有充分的证据表明，公司的绩效与员工敬业有着必然的联系。

# 故事

为什么使用资源要有合约？因为它有好处。在调查研究时，我们发现了敬业领域最佳实践的两个卓越例子，在本章，我们将对着两个实例作仔细探查。第一个例子是全国建筑商协会（Nationwide Building Society）。

## 全国建筑商协会（Nationwide Building Society）

在 1994 年，全国建筑商协会理事会就着手一项"捍卫消费者利益"的市场战略。其战略定位是"值得信任、诚实和公平"。这种方式在它的市场营销战役中很有代表性。协会代表消费者的利益，强烈反对各主要街道的银行对提款机和银行内部的现金交易收取同样的费用。

2000 年当上首席执行官的菲利浦·威廉姆森(Philip Williamson)强调"员工资本"是公司成功的要素这一信念。该协会把员工资本定义为"员工通过对组织成员支持活动的影响带给公司的价值以及最终的经营绩效"。公司的使命是创造一种提高员工敬业水平的文化，使所有的员工与组织战略保持一致。

有很多人到美国那些有高度敬业和奉献精神的员工、富有吸引力的产品、巨大的销售量和以高盈利率闻名的公司取经。他们的学习经验强调了以下两点重要因素：创建一个独一无二群体的重要性和高层领导亲自、真诚地关注员工所产生作用。协会将这些经验带回去，首创了与公司的文化和品牌一致的"PRIDE"。PRIDE 是要求所有员工都采取的一系列态度和行为。

PRIDE 代表的是：

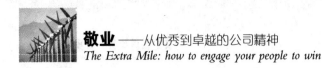
**P** 成员第一

**R** 迎接挑战

**I** 满怀信心

**D** 传承最理想的价值观

**E** 超出预期

PRIDE 概括了协会的商业展望，显示了公司相信员工会创造奇迹这一坚定信念。协会声称："如果我们能够识别、理解、完善、交流和开发公司内部和外部的员工资本价值，我们公司将会越办越成功。"

他们做到了吗？通过一整套的实施计划，PRIDE 项目已经深深地植根于公司土壤中。有 200 人被指定为"自豪的合作伙伴"，为维护 PRIDE 的价值观而奋斗，公司鼓励所有员工都努力获此殊荣。高层领导对于 PRIDE 也很热心和认可，并能够以身作则。菲利普·威廉姆森说："你要让你的员工知道你和他们站在同一条战壕，不分彼此。在协会我从来不使用'雇员'这个词，也不许其他人使用这个词。我们要说的是团队，群体，和睦团结。不是管理人员和雇员的关系，我们是一个团队。我会尽自己的本分。"

PRIDE 也被融入公司的绩效管理体系之中，因此不管是哪个层次的员工都会在工作实践中体会 PRIDE 的含义。协会的绩效管理体系依据 PRIDE 来评估员工的绩效，确保员工能够实践 PRIDE，并做出与此价值观相符的行为。协会在招募新人和评估员工潜能时也是以此体系为标准。PRIDE 总是重中之重。

近来，每年一度的 PRIDE 庆祝大会更多是公司的商业展望，同时保留积极的员工和重要客户也是大会的关注点。对那些很好地实践 PRIDE 价值观的员工甚至是供应商也得到奖励。例如有一年一个维修供应商提出了改善分支机构的客户满意度的合理化建议，当建议被采纳后，该供应商被授予 PRIDE 奖。企业社会责任又给 PRIDE 的核心价值观添色不少。该协会各个主要分支机构正被这些取之不尽的能量驱动着，例如公司分发确保孩童安全的自行车反射镜的同时，也为英国麦克米伦(Macmillan nurses)护士协会作出了贡献。

在 2005 年，PRIDE 项目帮助该协会高居《时代》杂志民意调查的最佳组织前列。

当然这既令人高兴又使人好奇，PRIDE 对不得不接受的局面所起的作用就尤为重要。协会建立了衡量员工敬业水平以及敬业影响公司经营绩效的制度。公司对大约 16000 名员工和 45000 万英镑（代表大约50%的管理费用）工资的这些数据及其实现的附加价值进行分析，以评估这项巨大的投资。基因组项目（Project Genome）是协会对鉴定、分类、描绘敬业的关键驱动因素内部过程的叫法，或者说是"公司DNA"。这项研究的目的是要说明员工敬业的重要性及其与公司绩效之间的联系（比如：服务—利润链）。数据来自对组织所有员工的调查。该调查每年进行一次，已经持续了 13 年。在组织中，员工有义务接受调查，因此，调查表的回收率达到89%。

搜集的信息用来改善员工品牌描述、提升员工敬业度，其目的是从经营绩效好的员工中选拔核心成员。这些信息包含了大量的内容，从员工满意度到承诺度，再到聘用和提升的费用、员工患病缺勤率以及员工的人口统计数据。此调查显示了 PRIDE 价值观的成功之处：

◆ 员工满意度为 79%（高于其他组织）。

◆ 员工承诺度为 85%。

◆ 89%的员工感觉到协会是一个讲诚信的雇主。

◆ 79%的员工对工作与生活平衡感到满意。

◆ 小组缺席率在 3.3%以下。

◆ 与基准的 14% 相比，小组流动率为 8%，通过这种方式，公司仅在培训和招募员工上就节省了大约 1800 万英镑。

协会基于三种不同产品来量化五种关键驱动因素的影响，并在此基础上开发了商业预测工具（模拟程序）。这三种产品是按揭销售、个人贷款和家庭保险销售。模拟程序显示了提高或缩短平均服务时间对按揭销售数量的影响。预测显示如果协会把平均服务时间从 10.2 年提高到 11.2 年，那么客户的忠诚度就会提高 1%，这将会使完成的抵押贷款业务超过目标的 2%，产生大约 560 万额外的净现值。同样地，加强员工的培训意识也会导致个人贷款销售额比预期目标提高 1%。

第二个最好的实践的例子就是苏格兰的皇家银行（Royal Bank of Scotland）

## 苏格兰皇家银行（Royal Bank of Scotland）

苏格兰皇家银行在 30 个国家拥有 135000 名员工，3000 万客户，8714.32 亿英镑的资产，它的人工费用是 66.47 亿英镑（2006年）。苏格兰皇家银行是世界第十大银行。其经营范围从零售业到商业广告和投资银行业务。它专设一笔费用来管理员工敬业数据。通过对全体员工进行匿名调查来搜集员工敬业态度的数据（回收率达到 86%）。科学评论索引(ISR)这家独立公司通过在线或者问卷的形式来运作这项调查，包括对合作伙伴和离职者，还有一些特殊题目和对新成立的企业的调查。调查的原始结果被储存起来，这样当经理们在汇总各个业务单位尤其是成本的时候就可以直接与这些数据进行比较。收集的合格数据包括人口统计数据、从业的时间、职位、地理位置、性别以及利益偏好——以便于在此基础上进行细分和分析。这组调查数据和来自遍布世界的苏格兰皇家银行的 30 个系统的集合数据以作为虚拟数据库的一部分起被收录起来。这个过程中最重要的就是数据标准化和对苏格兰皇家银行集团的员工调研标准化。

每年一度的调查都会提供大量令人印象深刻的、有用的信息——高回收率（86%）、高质量的数据（坦诚的回答）与独立的调查方式即第三方负责调查相联系。使用外面的调查公司也使衡量尺度标准化和公司绩效可以直接与其竞争者比较成为可能。内部的基准可以在另外一个第三方（萨拉托加研究所）（Saratoga Institute）机构的帮助下完成。萨拉托加研究所的政策要比其他公司尽可能多地公布关于人力资本的信息。苏格兰皇家银行及其竞争对手的具体人力资本衡量措施在该集团每年的年度报告中也会有所反映。

苏格兰皇家银行用一个具体的模型来描述人力资本与公司绩效之间的关系。它用大量的数据分析把具体的人力资源度量方法和具体的商业结果联系起来。所有这些内部研究从呼叫中心的绩效到管理效果，再到就业案例法都进行了详细校对。苏格兰皇家银行人力资源部门的职员与分区主管都认可他们自己的人力资本度量方法，他们也想据此评估自己的绩效与竞争对手的差距。随后的章节里将会详细说明他们是如何正确度量且使用这一关键信息的。现在，我们要关注的是他们如何看待这些调研结果。

**使用这种信息的后果是什么？**

一旦数据库的数据经过加工处理和统计提炼，经理人员用这些由此而来的信息在吸引最佳员工、敬业和保留人才等方面进行细致的分类。企业领导就可由此得知人力资源管理如何影响公司绩效。由公司和人力资源部主管建立的人力资本委员会根据人力资本对业务的影响，应用这些数据客观地优先考虑人力资本计划。大量人力资本度量方法都是以竞争者的绩效为基准在年度报告予以公布。苏

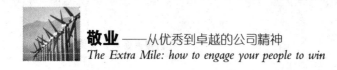

格兰皇家银行关键的人力资本模型的内部产出是"影响图",该图解释了不同的人力资本因素对敬业的影响,同时还强调要重视推动敬业或者威胁敬业的具体问题。

衡量公司运作的数据是来自同一个数据库,例如员工总数、缺勤率、成本、生产率、人员流动率,这些与驱动敬业因素相比较容易,它们之间有自动而连续的监督关系。人力资源部门的职员不仅可以通过呼叫中心进行内部比较(有实例),而且可以利用单个层面管理人员的敬业与领导力之间的相关性了解可能的后果。

在总体水平上,苏格兰皇家银行的数据分析显示,生产率的提高与敬业度的提高是正相关的(相关系数为 0.51),生产率可能会有 5% 的误差。苏格兰皇家银行人员流动率与敬业度是负相关的(相关系数为 –0.43)。人员流动率减少 1%,每年将会为公司节省 2000 万英镑的费用,缺勤率减少 1% 将会为公司每年带来 100 万英镑的收益。敬业度还与员工参与灵活福利计划正相关:如果员工有三种或者以上的福利方案可供选择,那么员工的敬业度就会提高 20%。这将在采购、奖励、投资、公司的发展和雇佣关系等方面提供详细的计划并适时作出调整。

对于内尔·罗登(Neil Roden)来说集中精力分析敬业的理由是显而易见的。尤为重要的是,"在很难聘用到优秀员工情况下,不关心员工、不在乎员工的去留是非常不明智的战略。所以我像对待客户一样对待员工——与老客户保持良好关系比与一个新客户建立关系容易多了,对于员工也是同样的道理——与老员工保持好关系比聘新员工容易得多。"

## 证据

我们的研究结果证实了罗登的这一观点。创立一支敬业、干劲十足的团队是人力资源职能的基本部分。最近，我们凭直觉可以感受到员工敬业度与公司资产负债表的数据有较大的联系，因此要转变观念，要坚信员工敬业度的改善将会增加公司利润。前面关于员工敬业度的联系方法论，用有效的度量方法向管理人员显示了员工敬业水平的改善对公司财务状况的影响。

2004 年的员工敬业调查[13]结果显示了法国、德国、意大利、荷兰、西班牙和英国的员工敬业水平，并且统计评估了敬业水平与公司绩效之间的关系。

分析指出平均敬业水平高的公司在其行业领域里拥有相对较高的运营利润率，反之亦然。然而这并不是简单因果关系，而是敬业与财务绩效之间关系的重要证明，它的作用越来越重大。

**这是敬业与财务绩效之间关系的另一个重要证明。**

据估计敬业度提高 15%，相关的运营率就会提高 2.2%。这个结论是在对以产业分组的 250 家美国公司的敬业水平与运营利润率关系的研究中得出的。

这种分析在帮助公司创造提高员工敬业水平的商业环境上起到了关键作用。越来越多的公司都在应用这种财务模型。

科学评论索引（ISR）公司的一项研究发现，拥有高度敬业员工的公司人员流动率较低、缺勤率较低、客户满意度和忠诚度较高、生产安全事故率较低、产品的质量和生产效率较高、销售绩效较高。该公司最近的研究表明，敬业的员工团队对公司的财务绩效有很大的贡献。这个结论是在对全球不同行业的 50 家公司的 66.4 万名员工研究了 12 个月，并在此基础上比较有敬业度高的团队和敬业度低的团队公司的财务绩效后得出的（另外一项研究通过对三年的运营利润率和净利润率数据研究分析，也得出了同样的结论）。

某些显著的研究结果如下（见图 2.5）：

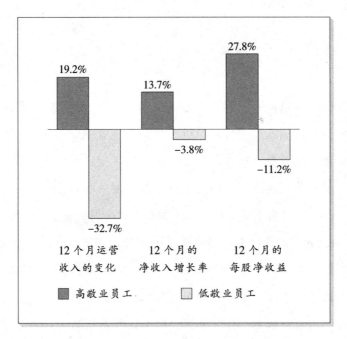

**图2.5　员工敬业度对公司财务绩效的影响**

- 评价的营运收入变化结果引人注目。员工敬业水平高的公司，运营收入12个月来提高了19.2%，同时员工敬业水平低的公司，运营收入下降了32.7%。

- 在同一时期员工敬业水平高的公司，净收入增长率提高了13.7%，同时员工敬业水平低的公司的净收入增长率下降了3.8%。

- 员工敬业水平高的公司，每股净收益提高了27.8%，员工敬业水平低的公司，每股净收益下降了11.2%。

　　百安居（B&Q）已明确地把员工敬业得分与较高的生产率、较少的零售损失（由于商店被顾客顺手牵羊和员工盗窃造成的存货损失）、较低的员工流动率、较高的顾客忠诚度、较高的销售量和较高的利润有机地联系在一起[14]。

# 敬业和客户

越来越多的公司已经开始关注组织内员工敬业度与顾客满意度之间的直接联系。这种联系常常容易使高层管理人员相信提高员工敬业度的重要性。不可否认，员工敬业度与客户满意度之间的关联是积极的，这从常识都可判断。客户与敬业的员工相处比与不敬业的员工相处更加愉悦。这种愉悦的体验能导致更高的满意度。高的满意度就会导致重复交易，口碑相传，生意会越做越大。这种相互积极作用的统计特征会根据公司业务的性质即公司对公司、公司对客户或者公共部门会有所不同。显而易见，员工的敬业水平高就会导致客户满意度高，并会提高公司的绩效（效率、收入、利润）。

敬业的员工也知道他们的行为对公司的财务绩效有着直接的影响。如图2.6所示，敬业影响到员工是否认为他们所作所为会影响到产品质量、成本和客户服务。一般讲，50%的高度敬业的员工认为他们会对产品质量、成本和客户服务有影响，而有50%敬业度一般的员工认为他们会比不敬业的员工更有可能会影响到公司的这些度量标准。员工对敬业影响的认识也是一个为什么要让员工敬业的积极理由。

员工敬业度的提高会降低人员的流动率，最终会使公司财务受益。《全球劳动力调查》[15]显示，不敬业的员工流动率较高：11%不敬业的员工中有离职计划的占41%，这些人待价而沽，随时准备另谋高就，与此相比，1%的敬业员工有离职计划仅占26%。当然，短期内这也不全是坏事。不敬业的员工很大一部分都效率不高，且对团队其他人员的敬业态度会产生消极影响。如果这个问题不解决，新的加入者也会变得不敬业，最终离职，公司就将要耗费巨大的内在人工成本。硬成本（广告、招聘代理费）和软成本（人力资源、其他面试者的时间、在任期头几个月里低效率的生产过程）随情况在变化，但是一些调查结果显示，软硬成本相加到一起相当于公司一个不敬业员工一年的工资。

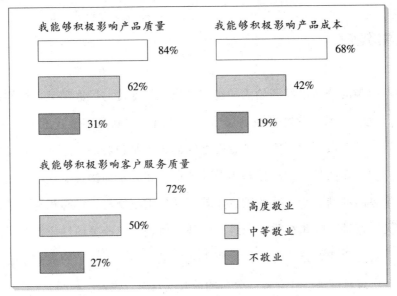

**图 2.6　高度敬业的员工对公司业绩的有利影响**

## 感性联系

为什么情感联系对员工的工作如此重要？因为人们干什么事情不会都经大脑思索后再做。我们本能的情感反映与理性思维不在同一个层面发挥作用。其差别可总结如下。

人的大脑是如何思考的，为什么直觉或本能（感性）如此重要：

> 我们的大脑是非常复杂的器官，包含了 100 亿个相互关联的神经元——难以想象的巨大数字。令人惊奇的是在大脑的这些神经元中用于理性思维的部分却很少。我们使用保罗·麦克林（Paul Maclean）[16]三位一体的大脑理论来观察人的大脑是如何思考的。他认为我们的大脑有三个功能：复杂的 –R 或者"像爬形动物的脑"，包括脑干和小脑，运行生存必需的基本过程以及汇集外界的最基本信息；边缘系统或者"哺乳动物的脑"，包括杏仁核、下丘脑、海马，是我们情感的发源地，还有识别个人身份和记忆的功能；外皮

和新皮层，"人类的脑"，行使人类大脑的高阶技能，包括推理和表达。

尽管这三个分区互联互动，但是它们在执行功能的时候大部分都是分开的。这种复杂性几乎与"思维"无关；大部分来源于我们自觉的意识，它在处理我们所看见的、听到的、感觉到的、品尝到的以及闻到的等生活的细枝末节方面作出了贡献；进行力学运动；监管我们的中枢神经系统等。意识只与大脑前面的外皮有关，大概占大脑的四分之一。

实际上，大部分时间里我们都是无意识的生活着。想想沿着熟悉路线驾驶有经验的司机，他能无意识地把潜在的威胁生命的情况有效地处理掉，即使这情况很复杂。司机行进在紧迫的路线上，会心不在焉地想着随后要开的一个会议，同时大脑的其他部分在处理对车的控制、交通的流量、背景广播，过滤掉每一件正常的事情。我们把这叫作专长。然而一旦（有人希望）事情不正常了，大脑内部的对话被扰乱，思维马上警觉起来，司机会有意识地控制驾驶直到潜在的威胁被解除。与之相似的就是所谓的鸡尾酒会效应[17]——我们有能力在另一间房间的谈话中识别出自己的名字——看来我们的无意识思维可以过滤出大多数感官的信息直到相关的信息出现。却不能用意识思维来做这些：很简单它不会关注具体的谈话，也不会为了获取某些信息故意扫描背景噪音，然而如果信息很清晰而且强烈的话，我们就可以毫不费劲并且不用思考进行处理。

这些都是绝对有益处的——对我们的处理能力很重要。哺乳动物的脑和像爬行动物的脑不断地评估信息，然后把评估过的信息与已经有的类型相联系来判断是否需要用大脑外层来处理（迎面而来的货车、你的名字穿过房间的声音）还是忽略它。如果没有这个过滤器，我们的大脑就会被超负荷的信息所填满。

我们的很多的无意识来源于意识，思维通过类比来工作——这

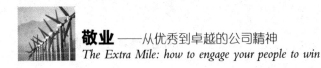
种情况看起来有点"另类"，因此我们会像过去那样做相同的事情。用一种类比的思维让我们参观一个不熟悉的地方——一家新餐馆，在这个琐碎的例子——充满信心地做这件事情。我们知道我们在餐馆将会遇到的东西（桌子、酒吧间、菜单，等等），通过一些线索来找一下这些东西在这家"特别"的餐馆里的什么位置；再来一次，大部分时间里这些发生的时候都是无意识的想法。我们频繁地把这种无意识的思维运用到商务会议、招募新人、做商业决策上。

然而，危险是如果我们得到的信息与我们已经建立的模型不一致，我们就会忽略它或者歪曲它来迎合先入为主的概念。如果我们用这种错误的先决条件来解决问题，真正的问题就会出现了。如果我们希望改变这些有条件的思维类型和行动，我们就要更加努力地工作[18]。

**过度强调"理性"的标准可能会达不到预期的效果。**

单纯依靠有意识或者感性的无意识路径来作决策必定困难重重。过度强调"理性"的标准可能会达不到预期的效果。我们永远不可能穷尽所有的信息，逻辑和认知的路径可能会让人麻木不仁。然而无意识的思维可能在需要它或者是一些预料不到的事情发生的时候，它的反应可能会令人失望。答案是有效的思维可以通过理性分析和"本能的智慧"实现。

在听员工谈论感受的时候也要注意到他们的措辞。这样才能深度挖掘调节的类型和他们的真实感受。只有这样，你才能创造真正的变革，找到让员工敬业的途径。如果我们只注意逻辑，那么听取信息或者感觉信息都将会很困难。我们大多数人都有这样的经历，就是我们知道有些事情可能是不对的，或者是直觉告诉我们可能错过了一些重要的东西、有些说不通的事实——所有这些都是内部不匹配的外部表现，当这些发生的时候我们就会被忠告，要注意不要错过这个信息直到我们确认它是无根据的。

如果逻辑决定和我们内部的经验相匹配，我们就能感觉出差别来：如果不结盟，那么结盟意识、目的、信任的传递可能就会减弱。如果我们不团结，可以肯定——除非我们都是不寻常的好演员——我们周围的人、我们的同事、职员、雇员也会得到所有的信息。他们听到这些话语、感觉到不一致，就会有事事不如意的感觉。在他们交流的时候就犹豫不定，随着这种不确定的扩大，公司将处于矛盾之中等待明确的方向和指导。

## 有意义！

鼓舞人心的领导认为奖励敬业的员工将会取得显著的效果。甲骨文（Oracle）公司的高级副总裁安·史密斯（Ian Smith）用他喜欢的例子为我们指明了方向并得出了结论：

"成功的公司，真正意义上成功的公司是在建立、培育和保护良好的客户关系基础上成长起来的，大多数成功的公司仍然在继续关注这一点。在过去的 30 年美国的一家公司已经在最大程度上使它的股东价值增长，当然这并不是高科技公司，它是西南航空公司（South West Airlines）。尽管美国的航空业有很多问题，但是西南航空公司还是保持了良好的财务业绩。为什么？因为他们致力于 20% 的增长吗？不是。他们有一个简单的说法："客户第二"。意思是你雇用了合适的人，如果你照顾好这些人并且确保这些人知道他们应该做什么来为客户服务，这就是关注的焦点……公司关注他们的员工，聚焦于那些出色工作的人才，这样就会提高公司的收入。公司收入下降最终就会失败；通过让客户满意可以提高公司的经济绩效（这很管用）。"

## 注 释

[1] 韬瑞咨询公司. 今天工作：了解驱动员工敬业的因素. 美国人才报告, 2003.

[2] 韬瑞咨询公司. 全球劳动力致胜战略. 全球劳动力研究, 2005.

[3] 同上。

[4] 韬瑞咨询公司. 英国数据库. 全球劳动力研究, 2005.

[5] 同上。

[6] 博瑞登, P., 托马斯, Z. 爱上你的工作[N]. 星期日泰晤士报, 2006-03-05.

[7] ISR 公司. 利用员工创造竞争的优势：员工敬业的全球研究. www.isrsurveys.com.

[8] 公司领导委员会. 员工敬业——你必须要首先知道和做的几件事. http://www.corporateleadershipcouncil.com, 2006.

[9] 同[4]。

[10] 同上。

[11] 同上。

[12] 韬瑞咨询公司. 与员工的再结合. 欧洲人才调查, 2004 年.

[13] 同上。

[14] 垂池, T.. 百居安（B&Q）提高员工敬业和利润[J]. 盖洛普管理, 2003-05-08.

[15] 韬瑞咨询公司. 十步创造一只敬业的团队, 欧洲关键发现. 全球劳动力研究, 2005.

[16] 高级研究科学家, 美国家心理卫生研究所神经心理学系的伊梅里特斯（Emeritus）教授。

[17] 凯瑞（Cheery）, 克林（Colin）1953 年及艾伦斯（Arons）, 贝利（Barry）1992 年, 来源：http://en.wikipedia.org/wiki/cocktail_party_effect_accessed 20 April 2006.

[18] 此分析来自鲍勃·简斯（Bob Janes）的研究, 他在公司转型期和员工一起工作。bob@bobjanes.com.

**敬业**

从优秀到卓越的公司精神

*3*

# 今天为什么敬业如此重要?

*Why is engagement so important now?*

## "为什么"因素

敬业是一个新话题吗?我们需要长期敬业吗?当然,组织总是珍视那些忠诚、努力、有积极性的员工。我们要强调的是,在现代经营环境中敬业已变得越来越重要。因为环境更加错综复杂,许许多多的问题交织在一起,但要解决问题,往往要从探究"为什么"这个新问题的重要性开始。

人们通过观察他们所处的环境和提出问题来进行学习。组织也同样如此[1]。所以,这些组织需要鼓励他的员工不断地就公司的体制、进程、前进方向和管理等方方面面提出问题。然而,这样做需要相互信任。企业管理层必须相信员工能够尽最大努力工作,员工必须相信管理层能信守他们的诺言。

尽管安然(Enron)公司在很多地方都做得不好,但是,它在某一方面树立了榜样:安然(Enron)之所以如此迅速成功的重要原因就在于,该公司把能找到问题的根本原因的管理人员放到重要岗位。安然公司(Enron)的标识下方的两个词完全概括了公司的理念:"问一问为什么"。给企业界带来耻辱的已故安然(Enron)公司董事局主席肯尼斯·雷(Kenneth Lay)说:"总是要问一问为什么要按事情原来的方式去做，而不是采用另一种更有效的方法呢。"不要忘记，安然（Enron）曾是连续六年在《财富》杂志上被提名为"美国最具创造力的公司"。其公司文化是领先、发明创造、求知好问。不幸的是，尽管安然的领导人都曾在这些价值观的指导下工作，但是，这家公司高管最终还是利令智昏，因贪婪而散失判断力，银铛入狱。那些贪婪盲目的人被提出质疑。最终的告发者正在问为什么这些账目跟原来一样，更重要的是，他们得不到合理的答案。这时候，信任消失了。员工们需要问一问为什

> **如果员工不知道为什么，他们就不可能随时随地全心全意地作出承诺。**

么做这些事情，为什么用这种方式来做事。他们还需要理解为什么我们要朝着这个方向前进。如果他们不知道为什么，员工们就不可能随时随地全心全意地作出承诺。如果你没不怕麻烦和不怕花费时间向员工解释为什么公司正采取特定的举措，就不要怪员工们没不辞劳苦地贯彻它了。

## 服从的消亡

在这个"求变求新"的社会，服从正在消亡。目前，不仅"为什么"的问题已变得易于接受，而且凡事要问个为什么已经成为一种必要的任务。毋庸置疑，服从的消亡不仅仅是一件好事，而且释放被顽固僵化的官僚科层制度所束缚的人们的潜力也至关重要。服从的消亡一直被误认为是缺乏上司的尊重，有时候情况真是这样的，其实这种误会是可以避免，只要我们大着胆子问问组织成员，他为什么要为我们竭尽全力地工作就行。

政治家应该面对媒体和公众的考验。我们生活在一个十分有趣的时代，在这个时代，妇女协会的妇女们甚至可以给首相鼓倒掌。现在，从我们与医生的谈话到对学生和老师之间的相互交流方式，就可看出社会规范的变化。熟知的、真实的或者是想象的东西在流行。现在我们以大学为例：

> 过去，学生若有勇气向讲师请教问题，他先轻轻地敲门，然后谦恭地说"对不起，打扰您了，教授"，但是现在他们总是一天到晚不管合不合适，老给讲师发电子邮件，问一些陈腐的、莽撞无礼的问题，而且提问的方式要么过于亲昵，要么十分粗鲁[2]。

感到惊奇吧，我们甚至还想把服从成为一个组织结构的内在成分，这是千真万确的。北大西洋公约组织（NATO）的最高联席会副主席马克·斯丹侯普爵士（Sir Mark Stanhope）说：

> "现在在部队服役的人的领导素质与 50 年前相比，区别就是现在出现了"为什么"文化……50 年前如果你说跳，胳膊上系着绷带的伤员就会跟着你跳，你是长官，就该受到尊敬；现在的人受到尊敬很可能是因为他们有值得尊敬的地方，比如他们的所作所为、他们的品质、他们的人格、他们的领导能力（也许不是由于能力）"。

我们现在会按上述思维方式问"为什么"。当今，老板和员工之间那种可感知的差别已变得很小了；把组织成员分为"他们和我们"的文化正受到挑战，日益关注员工个性化发展的趋势不可阻挡。1987 年英国首相玛格丽特·撒切尔（Margaret Thatcher）夫人有一句这样的名言"没有什么东西会像社会那样复杂"，把它运用到现在人们对自身的看法似乎也是正确的。领导不管有什么权位，其领导力绝不是来自他的权位，领导人都该认真想一想，如何才能让员工做他们想做的事情。

如果在整个社会中都能观察到服从的消亡，那么在商界，这种影响是十分深远的。在服从的文化中，员工做某件事是因为别人告诉他要这样做，你照领导指示做了，最终还会得到升迁。所以有代表性的员工在科层组织内一个阶梯一个阶梯往上爬，或许，给他们的激励是头衔而不是工作成就。

头衔又会为他们赢得决策和发号施令的权力。随着你在公认的管理链条上进步，你又会获得更大的权力和更多的信息。你比你的下属掌握的信息更多，你的老板又比你掌握更多的信息，这是由公司的组织结构所决定的，每一个部门就是一个导弹垂直发射井。可以作出这样的假设，你的上司按照他的想法为员工分配任务。此时此地，"为什么"是一个既不相关又有潜在危险的问题，这就像一只漏水的小船在江河中摇摇晃晃。在科层制组织，实行的是家长式管理；在公司人时代，通常，员工按公司的方式运作，员工与雇主之间的关系很明确：你努力为他们工作，他们就给你好处。当管理人员和工人之间出现巨大的反差时，强力工会难免会出现。当英国撒切尔（Thatcherite）夫人重构劳动力关系时，工作场所的冲突性质已到了紧要关头。从那时起，工会已失去了很多权力。现在通过劝告而不是威胁的方式才能行使他们的影响力，而且在现代的工作场所，几乎所有的员工都与公司有个人关系。

　　尽管过去家长式作风的文化可能会使公司管理目标明确而有效率，但是它也会使公司过分强调内部而不是外部的结果。强调按"我们的方式"做事的公司文化，在公司内部可能会很有效，却不能适应外部的变化，最近经营状况不好的巨人——国际商业机器公司（IBM）以及马莎百货公司（Marks&Spencer）就是最好的例证。例如，英国甲骨文公司的副总裁艾安·史密斯正在尽力为他以前的老板实施成本节约计划。在那样的环境中，他的潜在成本节约问题——"为什么"——与旧的层级组织结构相冲突：

> 　　"好吧，我说，'我们所有的人都没有自己的车、车库和提供这些服务的员工怎么办呢？'嗯，这就是一个创新的观念……直到突然有人说'等一下，这是不是意味着员工的车可以比他老板的车还好？'他们才停止激动。我说'哦，那当然'。他们突然说'好，谈下一项议题'。就是这样，几年以后，他们也没有说明为什么未实行这项巨大的节约成本计划。其实因为从文化价值观上看，他们接受不了老板的车会比下属更糟的事实。"

　　比这种潜在的缺点更重要的是，员工还没有做好要接受这个事实的准备。有清楚的迹象表明，人们的工作意识会随着一些环境的变化而变化，如终身雇佣，或者是技术（例如虚拟团队和远程办公的出现）。信任从支配一切的公司品牌转移到个人身上，20世纪90年代中期[3]的研究结果就证实了这一点。现在人们的工作方式正向更加灵活、更加扁平化转变，就是说，人们把信任从制度结构转移到人际关系和人际关系网上[4]。这对于雇主来说是很不幸的，这种工作网络与他们的联系正变得越来越淡薄。

# 为什么发生态度的转变？

## 编造的故事

现代员工能判断编造的故事好坏，不会再被那些骗局所迷惑。在过去的20年里，"媒介、产业、政治、机构和艺术凑在一块，给我们带来的不是它们的真实成分，而是它们希望我们接受的一种表象"。在20世纪90年代，蔓延着一种"表象代表一切"[5]的判断标准。

> **现代员工能判断事物的真假。**

前几代的工人或许对那些编造的故事还缺乏判断力。但是，现代员工却很少会上当受骗，"股东们的要求变得越来越多，环境保护集团变得越来越不友善。网络媒体增加，播音员越来越关注经济新闻，意味着企业必须精心地准备这些信息，及时作出反应[6]。"当股东和企业家很明显地表现出不能再忍受为了赤裸裸的贪婪编造的理由之时，员工就更不能接受这种不和谐的声音了。员工尽管人在组织，但他也是外部世界的一部分，因此他们可以很好地调整与外部事件、内部交流和企业目前的状况之间的不匹配。

甚至政府也开始意识到他们自己编造的故事可能引起潜在损害。英国欧洲部部长彼德·海因（Peter Hain）曾说："毫无疑问，我们因为缺乏来自普通投票者的信任、那些编造的故事以及不断涌现的话题而吃尽苦头[7]。"员工们看到自己公司编造故事的感受跟那些失去信任的投票者一模一样。当内部沟通的信息是"编造的"，员工们面对这些不可信的信息时，就会出现严重的问

题，因为查看事件和记录结果是再平常不过的事情，结果那些编造故事的领导就会被认为是不诚实的，这就毁掉了他们的信誉和将来的交际活动。因为对于首席执行官而言，30%~40%的时间都在进行人际交往[8]，这就潜伏着巨大的灾难。

### 养老金失败

或许，要记住有关"编故事"的最重要事情，就是随着时间的推移，"编造的事实"会被人识破。如不相信，可以探望正在狱中的安然（Enron）公司前首席执行官杰夫·先令（Jeff Shilling）。在英国，养老金短缺丑闻严重影响了公众对当局的信心。事实上，员工在选择职业的时候看重的常常是公共部门养老金的安全性，而不是高工资。2005年，英国公司的养老金总额与它们承诺的福利相比少了1600亿英镑[9]，这无疑会使那些领养老金生活的人和一些在职的员工感到极大的恐慌，给那些以前认为值得相信的人，现在不相信他们又找到了一条理由。

### 对"肥猫"薪酬的看法

另外一个不相信领导人的理由是他们有给自己定过高薪酬的倾向。因为利益相关者对公司进行了金钱和心理上的投资，但当公司监管人携巨款潜逃的时候，员工和股东一样，也会感到愤愤不平。当老板与员工的报酬同时在电脑上都可查到时，员工对领导的信任将大打折扣，因为员工一般认为领导的工资是从他们的部分里拿走的，这违反了员工在进入公司时签订的隐含的甚至是明确的合同条款——在某种意义上说，公司应该实现社会公平。当公司一方面大力宣传工资与绩效相关的说教，但是实际上又重奖那些绩效糟糕的经理时，就可明显看出其伪善性。例如，在2006年初，《经济学人》报道说，大东电讯（Cable & Wireless）宣称其丧失3000个就业机会——比该公司英国员工总数的一半还要多。但就是在宣布两个月之后，该公司又给那些高层经理支付了22000万英镑的工资[10]。

当公司已经意识到给高层管理人员不公平报酬的破坏作用，而采取措施把工资和绩效联系在一起进行薪酬改革时，如果员工敢公然违抗这个政策，那么信任关系还是会被破坏。比斯（Bies）和特里普（Tripp）[11]的研究表明，一旦某个行为频繁地违反了信任原则，就应该追溯原有准则的有效性，并改变这些原则。员工需要感到他们的报酬与高层管理人员的保持一致。大多数员工能够接受报酬的水平存在巨大差异的现实，但是员工报酬增幅必须与各级管理人员保持一致。

## 引人注目的丑闻

最近，安然（Enron）、阿霍德（Ahold）、泰科电子（Tyco）、世界电信（WorldCom）、巴林银行（Barings Bank）以及其他公司的丑闻都是公司的领导人背叛了员工信任的典型例子。在这些情景中，承担责任是非常重要的。不管这些案例中的少数人的不诚实引出了丑闻，但是这必然会引起人们对激励所有组织成员的动机产生怀疑，或多或少地损害无辜员工的利益。信任包括对可以衡量的风险判断。过去十年的公司丑闻，都是通过把更大的风险转嫁到客户、供应商、员工身上，而背离信任，尤其是安然（Enron）公司长期资本管理的整体商业模式（LTCM）。事实上，这也是LTCM模式的要害问题。

在上述上案例中，审计员明显的串通行为（或者完全渎职）同样伤害了公众的信心和员工对公司的信任。对会计诚信捍卫的失败，怀疑的空气在其他客户中蔓延，削弱了公司信誓旦旦声称要与员工一起分享目标的能力，也降低了员工的工作积极性。

安达信（Andersen）公司的倒闭也证实了市场信任（或者缺乏信任）的力量。安达信（Andersen）这个牌子曾经是诚信的标志，在安然（Enron）丑闻中安达信（Andersen）公司的行为完全背离了它的品质特征，因此导致了失败。信任的崩溃导致了公司的崩溃。因此探索信任并不是情感化的事情，而是公司生存不可分割的一部分。

丑闻之后，一些公司引进和加强了控制手段，如《2002年萨班斯奥克斯利法案》（Sarbanes-Oxley Act of 2002）反映了公众对公司信任度的降低，同时也使这些公司付出了沉重的代价。可是，极为认真的风险管理将对公司的员工产生极其不利的影响，五花八门的服从文化使得员工不愿代表公司去冒那些值得去冒的风险。

卢梭（Rousseau）、塞特恩（Sitkin）、伯特（Burt）、凯莫勒（Camerer）[12] 指出，这种遵守类型的文化减弱了信任中的"关系"和"算计"上的成分，增强了对"制度"信任的依赖（例如，有一种依赖稳定结构和让员工在生活

> **过度的风险管理会对公司的员工产生极其不利的影响。**

中无处不感到组织的存在，以此来激起员工对组织信任的趋势）。但是正如我们所看到的那样，现代人力资源管理的发展趋势是弱化对制度的过度信任，这些因素结合的潜在作用是雇主和员工之间各种重要的信任都会土崩瓦解。

### 对绩效的过度检查

尽管新技术、工作方式和松散的公司结构已经出现了，但旧式的"命令和控制"的管理态度（在管理层和员工之间）并没有消失[13]。这种管理和控制的组合让员工感觉到自己处在不断的监督之中——既可向所有的人负责，又可不向任何人负责。有一个典型的例子，2003 年英国航空公司（British Airways）办理登机手续的职员进行了一次非官方的罢工。他们认为打卡进入系统可以用来追踪他们的活动，侵犯了他们的隐私权。这说明引进这个新的惯例办法是一种相当霸道的管理方式，它不仅损害了管理人员和员工之间的信任和亲善关系，还使英国航空公司（British Airways）为此付出了大约 4000 万英镑的费用[14]。

通常，员工要单独对来自各个方面、过多的绩效交流作出反应，而未真正受到绩效的驱动，如客户的需要和市场的驱动。失信把雇主和员工之间交流的通道切断了，不相信组织能公平评估绩效的员工会用各种富有想象力的方式感受到"游戏"制度会给自己施加的压力，反过来，随着双方信任关系

的削弱，管理人员对员工的监督会更为严密。

## 频繁变化与信任缺失

现在，人们采用以变应变的方法来管理由于员工与决策制定者的冲突以及员工与决策背后的驱动力分离所出现的风险。在问及员工的满意度和信任度之间的关系时，李（Lee）和泰欧（Teo）发现两者是负相关关系[15]。被问到如何应对变化，员工们感到他们承受着公司由于环境变化所发生的风险。

特别是在英国，我们对只考虑短期利益态度，如极低的在研发和固定设备投入感到愧疚，这种短期态度使英国的某些产业和公司从外部看起来不堪一击，更为紧迫的是从内部看起来更虚弱。现代员工注重的是公司的业务进展和资金的流向。现在商业运作是一种吸引观众的运动，而不再是过去的黑匣子了，所以今天工人不仅能够看见匣子的内部，而且他们对所见所闻会表现出明显的不满。工人不再信任他们的雇主，66%的员工认为他们的信任度在下降，77%的人认为"信任"是一个重要的问题[16]。

英国人事与发展特许学院（A Chartered Insitute of Personnal and Development）的一项研究（Guest and Conway，2004）表明，英国公司的信任度在下降，41%的工人基本不信任或者完全不信任高层管理人员，只有25%的员工对高层管理人员较为信任。调查还表明，对领导团队的信任度也明显下降，在两年里，公司员工对其最直接的一线管理人员的信任度下降了10%。

美世顾问公司（Mercer Consulting）2005年的一份调查报告表明，英国雇员认为他们的高层管理人员能够坦诚交流的人数从2002年的39%下降到36%。雇员的信任度随着他们工作的时间长度而明显下降，工作时间越长，信任度越低：在公司工作不到一年的员工中有57%的人相信他们的管理人员能够坦诚交流；在公司工作15年或者更多年的员工里只有25%的人还信任上司。美国的情况与此类似，仅有40%的员工相信他们的高层管理人员是真诚的。

缺乏信任加上剧烈的全球竞争使工作场所成为令人不舒服的环境。

## 个性化

怀疑和不安全的氛围反映出个性化的社会冲动，现在的员工有一种更强烈的自我意识。简单来说，就是员工想要的更多，需要的也更多。他们要公司对他们有更多的投入、更多的责任。研究显示，在英国，员工想有更好的工作与生活的平衡、晋升的机会和挑战性工作的机会。除了有竞争力的工资之外，以上的因素就是员工在找工作时关注的重要标准[17]，并且这些因素在不同的年龄段和工作阶层相对一致。

公司要不断吸引人才。在吸引优秀员工、保留优秀员工的驱动因素中，学习和提高新技能的机会最重要（第二大驱动因素）[18]，员工还想要在一定程度上参与公司管理。先正达（Syngenta）农业科技公司的马丁·泰勒（Martin Taylor）曾说："人们从来不会做别人命令他们的事；如果能让他们参与决策，他们就会做得更好。"人们总是都很自信，坚决维护自己的权利。年轻人在工作的最初阶段想频繁地更换工作目的是要找到更适合自己的工作。在欧洲的劳动力中，除了15%的人在积极找新工作之外，还有41%的人在消极地找工作，他们不是不得不找而是在碰机会[19]。年轻人希望工作时间更加灵活，工作和生活的界限不要太分明。如可口可乐（Coca-Cola）公司的战略规划部主任吉尔·麦克劳伦（Gill McLaren）所说：

> "现在年轻人工作的关键是生活和工作之间的平衡或是二者合二为一。他们普遍需要更灵活的工作时间，和一种能把工作和生活融合在一起的能力。他们期望在工作时使用网络来解决度假问题、下载音乐或者给朋友们发电子邮件，然后高兴地把手提电脑带回家在晚上或者周末处理余下的工作。如果公司仍然坚持老套僵化的工作方式，不提供适度的灵活性，这些公司就可能在吸引和留住年轻员工方面就要下大力气了。"

令人不安的事实是：在知识经济时代，人才选择公司。没有其他的方式了。

新时代的工人已经出现了，或者可能新工人是新组织急于创造出来的。与曾经要求员工更合作、开放、信任相比，现在对员工要求更高了。一旦竞争本质上变成区域性、全球性的，以及通讯革命的出现，这将给公司在员工、股东和其他利益相关者之间快捷的分享信息带来巨大的压力，包括切断传统的权力系统，旧的模式是以单一的、对一线所有部门（客户接触、商品供应、服务等）的命令和贯穿公司上下的单向信息链为特征。显然，缺乏沟通效率，但这意味着管理人员在他们负责的区域有着较大的处理权。在同质化、竞争不太激烈的市场中，这种管理体制可以生存，公司也不需要像今天这样对市场变化作出反应，比如说，特斯科（Tesco）公司现在有7万客户群体，只要不到十个细分市场就足够了。

**新时代的工人已经出现了。**

在传统体制下，信任没有现在这么重要，因为当时的文化僵化。在今天更为复杂的组织环境里，单一的权力系统不会再起作用，你不可能再设计出有清晰的责任系统的公司，所以需要逐渐地让员工在公司战略的框架之下作出自己的决定，而市场情报来自于很多的媒体源，网络和公司专用网都有信息资源可以供很多人在第一时间获得。

大公司尤其要处理好本地和全球的客户和供应商的关系。为了适应快速变化的环境，制定决策要迅速、要本土化，还要考虑到广泛的影响。全球公司要求它的供应商在全球范围内都是平等的，反过来这些供应商不仅要满足公司总部的要求，还要满足地区客户以及这些客户所在市场的需求。在跨国公司任何一个员工都会承担来自全球功能、区域性和全球业务单位这三个单独的影响系统带来的压力。要作出准确的反应以及提升竞争力，就有必要敏捷地、连贯地跨过这三个业务系统工作。为使工作不会引起混乱，每个员工都是这张工作网的一部分，就必须对所涉及的原则和战略有深刻的理解。简言之，就是他们必须要敬业、要团结。

IT系统的发展提供了过去40年公司结构变化的有趣类比。上世纪70年代，建筑设计集中在电脑的主机上，把数据进行分层处理，很像在传统的建筑公司结构中非常苛刻地把描绘部门集中在公司总部。随着技术诀窍和客户服务需求的增长，当地的区域网络得到了发展，这个网络包含了当地各种内容的数据信息，反映了流行的授权理念和行业界限的模糊。随着对及时信息的需求增加、全球商业的增长和通讯速度的提高，IT 系统用"开放的网络"来回应。行为条款的变化导致需要更高水平的信任来这支撑这种相互依赖的感觉，并且一种新的方式即客户是驱动力取代了自上而下的管理风格。当然，因为社会变化，所以客户也在变化。英国甲骨文公司的艾安·史密斯（Ian Smith）指出：

> "15 年前，英国的消费者有典型的英国人的特征。他们会很自然地排队，也能容忍不太完善的服务……15 年后发生了变化；是否是因为私有化的出现，是否是因为每天的报纸都变成了小报或者成了仅印一面带有消费者冠军的纸片，还是因为《监护人》（Watch-dog）和《安·罗宾逊》（Ann Robinson），已完全不同了。"

在英国经济领域中，面对面的服务和制造行业的变化也产生了作用。如果说这个国家现在是服务经济而不是制造经济可能过于简单化。现在发生的情况是，服务业和制造业的低水平，导致公司资源要么被别人利用，要么只有靠别人。在英国员工们关注的是在这两个行业的较高层次的就业，因此，在高层次上吸引和留住、开发高质量的员工越来越重要。

"矩阵管理"这个概念第一次被创造出来是为了反映前面提到的全球功能、区域性、业务单位三方的管理结构，但现在它已经是一个过时的概念了。它反映了用科层理念来设计出能够反映市场日益增加的复杂性。现在它还未起作用。认识到有才能工人的个人主义要求我们还要了解管理这些工人的复杂性，只有这样才能让这些工人既敬业又团结，才能获得个人、同事以及公司的成功。为了做到这一点，员工们必须要理解公司的战略和战术目标。

换句话说，随着商业环境变得越来越复杂，公司对待员工的方式也在发生着变化。可以说，曾经是简单的程序，现在却变成了多方面的交流。

## 对"为什么"问题的思考

所有这些变化都是问题吗？可能，但是变化也会带来大量的机会。员工与雇主之间关系的新现实意味着吸引员工、留住员工与开发员工的方式会建立起员工与公司之间情感纽带。这个情感纽带依靠的不仅仅是取代陈旧的权威手段，而且还要有对其改善的能力。让员工切实关注他们的公司可以减轻雇主的工作负担。如果公司成功了，雇主的这种努力会得到更多的回报，回报就是员工敬业。联合利华公司的家庭和个人护理部主任凯奇·戴德塞斯（Keki Dadiseth），用印度联合利华公司获得了成功增长的例子，很好地总结了这种价值观。对他而言，敬业的员工在执行任务时：

> "……他们眼睛闪烁着亮光，并且为工作而激动万分。突然，他们会做超出其能力三倍多的事情。"

雇主不再通过他们胳膊上表示职衔的条纹或者用贴在办公室门上的头衔来显示他们的权威，相反，雇主必须打造和保持一种相互尊重的制度。"为什么"是这个制度的核心。如果能做到这一点，你不仅可以建立一个敏感反应和适应现代商业环境的公司结构，还可以利用大量潜在的资源即员工无限的努力，去实现组织的目标。其目的就是要创造一种不用别人问"为什么"问题的环境，在这样的环境里，由于公司和个人交流的透明度很高，所以一些指令和要求的理由自然就会被理解。这个过程有双重作用：沟通的建立使得整个公司的工作人员都会理解公司决策背后的基本原因，更关键的是，可以传递和分享绩效成果，这样，员工就会更加信任他们的领导。联合博姿公司的理查德·贝克说：

> "在沃尔玛（Walmart）拥有阿斯达（Asda）的那两年半里我学会了一种表达方式，即山姆·沃尔顿（Sam Walton）的表述：'你分享的越多，你关注的就越多。'这就是说，要与你的员工一道分享

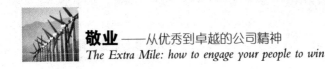

> 信息，并利用机会告诉他们哪些是好的，哪些是坏的，哪些是不相关的。直接告诉他们与公司有关的事情，告诉他们的要比公司需要让他们知道的还要多。"

有（应该有）道德高尚的工作圈子，在这个圈子中，员工的信任靠公司管理层明确告诉员工公司战略目标是什么以及员工能分享公司的成功；员工又通过贡献自己的精力支持公司发展作出回应。

**有（应该有）道德高尚的工作圈子。**

当大卫·库里（David Currie）接任英国电信监管局（Ofcom）主席的时候，他就宣布了一条重要的原则即内部透明制。作为管理者，英国电信监管局（Ofcom）对外界有高度的透明度，通过一系列的内部解释条例就能反映出来，这样员工就能很清楚地了解到当局决策的制定以及为何制定的原因。英国内阁办公室安全和情报协调员大卫·欧盟德爵士对于在执行决策时陈述内部业务价值观时也持有相似的观点：

> "这是一个令人激动的故事，如果员工们不理解为什么，尤其是为什么是他们，他们就可能不会用正确的方式解释公司战略方向了。"

"为什么"的战略问题可通过寻求以下两个问题的深层答案得到加强：为什么他们要为公司的事业投入自己的精力？他们为什么会敬业？

英国工业联合会（CBI）的前总干事狄格毕·琼斯（Digby Jones）爵士十分明白和热衷于研究让员工敬业的重要性。他这样说：

> "不管怎么说，如果你能回答为什么的问题，并把它转化为优势，你就统治了全世界，因为其他的一切都变得清清楚楚了。"

理想的情景是，有这样一个公司，在这里根本不必问"为什么"这个问题，因为每个人都知道公司前进的方向，它为什么选择那路线以及它打算如何到达目的地。在这家公司，所有的员工（高层和基层的）都很敬业，很团结。要想知道怎样才能实现目标，请看下一章。

## 注释

[1] 圣吉, P.. 第五项修炼[M]. 蓝登书屋, 2006；诺纳卡, I., 泰克奇,H.知识创造公司：日本公司创造革新动力学[M]. 牛津大学出版社, 1995.

[2] 泰晤士报高等教育增刊, 2006-03-24.

[3] 迈尔斯, R. E., 克里德, W.E.O. 公司的形式和管理哲学:描述分析回顾[M]. 17卷. 格林威治CT：JAI 出版社, 1995：333-372.

[4] 萨克斯纳, A.. 超出界线：开放劳动力市场向硅谷学习[M].; 阿瑟, M.B., 卢梭, D.M.. 无边界的职业生涯：新公司时代的新公司原则[M]. 纽约：牛津大学出版社, 1996:23-29.

[5] 皮彻, G.. 编造的绝路[C] 21 世纪交流. 伦敦：大众出版社, 2002.

[6] 经济学家, 2001(7)；编造故事医生的后果. http://www.economist.com/displaystory.cfm?story_id=693570-accessed, 2006-06-01.

[7] 带霜冻的早餐. BBC 新闻, 2002-06-23.

[8] 同[6]。

[9] 资本经济. http://www.guardian.co.uk/supermarkets/story/0,1717646,00.html-accessed, 2006-05-31.

[10] 降低平衡木. 经济学家, 2006-05-20.

[11] Bies, R. J. and Tripp, T. M. (1996) 'Beyond distrust:"getting even" and the need for revenge', in Kramer, R. and Tyler, T. (eds.) *Trust in Organizations: Frontiers of theory and research*, Thousand Oaks, CA: Sage, pp. 246-260.

[12] 卢梭, 塞特恩, 波特, 等. 毕竟不是如此不同：信任的交叉原则观点[J]. 管理学回顾学术研究, 1998(23):393-404.

[13] 索罗森. 信任在工作中的长期角色——提高移动电话生产率的关键因素, 2004.

[14] 爱若史密斯. 英国航空希思罗机场的罢工. http://www.eiro.eurofound.eu.int/2003/08/feature/uk0308103f.html-accessed, 2006-05-31；BBC 新闻. 希思罗机场的骚乱还在继续. http://news.bbc.co.uk/2/hi/business/3085813.stm-accessed. 2006-05-31；爱丁堡晚间新闻. 英国航空投入 4000 万在打卡进入系统上.

http://news.scotsman.com/topics.cfm?tid=438&id=825432003–accessed, 2006–05–31.

[15] 李, G., 泰欧, A. 公司重组：信任和工作满意度的影响[J]. 亚洲太平洋管理, 2005(1)：23–39.

[16] 约翰森, 麦克. 敬业新规则. 人事发展特许学院.

[17] 韬瑞咨询公司. 英国数据库[C] 全球劳动力研究, 2005.

[18] 同上。

[19] 韬瑞咨询公司. 创造一支敬业团队的十大步骤[C] 全球劳动力研究, 2005.

# B

# 敬业的根基

## 从优秀到卓越的公司精神

# THE EXTRA MILE

HOW TO ENGAGE YOUR PEOPLE TO WIN

敬业，如果不是一时的管理潮流，就必须有坚实基础的支撑。这些基础包括三个方面，即员工能够参与稳固的经营计划、员工信任、尽职的领导人和能领导敬业活动强有力的顶级团队。本书不是研究战略的书籍，因此我们假设你的商业模式是明智的、有效的，且能随时准备接受市场的挑战。第2部分，我们集中讨论的是企业高层领导为了实现敬业应该做什么？相信什么？

敬业

从优秀到卓越的公司精神

# 4

# 领导者要行动

*The leader; walking the walk*

> "领导既不是要作出英明的决定也不是做大生意，更不是为了个人受益。领导应该激励别人作出明智的决策和把事情做得更好。换句话说，他就是帮助员工释放他们体内自然存在的积极能量。有效的领导激励而非授权；是联系而非控制员工；是论证而非决定。领导让员工敬业就能实现这一切，领导首先要自己敬业——然后才能带动其他人也敬业。"

　　　　　　　　　　　　　　　——亨利·明茨伯格（Henry Mintzberg）[1]

　　每一个领导人都认为他们自己是为激励员工和使员工敬业而刻苦工作的人。积极、忠诚、奉献，每一个人都知道这是公司员工需要具备的重要品质，因此员工认为自己应该注重这些品质的培养。但是如果你认为自己是让员工敬业的领导人，那么根据统计的结果，你很可能错了。还记得那份关于劳动力敬业的研究吗？该研究结果显示英国劳动力（和全世界劳动力）并不是高度敬业的。既然每一个层级领导人的品质好坏对敬业起着重要的作用，如果员工们没有高度敬业那自然是领导的错了。

　　首先，你要真心实意地关心你的员工，这不是说说而已，还要拿出行动来。统计显示，高层管理人员真诚地关心员工的福利是员工敬业的首要因素[2]。

如果这个说法是对的，一项测试表明，英国高层管理人员在让员工敬业上做得相当不好：45%受访者完全不相信他们的领导关心他们的福利，甚至还有25%的人认为他们的领导根本不知道该如何去做。因此尽管领导人都可能认为他们在致力于驱动敬业的某一个基本层面表现很好，但是70%的员工却不这样认为。

真正关心员工的福利只是推动员工敬业的要素之一，被聘用的员工期望他们的管理人员能够合理地把这一特点显现出来。

英国特许管理学院和贸易工业部（DTI）的一项研究表明，员工盼望领导人能够领导他们开发愿景，在组织内建立信任和尊重的氛围，然而有不到4/10的人认为他们并没有在领导身上看到这些表现。

还有一项研究表明[3]，大约有三分之一的员工认为他们的领导能够言行一致、有坚定的价值观，也就是还有大约有三分之二的员工中立或者是不同意这一事实。同样的研究还表明，72%的员工中立或者是不同意高层管理人员能够与员工进行开诚布公地交流，员工们很难相信高层管理人员愿意跟他们交流有关组织的长期成功的清晰愿景。因此，虽然你或许认为自己是一位有效的领导人，但是研究结果显示如果你真的做到了，那么你只是少数派。

那么，怎样才能保证你是"有效力"团队里的一员呢？

英国儿童、学校与家庭事务部（DCSF）常务秘书，前英国皇家学校(HMCI)督察大卫·贝尔（David Bell）认为领导有以下两方面的职责：

> "领导，我认为我们可以明确地断定，他们是有作为和存在两方面的复杂混合体。领导要进行有效的管理，还要让别人把事情做好，让员工'做'正确的事，领导先要做正确，但是我还认为领导也是一种'存在'方式，这两方面并不是互相排斥的。"

好的领导人善于获得成功，这表现了领导"有作为"的一面。但是为了持续取得成功，领导就必须依赖他的员工，因此，他最好作出表率，否则就会有失去成功根基的风险。我们首先看看领导行为（"存在"）的一面吧。

# 领导"真实"的一面

### 谁是真实的你?

莎士比亚(Shakespeare)曾说过:"做真实的自己。"这话听起来很简单,但你必须是你自己。为什么?因为大体上说,员工都是精明的。领导人只要空口说一些有关最新的管理时髦话语他们就能判断真假。显而易见,如果员工们认为你都不相信自己的话,那么他们也不会相信你的观点、你的决策、你的敬业活动安排。任职至 2007 年度全国建筑商协会(Nationwide)的首席执行官菲利普·威廉姆森(Philip Williamson)说:"员工并不是傻子——他们能够感觉到真诚还是虚伪。"我们凭本能就知道他说的是对的。

> **"员工并不是傻子,他们能够感觉到真诚还是虚伪。"**

有趣的是,关于领导敬业的驱动力包含了以下几个流露真实思想的名词——真诚、坚韧、思路清晰。可口可乐公司的吉尔·麦克劳伦强调,这些品质都很重要,也都能经受得住时间的考验。98%接受调查的员工认为他们的领导人与其去追求流行一时的管理潮流,不如表现出开诚布公的一面,这样效果会更好。正如我们上面表明的,员工们并不认为他们的领导人已经做到了(只有 28%的英国受访者认为他们的高层管理者能够与他们进行开诚布公的交流)。管理学泰斗亨利·明茨伯格同意上述观点,他清楚表明:为了使你的员工敬业,你需要与不同层面的组织成员接触,要理解他们、联系他们、关心他们的感受,你还要做一个真实的人,不是那种不了解实际发生了什么就信口开河说些新理论、"官腔十足"的人。此时此地就体现了信任的重要性,员工们相信他们的管理者会关心他们的感受吗?或者管理者会认为自己由于与员工差别巨大而只是沉浸于自身思维之中不可能真正了解员工的世界发生的情况呢?

理查德·贝克是这样看的："榜样就是领导力。如果你自己不做，就不要让别人去做。必须讲信用。"

然而，在领导与员工联系之前，先要做一件事，表明你要员工参与什么工作（你的战略）、你希望他们用何种方式来做这些工作（你的价值观和行为）。要对战略和价值观有深刻的把握，深入思考、仔细鉴别，再高明的主意如果没有真诚的信仰那也很难兑现。请参考下面杰夫·泰特隆（Jeff Tetlow）的故事：

> 1994 年，杰夫·泰特隆是负责在北海中部开发大不列颠天然气田科诺科（Conoco）项目工程部主任。该工程规模巨大：这个天然气田有 3.5 兆亿立方英尺，负责相当于英国平均每天消费的 8% 的天然气产量，工程投资了 12.5 亿英镑。那时杰夫考虑到行业标准越来没有说服力，并且日渐昂贵，所以他就致力于寻找更好的实施该项目的方法——他们也知道必须采取一种新的不同实施方式。他和他的同事们想出了一种结盟体系的观念，这在那个行业里是一种新尝试。标准的惯例是把工程中的每一项都进行竞争性招标，然后每一个指定的承包商单独负责把他们承包的那一部分做好。与此相反，科诺科采用的是共同分享利润制度。一旦项目所必需的合理的成本被确定，科诺科就会把这些成本直接交给承包商（也就是对这些承包公司来说没有风险），还会与这些公司按照 1:1 的比例一道分享实现目标以后的剩余好处，因此鼓励这些公司与科诺科合作，和其他承包商一道实现节约成本和按时完成任务的目标。
>
> 这个过程以指定承包商为起点，在选择的时候不仅要看他们的预算和进程预报表，还要看他们对于合作这个概念有什么看法，问他们的第一个问题不是他们是否能一起合作，而是他们要怎样才能完全做到合作，这种结盟结构对于大不列颠天然气田项目极其成功，因为各方之间没有冲突，交流密切，所以这个项目节省了 20% 的预

算且提前两个月完工。

杰夫·泰特隆新颖的观念确实起了作用，可能有人会想可不可以把它变成行业标准，结果错了。十年来这样的结盟还是很少，为什么会是这样呢？杰夫·泰特隆认为那些试图效仿大不列颠成功的人并没有真正理解结盟的含义，杰夫和他的团队热衷于这个观点，选择的承包商也有能力吸纳这个观点，同时还能够增添他们自己的观点，那些试图模仿的人只是领会了其中某些观点，他们只是执行项目中合同所要求的部分，但是却没有建立真正的信任关系，结果就会使合作伙伴之间相互猜疑，不能确保参与该项目的每个人都在同一条战线上奋战。

这就是一个关于员工之间需要信赖的故事，杰夫有坚定的信念，他预先采用了强有力的、果断的甚至是激进的行动计划，对工作方法进行了显而易见的变革。这种方式会奏效的，因为实施的人已经做好了冒险的准备并且在筹备阶段就努力工作了，一旦项目上马，不断的交流可以确保它不会偏离控制。从始至终，杰夫都传递了这样一种信号，那就是他坚信这个计划，并且做好了努力奋斗的准备。灵活激进的计划加上可见的决心和责任造就了杰夫观念的成功。在项目开始时他的目标并不单纯是为了促使员工敬业，但是项目的成功最终依赖的确是从上至下全体组织人员的敬业精神。

大卫·欧蒙德爵士认为任何变革的过程，包括驱动敬业，在一个组织内部总是应该以诚实的对话开始的，这种对话只能来源于贯穿组织上上下下的忠诚：

"它与真实性有关，解释为什么需要变革的真实性，讲令人信服的故事而不是瞎吹或者只是鹦鹉学舌……你可以在下一个层级、下两个层级、下三个层级不断地重复着说……因此即使在一个极小工

> 作小组的员工也盼望着他们的老板下命令，他们做这件事就是因为
> 上面要求做吗?实际上，他们真会相信这个故事吗?当他们开始相信
> 或者当关键员工开始相信的时候，事情就会有起色，随后就会很快
> 开始。"

在这个语境中"真实性"的含义是什么呢？我们指的是必须言行一致。真实的领导人每时每刻都要实践他的价值观。杰克·韦尔奇这样解释说："领导不能有丝毫的伪装。"

罗伯·高夫（Rob Goffee）和葛瑞斯·琼斯（Gareth Jones）在他们撰写的《为什么每个人都被你领导》[4]一书中提到真实性是领导的一个关键部分：

> "我们越来越不满意圆滑、虚伪和求胜心过急的领导，这一点使
> 得真实成为今天的公司渴望的品质。不幸的是，这种品质是短缺的。
> 领导人和他们的继任者都把真实和真诚、诚实、正直联系在一起，
> 所以真实是真正的、定义伟人的唯一属性[5]。"

然而，仅有真实是远远不够的，你还必须被员工认为是真实的。组织成员要能够和你和睦相处，这就要求你对不同的人有不同的交际方式。建立你的真实性并不是要你赤裸裸地暴露在人们面前，也不是给予你自由的缰绳，任你为所欲为。高夫和琼斯把这称为"管理你的真实性"，这个概念听起来像个悖论，但是这确实是一种简洁的表述方式，这种方式描述了你选择你基本自我的哪一面是在任何场合最合适、最有用的。只要有强大的、不可改变的一套核心特征和信念做后盾，这种方式就会起作用。

领导一言既出，驷马难追。他们要么言行一致，要么他们自己骗自己，总之难逃这两个结果。

因此领导不能根据场合的需要采取伪装的外表。当讨论为什么某些管理人员理论上已有升职的可能但最终却没有实现时，杰克·韦尔奇指出了真实的重要性及其危险性。"什么做错了？最终我们需要指出的是那些人表现出某

种程度的虚伪。他们假装拥有一些他们并没有的东西，似乎他们比真实的自我更能自控、更乐观、更机智。他们不流汗、不流泪(不真实)，他们尴尬地扮演着他们自己想象的角色。"

真实的领导人一直都在管理自己的行为，尤其强调运用他们个人的差异(例如某些怪癖)来反映他们的领导目标：

> "激励领导的这些个性差异需要在领导情景中发现他们能动员的自身力量是什么[6]。"

因此没有单一的"领导"模式让你来模仿，相反，你必须要发展你自己的性格特征，这样，你的下属就会相信他们可以跟你开诚布公地"交流"，这可能会暴露你的缺陷和弱点，但是没有办法，实际上，这很可能让下属更喜欢他们的领导，而不是违背自己的原则。

尤其重要的是，真实性意味着领导者要诚实地兑现他们的诺言，在不向他们的个性妥协的情况下，履行他们在合同中的责任和义务。2006年，英国工业联合会（CBI）的总干事的狄格白·琼斯（Digby Jones）爵士回应了这个观点：

> "员工们不得不判断领导的诺言。他们对领导不仅要听其言，还要观其行。这些都是透明的、公开的……我认为他们不必去监督一位值得信任的领导。实际上，员工很想看到跟正常人一样的领导，这样的领导喜欢喝饮料，说：'对不起，拿错了，帮我一下。'"

因此，这并不是否认我们的不同的情绪和不同的角色。你可以在不同的时间用不同的方式表现你自己，保持真实的自我。事实上，你在不同的场合表现出不同的风格也很重要。

对于领导风格这个问题，许多的受访者都持有不同的观点，以下是一些值得注意的评论。

"对于任何管理者来说，洞察人的能力是很关键的属性。你需要根据你接触的人来调整你的管理风格。如果你只有一种风格那么就只会有一个人来回应你，这会限制你把自己的潜能发挥到极致。"

——比尔·斯维登汉姆（Bill Sweetenham）

英格兰游泳教练

"近年来，关于领导必备的条件方面有了实质性的变化，命令和控制的时代已经一去不复返了。今天各个层级的领导需要鼓励员工完全融入打造新的和更好的工作方法之中。为了在竞争中的取胜，一种引发创新和创造力的综合方式必不可少的。"

——奈杰尔·克劳奇（Nigel Crouch）

激发领导力项目负责人[7]

"领导们必须穿不同的外衣，你穿的不同衣服只有一种显示外表功能、一种传递信息的方式。衣服不能与要传递的信息相违背和冲突。"

——科林·格林（Colin Green）

英国国防航空巨头罗尔斯洛伊斯公司（Rolls-Royce）的总裁

"你就是你，到最后不管你是多么好的演员，你都要恢复成现实的自我。对于一个领导，最重要的要求就是言行一致。你精疲力竭，员工会理解；你发脾气，员工也能接受。员工会接受所有人类的情感，但是他们唯独不能接受你言行不一致。"

——马克·斯坦诺普爵士（Mark Stanhope）

北大西洋公约组织副主席、英国海军上将

因此，为了敬业，你要展示自己真实的一面，实际上，你应该向你的公司和员工表现出你的责任感：关注他们的福利、他们面临的挑战，与公司上下进行坦诚的交流。回顾一下英国儿童学校与家庭事务部的大卫·贝尔曾对理想的领导行为作了如下定义的：

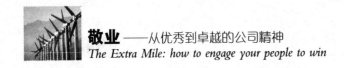

> "领导的本质……有很多重叠的特征：内心平静、有忍耐力、有判断力，有自我的现实主义态度、道义勇气和怜悯之心。"

## 真实地表现自己

当狄格白·琼斯（Digby Jones）爵士接管英国工业联合会（CBI）之前，该组织总干事的继任者都是一群高智商，但有些书生气的人。该组织是培养杰出人才的摇篮。狄格白·琼斯爵士对他所在的部门有一个设想：他想集中精力恢复会员制。他认为从伯明翰最小的公司到全国最大的公司，该组织目的不是为了取悦政府而是联系它的成员。他想要发起一场运动，但是同时他知道还需要和政府之间保持平衡，还需要保留利用与政府的交往的权力，确保他们不会阻止他进入政府大楼。第一步，要让大家知道从此以后会员制享有最大优先权，要想冲破旧体制下已经变得很舒服的文化十分很难，所以他不得不作了如下表白：

> "信息传输机制是总干事们通过拜访新的会员，回复会员的电话，与会员进行不断的交流，一步步建立起来的。一切事情都是围绕会员而做的。随后他们派我去与政府对话。我意识到，自己很讨厌跟政府打交道，当他们抱怨我时，我会感到浑身不舒服，但只能接受这个事实，至少表面上看起来接受了它，我一动不动，也不转身，突然，这些会员会想'他刚才没有说什么啊，他自己已经接受了批评，他一直在维护会员的利益。我们应当做些什么来支持这个人呢？'"

人们总是眼见为实。如果你不用自己的行动来展示你计划和要求，仅仅口头上重复它们是没有用的。落实变化的第一个地方就是你的周围，如果你认为今年公司要削减成本，你就需要留意自己是如何控制经费支出的。如果你认为公司应用多样化战略，你最好深入考虑一下你直属团队的多样化水平。

如果你想要你的公司有人人平等的文化，那就要确保管理人员和员工之间不各用各的设施。

狄格白·琼斯爵士以一种简单的方式指出了这一点：

> "你在前面带队，就要保证行动绝对坦诚。这样，员工们就会知道你打算与他们一道分享变革的经验，还知道你不去做那些单一的事情，也不会要求他们去做的……最重要的就是我们一起做。"

你必须保证你的个人行为是你想要的示范，这样才能成为公司的标准。像甘地（Gandhi）所说："如果你想在现实世界的变化就是你需要变化。"你要多花时间告诉每一个组织成员你想要他们如何做，并且用人们的行为方式表明你不希望在公司看到什么。一项研究显示[8]，通过讲故事的形式可以有效地交流，有的故事可以说明什么是公司期望的行为，有的可以生动地表现出你希望渗透于整个公司的行为。然而，在员工自己看来，倘若他们没有感受到你的行动或者没有通过提升、奖金、公开表扬来回报这些"正确"的行为，采取合适的措施惩罚"错误"的行为，那些故事就没有什么实际意义了。

**变革最先从你的周围开始吧。**

你还需要注意的是在个人的层面上，你的行为、你的谈话、你的习惯都会不断地传递某种信息。在公司，你每时每刻都在表现自己。如贝登希尔公司的总裁埃瑞克·皮考克（Eric Peacock）所说：

> "领导就是看你在没人监视时做什么……我的神志非常清醒，当我去了公司的每一个部门后给他们留下的印象就够让他们谈论一天。你知道，我是发着脾气进去的吗？我是面带微笑进去的吗？我是充满精力和热情进去的吗？……我非常清楚我发送出了什么信号。"

每天你选择和谁谈话、你如何走进公司大楼、你对好或坏新闻的反应是什么，你做的每件事情都在传递一种信号，因为你是老板。基于这个原因，你需要竭尽全力执行你的敬业计划，本章开篇曾引用了明茨伯格这段话：

"领导首先要自己敬业——然后才能带动其他人也敬业。"尽管敬业要由高层来驱动，但不该由高层强加给下面来做。这就要求你树立榜样，真心实意地相信你的公司、你的决策、你的最新驱动力的价值。因此，你就应该在员工敬业活动中尽自己的职责，发挥应有作用。

## 发挥你的优势

戴雷·托普森（Daley Thompson）决心在 1984 年的洛杉矶奥运会上获得他十项全能的第二枚金牌，但是其对手杰本·汉森（Jurgen Hingsen）对他穷追不舍，他自己也知道 1500 米长跑是弱项。为此，他拜访了一位世界著名的教练，向他请教如何改善自己的弱项。该教练考虑了戴雷的请求，并且告诉戴雷，说他不准备帮他提高 1500 米的成绩，相反，他要帮助他改善其他九项的成绩，这样 1500 米的结果就显得相对不重要了。这个策略取得了成功，在洛杉矶奥运会上托普森（Thompson）进入了最后的决赛，他只要跑完 1500 米就能获得金牌。他和他的教练都懂得，你发挥强项比你改善弱项，结果会更好。

德鲁克说我们不应该把精力浪费在提高竞争力差的领域。"从不合格提高到平常水平所花费的精力和工作量远比从优秀提高到卓越的花费要多得多，然而大多数公司里，许多人还在极力想把不称职的执行者变成一般水平的执行者，其实应该把精力、资源、时间用在把合格的执行者变成明星执行者[9]。"

然而，一般来讲，你应该学习一些简单易学的技能。与其强迫你自己做与你的性格不符的事，不如精益求精。创新者应该寻找各种方式（讲座、和善于鼓舞人的高手谈话等）来激发自己的创造力。激励他人做到最好，应该紧密切关注以下几点：在公司的各个部门都有机会更有效地使员工的技能发挥作用吗？有和员工一起吸收和分享他们的知识成果的正式途径吗？

为识别员工的缺点和优点，在你留神观察组织成员之前，你应该把这个过程先用到自己身上："在向你的团队提问之前先向自己提问"，如英国最成功的赛艇教练杰本·克劳伯勒（Jurgen Grobler）所说。诚实是前提：认识到你自己的缺点本身也是优点。

为了提高你领导能力的自身特点，总会有改进的方式。怎样鉴定它们，怎样找到最好的实践和改进的方法，一切都取决于你。你需要认识到这些都要依据个人情况而定，每一个人的具体情况又会有所不同。第一步就是找到"真实的自我。"

## 那么，星期一你应该做点什么呢？

你如何把理论付诸实践？这些建议可以帮助你上路，星期一早上你可以采取的实际步骤如下。

### 1. 表现出真正的兴趣

撕下图 2.3，早上晚上都要看，看是否 "每一项都能打钩"。如果不能，要么改变你的态度，要么走人。

按照英国连锁零售巨头特斯科公司的特里·希莱爵士说的去做。他告诫他的团队必须要确保真正了解下面两个层次同事个人关心的事情和愿望。

> 第一步就是找到"真实的自我"。

### 2. 与获胜者进行交流

找一些速赢的例子，不用管他们怎么不起眼（但要保证他们与你的观点一致）。美国橄榄球队伟大的教练比尔·帕塞尔斯（Bill Parcells）[10]解释说，单纯地要求运动员看起来精明这是第一步，他们来了以后互相观察，然后思考："我们能做到教练要求的。"每一次的小胜利都会产生一种新态度，一种"能做"而不是"不能做"的态度和方式。

### 3. 确保你知道你是谁（你是如何被人理解的）

自我诊断的第一步是相对简单的，但关键是要采取单独的行动，需要思考和诚实的自我搜索。离开一段时间，找一个安全点儿的地方。问你自己一

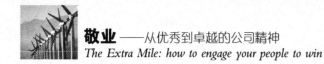

些问题（答案必须要记下来）：

- 你希望你的遗产是什么？你希望你的讣告怎样描述你？问以下这些问题的目的是找出你的驱动力：你想成为你的市场上的戴森（Dyson）吗？还是只是想赚很多的钱？你想成为企业家、玩杂耍的人还是令人放心的帮手？为了实现那个目标，你希望别人怎样看你：你希望被喜欢还是只是被尊敬？你希望被认为是有魅力的、可依赖的、体贴的人吗？你想成为一位优秀的管理人员还是一个鼓舞人心的领导，或者二者都是？你喜欢做长期还是短期思考？如果感觉这些有些杂乱，那么可以改变一下形式：写出一系列你认为重要的特征，然后权衡比较出你认为最重要的。

- 通过假设早期对你的生活有影响的人（可能是父母）的反应，对你刚刚得出的结论进行测评。你认为他们会尊重你描绘的价值观吗？同时假设一下你亲密的朋友们的反应。

做一个心理测试。曼布二氏类型指标是一个众所周知的心理测试，其经受了时间的考验且令人信服。贝齐·肯德尔（Betsy Kendall），英国最著名的从业者之一，描述了人们利用曼布二氏类型指标吸收信息以及把信息按照优先次序区分再作出决策的方法。还可以运用这个指标来理解自己、理解别人、理解其他的类型和偏好的员工怎么看待某种类型的领导。

曼布二氏的指导原则假设类型是先天的，当个体意识到他们的类型并利用这种类型而不是试图给自己定义为"错误"的类型的时候，个体就会最有效率。运用曼布二氏类型指标的要点不是探索你是否具有领导的特征，而是发掘你天生的特质，好在领导环境中磨炼它们。

## 4. 知道人们对你的看法

这是一种外部反馈。找出令自己满意的真实性格，这是你根据别人的观点来验证你的结论的重点所在。

- 写下最了解你的人的清单：家庭成员、朋友、以前的同事、亲密的业务伙伴。让他们提供以下三样东西：

· 简短列出他们认为你最擅长和最不擅长的事情，并举例。

· 他们认为你有价值的一种品质，举例说明它是怎样表现的。

· 认真总结他们是如何看待你的一件轶事的。

● 作为一种更正规的方式，它较好地利用你周围的外部群体作一个 360 度的全方位的反馈，确保参加者知道这件事，但要严格对外保密。

## 5. 确保别人看到一个真实的自我

使用口头和书面的交流渠道，确保公司里的每一个人都知道你在决策和价值观两方面相信什么。做好分享个人信息的准备，更重要的是要确保你的行为和你的信仰是一致的，定期重申你的信仰，因为员工是会变化的，也可能善忘。充满信心地展示你和你的价值观：如果你做报告的时候使用了大量的笔记和报告资料，如果你在公司内部感到不舒服和受到怀疑，或者是你的听众看起来有些烦躁，那么你就该有所警觉了。

## 6. 扬长避短

● 把你的人生合理地分成几个阶段，用四或五段的时间来合理地描绘同质的角色：一段是你进一步的教育，一段是你工作生活的前一两年，然后以你工作生活的每三四年为一段，后面都以此为例。

● 每一时期都要列出你所取得成绩、你是如何取得的、在这个过程中学到了什么、遇到了哪些困难、真正促使你成功的因素是哪些。

你想重复做一次的事是什么，你想放弃的又是什么？

指出你感觉自己是在事业巅峰的时间，也就是你的能力和你的职责匹配的最好时候，你既没有累垮也没有丧失活力。当然你还要找出职业生涯的一段时期，在这个时期你很少意识到你自己，你的"困难的人际关系"、有障碍的问题。

● 使用这个清单，鉴别你的优点，找出你的优点之后，定义每一个优点所包含的优势之处。列举出三件可以帮你挖掘和提高你的优点的事情。

- 简单地（并且诚实地）指出你的弱点，它们只是你已经忽略的学习技能吗？还是你知道的与你部分性格相符合的特征？
- 每三个月重复一次这个过程。

# 领导"做的事情"

当然，如果你的领导不"做事"，即使是一个真实的、表现完美的领导也没有多大价值，所以必须确保你的领导能使公司顺利前行、走向成功。领导者普遍的缺点之一就是在低层次运作，这可能错过了创造公司财富的关键的内部或外部的重大问题。因此你"做"什么、如何运作才不会错过那些"重大"问题呢？怎样运作才能使下属的活动既有效率又有效果呢？

## 五个活动层次

观察组织层次一个有用的方法就是通过由 20 世纪 50 年代由埃里欧特·杰奎斯（Elliot Jaques）最初发展起来，并以最近格兰·斯戴姆（Gillian Stamp）的研究成果为重要基础的工作来进行。杰奎斯认为，不管是什么类型的成功组织都有独特的但是联系紧密的活动层次，我们把这些层次简化为五个。

我们要向杰奎斯和斯戴姆表示歉意，因为我们使用了最简单的术语来为这五个层次下定义，在概括第五层次领导的工作之前，先简单地从第一层次开始吧。

- 第一个层次是组织中一线领导承担的工作，要经常直接和客户打交道。
- 第二个层次保证商品和服务在成本效益基础上交付，确保任何工作流程、工作环境或者文化变化都能安排得井井有条，不会破坏持续的工作动力。在第一个层次上主要就是管理上述内容。在这一点上，该层次的领导仍是一种线性方程关系。
- 第三个层次是对质量负责：确保资源被配置到合适的地方，处理好各种冲突。这一层次要为组织内部的最优实践负责，承担起控制第一层次和第二层次的责任，同时还要检查使用的趋势，但是更要关心公司的内部事宜，包括效率问题和流水线问题，确保组织的每一部分都能顺畅运行。

- 在第四个层次上，人们开始关注公司外部，确保任何外部流程和技术的发展与公司匹配。还要转化市场趋势和技术进步的趋势。第四个层次要确保组织能够跟上潮流，不断进步。在这个层次上的领导应该有清晰的方向感和上下一致的消息。

- 最高层次是第五层。这是战略决策层，把公司和外部环境联系在一起，并确保二者密切相关。第五个层次的领导应该确定公司的价值观和使命。诚如格兰·斯戴姆所说："不像领导工作中的其他层次，第五个层次在实行的时候需要开放的环境，在这一层次任何事情都可能发生，不管预先假定的条件如何都不得不作出决策。考虑到未来十年发生的那些已知的、未知的、令人怀疑的事情，要对期待的、有准备的、该防范的事情作出决策，这样公司相应的也会变得结构合理、资源充足、管理有序。"第五个层次的领导要为战略意图的持续性负责，因此要求领导在复杂的全球环境内要能区分出潜在的机会、不稳定性及其威胁。

为了使公司更具凝聚力，每一个层次都要做到位而且要健康运行，尤其重要的是这些层次要相互合理地联系在一起。第一个层次要有效率、及时地反映客户的需求，还要具备在必要的情况下解决经营过程中出现问题的能力。这一层次的先决条件是第二个层次所提供的计划、安排和信息传播的框架。如果第二个层次没有有效的领导，那么第一个层次的员工就会认为他们的贡献没有被重视，他们的需要也没得到重视，结果耗费就得不到控制，成本和缺勤率将会上升，员工们也不会敬业。

同时，除非第三个层次的领导能提供员工创造所必需的体系、过程、标准和资源，分享当前最优的实践经验，否则第二个层次上的领导就不能提供第一个层次所需要的框架。如果第三个层次上的领导不清楚这点，那么在工作中就有阻力,员工就会丧失信心,他们就不断地抱怨,最后导致成本增加而产品质量下降。

第四个层次上优秀的、头脑清晰的领导应该具备方向感,这样,当情况在某种程度上发生变化时,才能团结下面的人(决定你自己的行为并提供做事的原则)。第三层次和第四层次之间的交流渠道必须在同一个方向,才能起到作用。如果第四个管理层次的明智观点不是以第三个层次日常经验的现实为基础,那么员工就会困惑和不敬业。一个航班的管理人员认为空中小姐单独为每一乘客提供糖果、饭菜和饮料是最佳做法,但忽略了这对于45分钟航程的飞行是不切合实际的事实。各层次之间的脱节会导致下个层次员工的幻想破灭,因为实际上他们有证据表明他们的领导不是不理解他们,就是不认可他们的工作。在政府尤其容易发生此类问题:过多关注政治家所要求做的事情,却没有注意这些实际发生的可行性。

> **产品质量下降会导致成本增加。**

格兰·斯戴姆说:

> "第五个层次的领导应该保持信誉,这是所有变革的试金石。组织里的每一个人都应该清楚自己为保持这个信誉所扮演的角色,并且应该为代表组织经历最初的变革并有所超越感到骄傲和信心百倍。当这个层次的领导头脑不清晰时,变革的成本可能会失去控制,信誉会有丧失的风险,变革会遭到抵制,还可能产生不一致,最终导致失败。"

在商业史上充满了第五层次领导管理失败的例子。20世纪下半叶英国的莱兰牌(Leyland)汽车在全球高度竞争的汽车市场上没有进行准确定位,没有把精力集中在与海外市场建立正常的关系上,也没有关注其他制造商,这些制造商其实可以给予莱兰汽车在新世界里竞争需要的临界质量。英国渔农业及粮食部(MAFF)自认为他们的主要任务就是在实际中工作日程偏离了农户、偏向于农村土地管理时,他们要有效地和农户一起做好工作,但实际结果却是双方都遭受了损失。

20 世纪 90 年代末的马莎百货公司（Marks & Spencer）把精力集中在第四个层次的工作，更加有效地做着以前的事，却没有发现客户和竞争对手的环境已经发生了巨大的变化。

简言之，由于忽视或者是没有注意到公司周围环境的变化，这些组织还在创建导致在前四个层次不能为公司提高附加价值的环境。

意识到在第五个层次人员的数量开始减少是重要的。由于很多决策都涉及将来，所以你一定要作出判断。为谨防陷入令人难忘的加拿大民用服务部的前领导人，现为加拿大经济合作发展组织的乔斯林·伯格恩（Jocelyn Burgoyne）所描述的完美知识的暴政陷阱，你必须对第五个层次进行判断。

大卫·贝尔说：

> "不仅仅依靠你的胆量，因为靠胆量有时候可能出错，有时候也可能是对的。这里还有一些关于经验的东西,关于蓄满水库的经验……（比如）拥有一年教学经验的老师，在第二年教书的时候所感觉到的最伟大的事情就是有了可用的经验。你收获了去年的经验，每年你还会继续收获前两年、三年、四年的经验……回首过去，我可以说，我有 20 年的工作经验并且明天仍然会打极令人讨厌的电话，但是我认为我还要说一说有关我的本能的东西，如果凭本能，通常结果不会很糟。"

沉迷于实际决策研究[11]的戈里·克莱恩（Gary Klein）把这种现象描述为"认识先于决策"。你有以前到过这里、已经见过这种情景的意识，因此可以作出理性、实际的决策。当你没有认识到那个情景的时候，它不会帮助你作决策，也不会告诉你新情况需要新方法。克莱恩的方法是连接分析式的、信息丰富的传统方法来作决策和在 Blink[12]中表达的迈尔候姆格·莱德威尔（Malcolm Gladwell）的胆量反应方式之间的桥梁。运行与 RPD 平行的方式，分析和作出经验性的决策是看人的一种能力——这就是高曼（Goleman）所谓

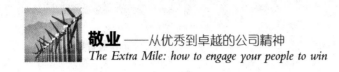

的情商[13]或者是他最近提到的"社会智商[14]"。格兰·斯戴姆说：

> "因为要求、提供、接受实用的知识，或者是建议，比要求、提供分析或者是技术支持更加深入，这让我们向别人敞开心扉，既脆弱又慷慨。当这种交换起作用的时候，双方都会感到提升，并且信任感也建立起来了。但是如果感到实用的知识被隐瞒，或者这些知识被提供后又被废弃，那么信用危机就产生了。"

与你周围的人建立信任的、有反应的关系是必要的，这样可以有效地运用你的实用知识。但是对于那些追求更高敬业水平的人，就需要把员工的附加奖金、他们的工作和企业绩效紧密捆绑在一起。

## 星期一我在第五个层次做什么？

你是如何在外面代表企业和实施企业战略的？

### 1. 简要概括

作为一个领导人，你的角色就是在主要的利益相关者面前代表公司。要承担好这个任务，这就要求你应该完全清楚自己的角色，能全面控制全部的目标和计划。相关受益者对公司事务一无所知的日子已经一去不复返了，任何一个勤奋的相关受益者都可以访问公司的网络，很快就了解公司的全部情况。不管你的公司有多么大，都不要让城市分析家和商报记者对你公司战略的细节上比你知道的更多，这一点至关重要。

- 定期地，可能每周一次，你必须招集几个分部门的负责人开会。这事在所有事情中要放到首要位置，任何人都不能缺席。这是简短的信息交流会，而不是小组讨论会。

- 雇佣一个首席情报或者信息官（CIO）负责管理信息。这些信息不仅包括系统生成的数据，还要有公司内部的人力资源情报。首席信息官还应该参加相关的会议。

## 2. 故事

你必须讲激动人心的故事，告诉大家你想要实现的目标以及要怎样实现这个目标。这个故事应该直截了当，不用行话，而是你竭力告诉大家的心里话。如果你必须使用幻灯片和图表，那么就在解释你的要点和数字时用一下。可以展示 7 个战略目标、10 个支持战略、6 个可用资源的复杂的图表，详细说明公司当前正在做着的事情，而不是提供公司前进方向的灯塔。

- 花时间向行家请教并完善这个故事，然后坚持下去。
- 把这个故事成为任何入门计划的中心部分。
- 为确保故事的真实性，要定期复习该故事。

## 3. 制定目标

若想使一个公司的员工敬业，就有必要让员工知道组织目标是能实现的，成功是可以衡量的。所以你需要树立目标和里程碑，除非实现目标，不能实现所带来的痛苦超过采取行动的风险，就什么都没有发生。

## 4. 创建或者保持适合的公司文化

一定要记住第五个层次领导的责任就是要决定建立什么样的公司文化，而不是简单地认为有文化就行。董事会的关键决定就是当任命一名新的首席执行官时，要考虑这个人是否与公司当前的文化（如果董事会希望保持的文化）相匹配，或是看他能否适合董事会希望培育的新组织文化。

全方位审视公司渴望的文化和氛围，找出几个你作为典范的实例。例如，一位国际航线的首席执行官下决心（为了塑造不同的组织文化和氛围）在公司采用更多的绩效差异分析法。他一直为此而努力，挑战来自公司内外的绩效管理数据、主持全体员工参加的有关公司变革计划行为的电话会议、强调绩效管理的重要性，确保团队中无论是集体还是个人都能在绩效管理及差异方面作出的贡献。

### 5. 关注未来

第五个层次领导的职责是关注未来，决定公司的产品和能力将来能否保证组织的生存和发展。你还需要评估与公司相关的市场情况，这样，你就会知道该向谁学习，做什么，不做什么。情报部门会为你提供信息，领导的作用就是把这些信息转化成知识。创造良好的长远的合作伙伴关系也是第五个层次领导的工作。你需要知道你的市场会发生什么变化，因此，为持续的发展，你对自己就要有准确的定位。新技术要求和新供应商建立伙伴，获得新的营销手段，为满足新的客户需求又要求你在具体的市场区域开发新产品。所有的一切都要小心考虑，注重细节，你才能紧紧抓住你的市场。

> **你需要评估与公司相关的市场情况。**

如果你的营销部门有竞争力，那么就应该发展延长生产线战略、提高产品质量、进行市场细分，他们就不会完全依赖于对公司的"大"蓝图作出主要的改变，作出这种改变是第五个层次领导的工作。只有这一层次有权威、有力量实行战略跨越，就能形成新的结盟、稳固旧的结盟。

### 6. 在一个合适的领导层级决策要坚决果断

记录你要在第五个层次领导传达的活动和结果。这些该是有关战略决策、主要的合作伙伴、与关键的利益相关者之间的其他关系、关注未来、为组织文化作出榜样。看看你最后三个月的工作记录。你在多大程度上把时间用在合适的事情上？你去过你该到的地方多少次？列出你一直在做却与你希望的前景不符的事情，度量一下你曾经花费了多少时间和精力在工作上，认真想一想如何才能更好的你的利用时间和精力。做好今后三个月你正确活动的记录，和你的团队一起讨论他们的身边发生的事情。找一个伙伴严格地检查你每周打发时间的方式，帮助你坚持正确的训练，停止旧的活动，坚持新的活动。尽管对你和其他人来说在培养新习惯时会有几个月的时间感觉不舒服，但这之后，就可以用你新的方式庆祝成功了。

一个领导团队最近查看了他们的记录，他们前六个月花费时间的方式，平均来讲，60%的时间浪费在了他们下面层次的工作上，实际上，这也阻碍了下面层次的人履行他们的职责。

## 7. 简化你的组织，应用五个层次的测试法

根据经验，在第 n 个程度上向你公司出现的这五个层次之外的情形挑战。

## 8. 当你未做和不知道不能做什么的时候，你做什么

选好一个就要实施的决定。压缩那些多余的数据的过程，然后再确定。不要要求什么，不要耽搁，现在就作决策。回顾这个决策的有效性，学会更好地相信和理解你的本能，这样你就能更好地利用它们，你正在利用的资源可以帮助你磨炼你的实际运作智慧。

## 9. 找一个教练

雇佣一位教练。不是那种"提供茶和饼干"的小儿科类型的教练，而是在一个相互支持的环境里真正向你挑战和鼓舞你的人。如果你想知道好教练都做什么，看彼得·肖（Peter Shaw）和罗宾·利纳卡（Robin Linnecar）《商业教练：通过有效的敬业取得实际的结果》一书（2007 年帽石出版社出版）。

# 我怎么样？

你还得好好照顾自己。

我们知道，作为一个领导者，你需要表现，你的努力和行为都会不由自主地给你周围的人传递信息。所以对于你来说，保证这些信息不会起副作用是十分重要的，你不能表现得疲惫不堪、烦躁不安和容易生气，除非你是个技术高超的演员，否则你的不佳表现就会显露出来，所以你必须要照顾好自己。

过去，我们中的一个人（当时在某组织中担任一个角色）从美国出差回来后，就想立即与正在促进团队建设活动的人开会。领导看看他，然后说：

"回家吧。""不到下午三点我不会回家。""你看起来很疲倦,你在走廊出现的时候会传递出一种错误的信号,人们看了你的表情,会认为事情很糟糕,实际情况更糟糕。回家吧,和你的家人聚一下,修整好以后再回来。"

这是一个好建议,以有效率为借口把自己逼到极限,实际上可能会破坏你周围人的敬业精神,这就是为什么要照顾好你自己的重要性,因为你要更加有效地促使其他人敬业。

**创造条件把整个组织成员的敬业度提高。**

如果你认为要把自己逼到极限,请考虑以下几点:即使你设法把产出提高两倍(这几乎是不可能的),也只是释放了一个人的能量。相反,如果能创造条件把整个组织成员的敬业度提高 20%,那相当于在有 500 个强劳力公司的 100 个员工。

照顾好你自己不仅是关于工作生活之间平衡,还是你在人生游戏中取胜的关键。在我们采访的所有领导中,当被问到他们怎样保持精力充沛时,那些最有效率的领导都给出了明确的答案。尽管答案各异,但这些真正繁忙的人们也非常关心自己的健康,并非把全部的生命都贡献给公司。他们这样做实际给公司创造了更大的价值。下面是他们怎样回答那个问题的例子,你会注意到这些人绝对是让人印象深刻的领导,他们在休息时间就完全休息。以下都是在工作构架内完成任务的人:

> "我的方式通常是在下午五点半离开办公室,在星期五晚上和晚饭后工作,这样我的周末就自由了,星期六和星期日是我妻子的时间。我没有下周工作的压力。如有重要的事情我会在每周的晚上去做。我散步、看电视和我妻子聊天。我不是那种一天工作 17 个小时的高强度首席执行官。"
>
> ——卡其·戴德塞斯(Keki Dadiseth)
> 联合利华(Unilever)公司首席执行官

"在苏格兰皇家银行（RBS）我们没有'早上七点半的时候你在哪里，昨晚八点你为何不在办公室'这种类型的公司文化，我每年都会享受我有权享受的所有假期。"

——尼尔·罗登（Neil Roden）

苏格兰皇家银行（RBS）的人力资源部主任

"赢。从事并且影响英国政府的政策——我很喜欢这个工作。"

——麦克·特纳（Mike Turner）

英国宇航系统公司（BAE Systems）的首席执行

"生活中有许许多多的事情让我保持活力。"

——黛安娜·汤普森（Dianne Thompson）

卡梅洛特公司(Camelot)首席执行官

"我热爱我的工作，我热爱我所做的。我认为我还擅长于此。我在一条不断学习的曲线上……当我认为我取得一点进步的时候，就会发现还有一些别的东西要学，所以这对我来说是不断的挑战，这些不断的新挑战在激励着我。"

——安吉·亨特（Anji Hunter）

唐宁街10号的英国首相（BP）托尼·布莱尔的助手

"我热爱国际商务，所以我愿意在生意场和人交谈，了解正在发生的一些事情，体会别人的感受，看他们怎样交流。这对于我来说是很高兴的事，我没感觉到这是很繁重的压力。"

——安迪·格林（Andi Green）

英国电信（BT）公司全球解决方案的首席执行官

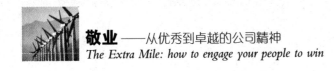

"我坚信可以完全脱离工作。我打网球、去剧院、打高尔夫球，我工作起来像个狂人，旅行的时候也像那种人，我正在试图改变它，但没有成功，这很像当我要进入那扇门的时候——它却关上了，因此我决定创造空间让我的生活具有多样性而不是痴迷于某一种，我认为。"

——麦克·克莱斯博（Mike Clasper）

英国银行业者协会（BAA）的首席执行官（2006年以前）

"我参加了莱博斯维什足球俱乐部，在那里能感受到一种激情。我有三个孩子，他们都热爱运动……我真的很需要这些，因为如果我不义务做莱博斯维什的支持者和指导者，如果没有这些孩子要求我来回赶场似的参加橄榄球比赛还有别的什么，实际上我就不会找到难以置信的喜悦，因此我不会停止。但是我真的不需要让我的身体一直待在工作场所，我会把我的个人数字处理机一直带在身边，一直带着我的电子邮件，会像其他人那样一直带着我的手机。我发现在一个和另一个交换机之间切换非常容易，如果我在星期六早上接电话或者做其他的，个人数字处理机不会干扰我，同样如果我在星期三出去观看橄榄球赛，它也不会干扰我。因为只要与你联系，你都在。"

——凯文·比斯顿(Kevin Beeston)

信佳策划管理有限公司（SERCO）的首席执行官

"我阅读文章和体验别人的见闻……我认为那是充实自己最好的方式。在同样情况下别人是怎么做的？我对听别人谈论他们的公司以及他们为公司做过的事情有一种永无止境的好奇。"

——大卫·贝尔（David Bell）

英国儿童学校与家庭事务部

显然，怎样照顾你自己并没有硬性的规则。对每个想在周末完全放松的高层管理人员来说，没有一个人能彻底放松，除非知道他们的黑莓业务已经终结。我们对于这方面做苛刻的规定会有些专断或者产生相反的效果。然而，照顾好你自己当然还包括培养自己说"不"的能力；照顾好你自己也包括发现灵感之源，不管它来自具有挑战性的工作本身，还是来自你会见有灵感的人。在这方面花费时间并不是自我放纵，也是驱动敬业的一部分。就像你不能伪装真实一样，你也不能假装你精力充沛。如果你动力十足和目标明确，你的公司就会充满朝气和活力，你的能量将会被扩大，然后扩展到整个公司。

那些愿意帮助你放大和扩散你精力的人是跟你最接近的人：你的顶尖团队。你决心在组织中有效开展敬业活动，还不得不求助于他们。

## 注释

[1] 亨利·明茨伯格. 管理者不是工商管理硕士——关注管理之中的软条例和管理发展[M]. 金融时报. 普伦蒂斯霍尔出版公司出版, 2004：143.

[2] 韬睿咨询公司. 欧洲人才调查, 2004.

[3] 韬睿咨询公司. 全球劳动力研究, 2005.

[4] 高菲, 琼斯. 为什么每个人都被你领导？；怎样才能成为真实的领导[M]. 哈佛商学院出版社, 2006.

[5] 同上。

[6] 同上, 11 页。

[7] 尼格尔·克劳驰（Nigel Crouch）鼓舞人心的领导方案, 超过 10 个公司引用。Nigelcrouch@f2s.com

[8] 希姆斯, D.. 棉绒兔子和对公司强烈的感情[C] 神话、故事和公司. 牛津大学出版社, 2004：209–222.

[9] 彼德·德鲁克. 管理自己[N]. 哈佛商业评论, 1999–03–04.

[10] "写作的时候", 比尔·帕斯达拉斯（Bill Parcells）是道拉斯牛仔队的总教练。

[11] 克莱恩. 力量之源[N]. 麻省理工学院出版社, 1998.

［12］格莱德威尔, M.. Blink：想了又想的力量[N]. 企鹅出版社, 2006.

［13］高曼, D.P. 情商[N]. 矮脚鸡图书公司, 2005.

［14］高曼, D.P. 社会智慧：人类关系的新科学[N]. 哈软森出版社, 2006.

敬业

从优秀到卓越的公司精神

# 顶尖团队
## *The top team*

**5**

　　在这一章我们会发现自己陷入了困境。我们坚信敬业是在卓越的世界级公司的每一个层级的人都应该具有的品质，那么为什么我们要单独探讨顶尖团队呢？从理论上讲，顶尖团队的敬业和公司其他部门的敬业应该没有什么区别，高层领导的所作所为应该在整个公司不断地得到传承。然而经验和常识告诉我们，实际情况却并非如此。是的，公司的其他人应该像顶尖团队那样敬业，但是顶尖团队——包括你直属的工作人员和一些其他的关键领导——还要履行更高层次上的职责。因为在现实的世界里，顶尖团队要和你一起工作，把敬业落到实处、帮助你把公司做强做大，这就是顶尖团队在他们自己的责任范围内的工作基调。

　　如果顶尖团队意见不一致、不敬业、不团结，那么任何计划都不会有用，那些冲突的信息在未投入使用前就破坏整个进程。无论公司规模大小，想让领导人直接或者不断地接触每一个员工或者每一个部门都是不可能的。顶尖团队的成员，不管是好是坏，都代表着公司战略。如果他们对公司战略三心二意，公司就不会把战略交给他们去执行；如果公司意识到计划有失败的可能性，公司本能上也不会做什么投入。顶尖团队如果躲闪推诿，后果将是致命的：当这种观点的分歧蔓延到整个公司时，冲突会越来越大。顶尖团队必须学习展现出敬业的额外一面，这一面就是集体责任感。我们可以把它叫做一种家庭价值体系、联合阵线、协定或者是心理契约。无论我们怎么叫它，关键的一点是领导要代表一个整体和用一个声音说话，代表一种敬业和结盟的组合以及组织战略。

如果你把注意力回放到英国约翰·梅杰（John Major）保守党政府时期垂死挣扎的那几个月，你就会想起当时其内阁多么缺乏集体责任感啊。梅杰一度把他的几个部长——他的顶尖团队称作"坏蛋"。这种不和谐使他们投票箱里的票少得可怜，所以新工党拿到了唐宁街 10 号的钥匙就不足为奇了。他们能够很好地理解和预见到分歧的危险性，努力保证用一种声音说话。事实上内阁成员们的性格差异很大，经常闹意见分歧，像我们现在发现的一样，他们之间根本没有友爱。然而在唐宁街 10 号外面他们却尽力不表现出来，"传递信息"很重要，不管他们在内部怎么互相嘲笑争吵，在外面他们都会成功地扮演一个引人注目的统一阵线。

以上这种方式对于强有力的领导来说很重要，尤其是正在进行变革计划的时候，但这并不是说它就没有风险。随着布莱尔（Blair）政府的行为越来越老练、习惯越来越固执，它也陷入了困境。已故的罗宾·库克（Robin Cook）曾说，在决定对伊拉克开战的时候，"内阁已经失去了有异议的习惯[1]"。换句话说，内部存在分歧和讨论的习惯已经消失殆尽。保持一致成了内阁的习惯，忽视了极其重要的集体责任的一个环节：积极健康的讨论并得出一致的结论。他们已经习惯了同意，即使他们发现自己完全不同意会上的决定，也没有适当的机制允许他们对此提出挑战，结果就是毫无把握的战争。内阁以前那种僵化的表面已经出现裂缝，内阁并没有表现出完美团队的样子，即看起来像是用一个声音说话，他们忘了只有最重要的内部对话才能建立真正共同的愿景。

当然这也出现在外部的政治领域。像欧洲西班牙电信 $O_2$ 公共有限公司（Telefonica $O_2$ Europe plc）主席和首席执行官彼德·厄斯金（Peter Erskine）评论说的：

> "建设性的冲突是很有魔力的。我不想让每一个人都同意,如果他们仍然坐在那里还面带微笑，就出问题了。很明显，虽然有时建设性的冲突会变成破坏性的对抗。"

那么挑战就是要确保集体责任感仍然是健康的。它应该以董事会内部积极的、热烈的讨论和董事会外部目的一致与明确为特征。

**挑战就是要确保集体责任感保持健康的状态。**

直至 2005 年度都是英国贸易工业部（DTI）和环境、食品农村事务部（DEFRA）的常务秘书布莱恩·班德爵士（Sir Brian Bender）曾指出：

> "领导的职责就是增强员工自信心，激励员工以开放的心态迎接建设性的挑战，因为在建设性的挑战和争论之后就会有好结果。"

但是英国电信监管机构欧弗克姆（Ofcom）的劳德·库里（Lord Currie）强调，这些挑战必须能在公共场合公开：

> "在英国电信监管机构，我们做的最早的一件事就是通过了一份非常严格的集体责任准则……这样你在新闻界从来不会遇到这样的评论，比如说某某成员不同意某项政策……我们避免了那些情况的发生。"

本章是关于让顶尖团队敬业的微妙关系的探讨，为把他们全部的智慧用在你所面临的挑战上，还要让在他们作决策的时候团结奋斗，这样他们就能带动公司的其他的人。

这个过程有三个部分，你首先要关注的事是确保团队人员的适度平衡，把你的团队看做是一个整体，全体成员心往一处想、劲往一处使，才能形成完美的领导。在实现这种平衡之后，下一步，你必须让你的团队集体化，致力于打造完美的愿景。这种平衡的集体将会成为榜样，对你整个公司都产生

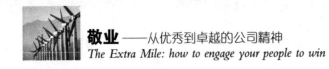
影响。最后，就是团队把愿景融入组织，每一个部分都要作为完善领导不可缺少的环节。

## 平衡：完美的领导人

想象一下你公司的完美领导人像什么样子？

是一个具有远见卓识也注重细节的人，是一个有勇气作任何决策在关键时谨慎小心的人，是一个有分析性商业头脑、集创造力和个人魅力于一身的人，也是一个能够体现你的领域内特有的职业特征的人。现在请记住第 4 章对你的表现的诚实评估。你的表现与完美的领导形象相符吗？当然不。没有一个人能包含每一项必要的品质，但是一个团队却能。

我们已经看到集中精力增强你的优势走向辉煌的明天比尽力消除你的弱点要好得多。然而，对于敬业的员工来说，他们要绝对相信领导的高品质，这是一个关键的标准，但是领导人的这种品质不能毫无规则地封闭在你认为最舒服的地方。因此，这看起来有点自相矛盾：如果你把精力用在关注你的优点部分，你的员工怎么相信你会做到面面俱到？带领你的高层团队付诸行动吧。高层团队就是实际的完美领导人。

"团队"在其中心经常会有一个成功的领导人，这个领导人与其他的人一道工作。在爱斯达（Asda）服装公司的转型时期，阿齐·诺曼（Archie Norman）表现出了冷静的商业头脑，与此同时，艾伦·雷登（Allan Leighton）表现为一个有魅力的领导人；在格纳那达（Granada），戈里·罗宾逊（Gerry Robinson）和查尔斯·艾伦（Charles Allen）也在同等程度上表现了不同的技能：罗宾逊（Robinson）颁布了政策、找到了公司的动力、对工作进行了创新，艾伦（Allen）提供了公司运作的细节，表现出了坚强毅力。狄格白·琼斯爵士把自己看做是一个领导人而不是一个管理者，在英国工业联合会他完全依赖他的副手约翰·克瑞德兰（John Cridland）来负责公司的日常管理。

合伙关系可以赋予这些领导把精力集中在他们优势领域的自由，因为领导们知道公司的其他领域会被管理得更好。找一个你合得来的人或者仔细挑选能执行你任务的小组来实现这个目的。然而请注意，我们说的不是共同领导。务必清醒记住谁是全面领导人。

雇佣能力大的人，但是他的技能与你掌握的不同，你们可优势相补，这样你们就创造了一个具有刺激性、创造性和成功思维为特征的高层团队。如果你想要打造一种开放的、散漫的组织文化，这就是要迈出的第一步。要战胜惧怕你下属才能的威胁心态。与好人合作，你也是好人，不要被比较吓倒。比尔·盖茨（Bill Gates）有一句名言："一流的领导人雇佣一流的人才，二流的领导人雇佣三流的人才。你一开始就要阻止招募二流人才。"英国皇家邮政公司的亚当·克罗齐尔（Adam Crozier）主张，只雇佣那些能够放心地接你班的人。

## 按组织的价值观招募员工

不管现在你圈子内的人的性格和技能多么的卓越、不同和互补，他们必须拥有共同的价值观。不管你最珍视的东西是什么，支持公司成功的是热情、勤奋和冒险精神，要确保你身边的人具有这些品质。敬业计划的主要内容根植于公司的价值观，就像语言要通过摇滚乐表现出来一样，价值观要贯穿整个公司，只要顶尖团队能全心全意共享组织价值观，它的作用才能很好地发挥出来。正如英国内阁办公室通讯部常务秘书豪威尔·詹姆斯（Howell James）所说：

"我尽力雇佣那些具有我没有的技能和价值观相同的人。但不是那种一模一样的人，因为我认为你克隆别人很可怕；[而是那些]有相同态度、渴望成功、在应该怎样对待员工方面都有相同观点的人。"

很简单，你雇佣的某些类型的人，就由上至下在组织内传递了你认为什么重要的信息。例如，你可以尽可能多地谈论忠诚这类话题，但是如果你的得力员工中有人会玩弄权术话，那么你所谓的忠诚将没有任何价值。记住，只有34%的欧洲员工认为他们公司的高层管理人员"在表现公司价值观方面能够以身作则"。

你想要把价值观根植于公司，从某种程度上说，就要针对你、针对你从事的行业和你正尽力前进的特定方向。像伟大的利物浦球迷会（Livepool FC）经理比尔·山克雷（Bill Shankley）所说："我们招募的员工要有一种态度，即利物浦的态度。"如果高层管理人员有了一套技能，但是中下管理层态度不端正，他们就不会找到成功的秘诀。

只有你才能决定哪些价值观是最重要的。然而，员工们却热衷于在领导人身上看见一些关键的特征，这些特征对于敬业计划是必不可少的。英国特许管理学院和贸易工业部（DTI）的一项研究表明，员工最渴望在他们领导身上看到也是认可频率最高的三个特征是：愿景（79%）、信任（77%）、尊重（73%）。目前，仅有五分之二的受访者认为能在他们的公司里看到领导人表现出这些特征。像我们在第2章看到的那样，相同的研究也指出领导能够和员工交流成功的愿景是员工渴望领导表现出来的十大特征之首。这表明为了使公司取得成功，他们希望领导人表现出：

- 要有与公司的价值观一致的行为方式
- 要支持创新
- 要对员工的福利表现出真正的关心
- 要能够有效地、开诚布公地和员工进行交流。

（并非偶然，以上表现也是领导所缺乏的东西：不到一半的受访者认为他们的高级管理层表现出了这些品质。）所有这方面的研究产生了大量有意义的词汇：尊重、信任、远见、交流、鼓舞。这些有些抽象的名词，要转换成有用的、可识别的特征可能会比较困难。可把它们概括成如下可观察到性格特征：

**乐观**：因为它对至关重要的"愿景"有贡献。1999—2006年度苏格兰哈里福克斯银行（HBOS）的首席执行官詹姆斯·克劳斯比（James Crosby）曾说：

> "每天我都会选择做一个乐观主义者，因为悲观者什么事都做不成。如果会议室里有人说'我就要唱反调'，好，我说'去吧'。我从来不把那看做是任何价值形成的过程。乐观主义者不但可以向未来挑战，实际上他们也可以创造未来。悲观者也向未来挑战，他们是消极的，所以你需要乐观精神就是相信不管有些事情看起来多么困难，你都能成功，上帝会给你的……我喜欢速度、乐观和勇气这样的词汇。"

**精力**：助你成功。你希望自己身边随时有像克莱夫·伍德沃德（Clive Woodward）这些精力充沛的人而不是那些泄气的人陪伴。记住你的领导团队成员执行着双层的任务：对于你扮演的是支持的角色，同时对于公司的部门来说扮演的是领导的角色。你给领导者打气加油。

**尊重**：员工们要相信他们的领导人非常关心他们的福利，包括领导对员工工作的认可、用开放的心态接受新观点和新方法，交流公司决策背后的理由。这一切都要通过倾听、交流和了解员工面临的问题表现出来，这些也是员工的认同和希望，也是领导身上经常缺乏的特征[2]。

**开放与诚实**：员工希望看见他们的高层领导的行为与公司公开表明的价值观相一致，员工期望能相信领导会告诉他们真实的东西。所以你要让你的高层团队把同样的坦诚反馈给员工。

## 让合适的人上车

"谁是第一……然后什么是第一。"这是吉姆·柯林斯（Jim Collins）在他的那本开创性的著作《从优秀到卓越》里提出的问题[3]。在他看来，最好的主意就是在制定战略之前组建一支伟大的团队。"首先是让合适的人上车，不合适的人下车，合适的人坐在合适的座位，然后再决定开往哪里，这样比较好。"他写道。这话的核心观点就是雇佣合适的人。柯林斯在这方面是对的，但是我们不同意他的优先顺序，在我们看来，为了知道谁是你想要上车的人，你首先需要知道要去哪里、你们要去的地方是什么地形环境。对于一个篮球队来说，雇佣灵活的、强壮的、有技能的矮个运动员是没有意义的；同样对于投资银行的交易大厅，雇佣一个回避风险又不喜社交的人也是没有意义的；或者是让一位企业家来负责高风险的化学工厂都是没有意义的。在你判定好一些外部因素和你自己的领导目标之后，你才能开始寻找你的合作者，他们会帮助你提炼、改进，如果必要的话还会制定你的战略，但是他们不制定基本目标。

### 变革团队，开除阻碍者

在我们和一群顶尖首席执行官交谈的过程中，我们问在他们的职业生涯中最遗憾的事是什么，他们一致的回答是，他们最大的遗憾是关于在人事方面没有作出必要的变动。绞尽脑汁制定战略、集中精力让你周围的人听你指挥，但有一两个人还不信服。得到他们支持是你的责任，但是很明显，如果他们根本就不配合，你就不得不让他们出局了。如果你能容忍这些极力阻止你的政策的人，或者事实上他们就是"被动的抵抗者"，他们表面上顺从但是实际上却通过他们的行为拖你的后腿，还会传递出一种你没有严肃对待承诺的信息。对于公司来说，没有什么能比你十分严肃对待战略，为了实现战略目标而拟定了若干方案，而且准备让阻碍你的人出局更重要的信号了。公正迅速地把这件事处理好吧。

警告：不要混淆阻碍者和挑战者。你周围的人随时准备向你挑战那是绝对健康的。

在托马斯·瑞克斯（Thomas Ricks）的所著的一本关于伊拉克战争的非常有意义的《惨败》一书中[4]，作者指出了造成这种错误的例子：伊拉克自由行动联军的美国指挥官汤姆·弗兰克斯（Tommy Franks）犯

> **不要把阻碍者和挑战者搞混淆。**

的错误，"每一件事情都被好消息遮掩着……你发现你不能讲出真话"。在这本书的其他部分："'弗兰克斯（Franks）'喜欢谩骂人的风格扭曲了他获得的信息。"瑞克斯（Ricks）认为这对于美国在战后伊拉克的立场上产生了破坏性的影响。

坦诚是有激烈的争议内容，也是你的游戏玩得更高明的关键因素。坦诚是珍贵而稀少的。挑战者和阻碍者的区别是，挑战者会跟随你，一旦政策制定，他们就会竭尽全力执行政策；阻碍者则相反。贝登希尔公司（Baydon Hill PLC）的总裁埃瑞克·皮考克（Eric Peacock）简洁地描述了二者的区别：

> "我们能和抱怀疑态度人一起相处，因为一般来讲如果你准备要花足够的时间与怀疑者来讨论不同的观点，你就能和这些人结盟并且让他们成为你最好的支持者。我们要从不同的角度看待愤世嫉俗者，因为他们会给公司造成损害，我们必须迅速地把他们从公司清除出去。"

前英格兰橄榄球教练克莱夫·伍德华德（Clive Woodward），也是众多强调这个观点的领导人之一：

> "我们必须雇佣合适的人，这些人都要为实现组织的目标而尽心尽责，如果他们不能信守承诺，快拿出行动改变他们吧。如果他们的态度没有改变，那么就在整个工作氛围没有被完全毒化之前把他们解雇吧。"

## 为了实现平衡星期一你做什么？

### 1. 别限制你的招聘机会

不要想当然地认为招聘顶尖团队的工作应该在公司外面运作（参见第 6 个要素，人才之争）。虽然这看起来像是作出简单的选择，却跨入了未知的世界。欧洲西班牙电信 O$_2$ 公共有限公司的主席和首席执行官彼德·厄斯金曾说：

> "所有的外部招聘都可以雇佣到最出色的申请人，他们都带着非常棒的推荐信，但你完全不了解他们，也完全不知道他们是否适合做这项工作，因此，从某种程度上说，你一直是在黑暗中摸索。"

## 2. 判定价值观

如果敬业是你的目标，那么我们已经列举出我们认为你在组建顶尖团队时所要寻找的关键的品质。然而，根据你公司的具体需求或者是你自己的偏好，你可能想要加上判定价值观这一条，这件事值得你系统地去做，这样你就可以构想出你一直在有意识寻找的五条首要价值观的一览表。

## 3. 不要对团队成员产生怀疑

既然已经选好了你的顶尖团队成员，就要相信他们。人们只有在有足够安全感的时候才会提供诚恳的、有建设性的、挑战性的反馈意见。这并不意味着一旦他们进入了这个神奇的圈子你就要为他们保驾护航。要有一个平衡点，只要诚恳的批评得到明智的处理，它就会为敬业作出贡献，公平一致感就是一切。不公平或者你总是不断地表扬或者批评同一个人只会让人产生怀疑。你的每一个行动都应该表明绩效是晋升的唯一标准。根据英格兰的赛艇教练杰金·克劳伯勒（Jurgen Grobler）的观点，能在体育界应用的标准也同样可以运用于追求高效能的公司：

> "任何追求卓越的团队或组织都不能任人唯亲。谁是能最好地完成特定任务或者是执行特殊使命的人？答案就是与选择和招聘的唯一相关的问题。"

## 4. 健康地竞争

在一个团队里充满了精力充沛和雄心勃勃的人，这些人中不止一个认为他们自己将来会成为你的继任者。这很好，你不用试图打消他们的这种雄心大志，健康的竞争可以促进成功。你要保证不能让他们把这些变成政治问题，也不能让他们把精力浪费在争权夺利上。要做到这一点，你也要保证自己是开明和坦率的。

## 5. 让员工在工作变动时保持理智

如果不得不解雇员工，也要保证这不会有损他们的尊严。员工不适合工作有很多的原因：他们接受的训练过时了、公司的结构发生了变化、他们的技能跟不上新的程序。果断并尽可能地采取支持性的行动是人类共有的礼貌行为，并且要在团队中淡化这种变动的不良影响。

最好的领导人不会在困难面前退缩，他们还会尽力与那些离开公司的人保持积极的联系，没必要与他们兵戎相见。

## 共享：完美的愿景

员工敬仰公司的高层管理人员，他们想要看到什么？他们想要看到的是确定性、成功和可以共享的愿景。他们想要看见一个会赢的团队，这个团队重视团队精神和成功。为了能做到这一点，你必须全面地开发你团队潜力，利用他们各种各样的力量，和他们一起打造一个他们愿为之奋斗的愿景规划。

在当今世界，解决现实问题的领导人需要有巨大的想象力。仅仅依靠一个人现有的知识框架来提供方向、状况和目的必然导致失败的。关键是要携手激发创新力。

每一个人都有单打独斗和不能解决复杂的问题失败经历，所以只有和集体讨论才能解决问题。爱因斯坦（Einstein）说："你不可能在产生问题的同一个思维层次解决问题。"假设你的管理团队是有许多解决问题的办法和观点的沃土，你要他们问一问目前最有价值的信念是什么；你希望他们关注公司内外潜在的危险、挑战和机会。麦克·克莱斯博（Mike Clasper）描述了打造顶尖团队的过程：

> "我所做的事情是大约三个月之后，我确定了 10 名或者 11 名我信任的高级管理人员，我对他们说，让我们来规划我们组织的宗旨、我们的战略和我们的愿景是什么吧。在这个基础上你们就会真正知道我们的战略是什么、我所要做的每一件事，并且清晰地了解我们规划的究竟是什么。"

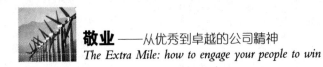

绝大多数的高层领导人已经了解了敬业的基础。他们应该关注公司的未来，调动起个人的积极性，确保公司的成功，并让每一个组织成员不怕吃苦、不怕吃亏、多做一点点。下一个阶段是要培养高层领导的集体责任感，这时需要你听他们的，他们说的都是值得注意的东西。像英国电信监管机构的劳德·库里所说的：

> "我非常认同集体的智慧远比个人智慧更有力量，我做过的所有工作中没有一件我认为我知道了答案，通常，我真不知道答案。最关键的事就是让适合的员工在重大问题上能够团结奋斗，并激发他们的能量。"

这种方式不但可以为你的决策增加额外的"智慧"，而且在启动认同过程中有所裨益，还能打破那些并非"赞同和回避"的人的防御。

## 同意和回避

英国儿童学校与家庭事务部的大卫·贝尔发现了一种在领导岗位的任何人都能熟悉的技术——"同意和回避"：

> "我最近才意识到组织是那么的富有弹性，公司可以根本不用有所改变就能以主动力和好主意的形式采用大量的惩罚手段。这就是所谓的赞同和回避这个明智决策所带来的结果，这个决策被各个层次的人员尤其是领导层所采用，它适用于领导想用不同的方式做事或者领导把整个公司定下基调以后，严厉地对待顶尖团队的情况，但这并不意味着你必须传播教条；讨论和敬业都很重要，如果你要改变现状，你必须要改变行为，那也就意味着不允许员工采取赞同和回避的策略。"

如果你试图表态，期望你的团队成员在后面排成一行都同意你，你就会面临危险。他们可能不会公开反对，但是可能不会像你想象的那样顺从。避免这种同意和回避手段的第一步就是鼓励你的团队多交流，不管他们说的话是怎样的鹦鹉学舌、你的感觉如何都要听。考虑一下我们的另一位受访者所作的如下的陈述，英国化学工业公司（ICI）的前分区首席执行官约翰·赫斯特（John Hirst）说：

> "为了结盟，为了承诺，你需要做什么？你需要做的是充分肯定。充分肯定的前提是什么呢？是充分否定的可能性。"

"充分否定的可能性"是英国外交大臣罗宾·库克（Robin Cook）在痛惜内阁失去了争论习惯时所说的话，只有通过热烈的讨论才能把它落到实处。也许你认为已经得到了真实、坦诚和建设性的反馈意见，其实未必。

**也许你认为已经得到了真实、坦诚和建设性的反馈意见，其实未必。**

这并不是你能忽略或者跳过的阶段。英国埃森哲（Accenture）咨询公司前领导，现任内阁办公室交流部主任艾安·华特茂（Ian Watmor）强调说投入必需的精力进行投资是必要的：

> "你不应该低估让现有和扩展以后的团队实现愿景的难度和耗费的时间。常言道，10%的灵感加90%的汗水，这话用在这儿也是适用的。你让愿景清晰可行，但是你要花费很多时间多走访员工、和员工打成一片，事实上有时候放慢速度让你的团队加入进来比你急着往前赶要好。你个人急于前进会绷断了和员工联系的纽带。"

有效力的领导者通过用对话和讨论让他们的团队充满生机。领导会提问题、会鼓励各种想法、延伸各种观点和提倡反馈文化。这里有两个简单的例子：

> 一家公司完全改变了它制定的一些主要的公共服务的方式后，领导团队不得不实施现在的这种方式，进行复杂的思考、听取利益相关者的意见，好进一步实施：像往常一样管理公司也会存在传统的窘境，同时伴随着实施的巨大变革，这样团队就在承受着巨大的

压力的情况下缓慢前进，这时候的讨论已经变得没有任何价值了。

他们停下来，给自己直接的、具有支持性的反馈，以使问题有所突破。在一系列的会议上，他们花时间和团队的每一位成员（包括首席执行官）在一起互相告诫，"我最看重的是你为公司作的贡献"，"这是我希望你在目前的贡献中所需要改变的唯一一件事"，"这是我们在集体行为中需要改变的唯一一件事"。这样既提供了数据，又增加了团队的信心，使他们步入正轨。

一家全球快速移动消费者产品（FMCG）公司的领导认为顶尖团队需要扩展它的视野。出乎预料的是，这个顶尖团队带领其成员进行了为期一周的哥斯达黎加丛林旅行，让成员们依靠彼此的资源来生存。在整个过程中他们意味深长的谈话丰富了他们的使命感和驱动力。

但是以上所有这些并不意味着领导人要建立民主政体。用阿斯特拉捷利康（AstraZaneca）公司的大卫·巴尼斯爵士（Sir David Barnes）的话来说：

"正像我所看到的那样，首席执行官最后拍板……我来决定。我不能保证我会受大多数人的影响。事实上我特别地保留这个不被大多数人影响的权力。我认为我没有推卸责任，我会在我所掌握的信息基础上作出决策。"

你可能会认为采取这样一种绝对的立场可能会阻止你的团队作诚实的贡献。如果处理正确的话，事实上，这个基本的规则可以解放你周围的人，让他们知道所有可能性都会被讨论，且在有一个中央指导情报机构的条件下，也会作出自己的贡献。

## 愿景：目标和战略

在这些所有争论中，讨论和精力可提炼出两样东西：你的目标和你的战略，二者放在一起构成了你的愿景规划。

## 目标

设想一支足球队只集中精力射门，不用担心得分多少，也不担心它在联赛中排第几名。很明显，在实现球队的最终目标的过程中射门得分是必要的，但它并不代表目的本身，也不会带来绝对的成功。

对于公司来说，利润就像是足球队的目标，没有利润，公司就无法生存，在当下利润很关键，但是它绝对不是终极目标。"利润之外的宗旨"这个概念很有意义，大部分人都是用一种非常复杂的方式来写它的，吉姆·柯林斯（Jim Collins）和杰瑞·保罗斯（Jerry Porras）在《基业常青》[5]一书中指出，他们研究的有活力公司的共同特征是这些公司都赞同公司的目标不完全是赚钱。他们列举了如下的例子：默克（Merk）（制药公司）——"我们在从事保护和改善人类生命的事业。我们所有的行动都要通过我们在这个目标上取得的成功来衡量"；华特迪斯尼乐园（Walt Disney）（娱乐业）——"为成千上百万的人带来快乐"；强生公司（Johnson Johnson）（保健产品）——"消除疾病和痛苦"。

然而我们的观点并不复杂的，简单地说，只有在"目的"背后有真实的信仰，企业才会有发展的动力。这对于敬业来说也很关键，更是你的公司要告知员工"故事"的一部分。由你和你的顶尖团队来提炼这个目的，并尽可能让你和你的同事都想在一起。

微软（Microsoft）公司公共部门的总经理泰里·史密斯（Terry Smith）谈及公司早期情况，强调了信仰的重要性：

> "公司最初的目标是每一个家庭的每一张桌子上都有一台个人电脑，如果你真把它作为你的愿景，并且你所在的行业一切都是初创，仅有一些员工为你工作，和你在一起的这些员工都是和你有感情联系的，宏伟的愿景目标把他们直接联系在一起（实际上在1975年这

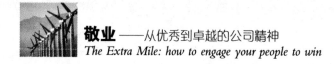

很不可思议）……开始是比尔（Bill）和一些聪明的员工一起说，我们要着手做一些与众不同的事情。你可以沿着我们公司的历史追踪下去，实际上正是那些话让员工有了留在公司的信念，推动他们完成任务。"

联合博姿公司的理查德·贝克提醒我们有时候公司要重新确立核心目标：

"一位记者问我，'那么，什么是博姿，博姿是做什么的？谁需要博姿？'我说，'博姿是药剂师，我从来不怀疑这一点，它是药房、是一家保健公司。是的，它也做其他的事情，但是这个公司的核心还是博姿是药剂师。"

然而你尽力避免的是什么？英国甲骨文公司的副总裁安·史密斯为我们概括道：

"我正在听英国无线电四台关于一辆救护车在紧急情况下要花费多长时间才能到达目的地的广播。有一个所谓八分钟的目标，即你在八分钟之内一定要到达。一些信托机构认为那是一个不公平的目标，所以他们在打电话呼叫以后的四分半钟才开始计时。然而问题是，八分钟并不是一个武断的目标，八分钟是通过多方考证的结果，如果一个人是心脏病患者或者别的病，如果你不在八分钟之内赶到，这些人就可能会死亡，或者大脑严重受损。现在有一家健康权威机构始终如一地贯彻这个目标，他们采访了该公司的头头，他说，'我不是为了实现目标，我是为了救人，我的整个公司都是为了救人，如果要问我们的目标是什么，那么救人就是目标'。但是另一家健康权威机构说，'哦，这是不同的，我们不像他们，我们在繁忙的公路上，你不能让员工马上赶到这里，等等'。因此我上了这两家机构的网址，看到了董事会的记录，那家更成功机构的记录是：'我们怎样才能挽救生命？这些都是我们挽救的生命……' 然后我又看了另外一家的记录：不是谈成绩，他们正在讨论他们的员工要穿什么类型的制服，他们正在开董事会决定他们想要定制什么样的服装。"

### 战略

确定你的目标而不是跳过目标直接制定战略，这样来启动"愿景"过程的优势是可以鼓励共同享有和大家认可。提炼战略的过程应该是充满活力和热情的讨论过程，就像劳德·库里所描述的那样：

"你要做的是通过这样一个过程，允许员工用足够的时间来讨论问题，这样你就能在讨论桌上得到不同的观点，你和他们争论、探讨后，自然你就会得出结论。如果你经常进行实实在在的讨论，你得出的结论就会比你仓促作出的决定有更复杂、更有细微的差别，因为你在讨论中会意识到这些观点的差别，在你作决策的时候会把它们体现出来。但是你要十分清楚，在你决定之后，我们就会跟着你前进。员工必须要感觉到他们在此过程中作出了贡献；他们必须感觉到他们的意见被听取了，即使最终的决策可能会违背他们的意愿，他们也会服从。"

或者像以前在埃克森（Exxon）、现在在韬睿咨询公司（Towers Perrin）的彼德·克尔格（Peter Kigour）所说的：

"可以做到不压制员工而让他们服从公司，即一方面你要鼓励员工讨论、对话、承诺和参与，但是另一方面，在团队作出某项决定的时候，也希望上述行为能同样发生，而不是员工各自离开，去做自己的事情。"

一旦你设定了愿景，你就需要通过战略来实现——为此你需要你的员工团

> **一旦你设定了愿景，你就需要通过战略来实现。**

结并且敬业。这个规划应该建立在作业成本计算制度基础之上，这样可以确保你知道从哪儿挣钱。你还要有一个出色的营销部门来确保你理解和满足当今客户的需求（这是明智之举，也是你需要出色的营销人员的原因），并且还要知道客户潜在和未来的需求。现在请参阅波特的著作来理解你所在的市场的基本动态或者你公司的市场地位。如果你能设法雇佣一个出色的财务经理和销售经理，你就可以节省一大笔决策咨询费用。

## 赢

或许对于完美的领导和他们设计的愿景规划最重要的要求就是他们是成功的。考虑一下以下的陈述：

"我公司的高层管理人员正在采取措施来保证公司的长远成功。"

"高层管理人员以实现客户最大利益为行动指南。"

"高层管理人员有效地代表我的公司与外部集团打交道。"

以上这些是按顺序高层领导情景下排在前三位的敬业驱动力，它们都是赢的要素。员工想要从顶尖团队获得支持的第一件事是那些成功的人。原因很简单，他们有充分的理由认为，他们的未来在你的手中。英国的劳动力并不是完全相信他们的领导这方面的工作做得很好，仅有57%、48%、46%的人分别认为他们的领导起了以上三方面的作用[6]。

有一个诀窍就是把"赢"和新的愿景联系在一起，这样同事、客户和其他的利益相关者就会看见公司在把愿景诉诸行动，就会理解这是公司将要采取的方式（希望他们自己也采取相同的行动），并在公司新的前进方向上赢得信心。例如，在英国电信监管机构启动之前，这个英国通信公司新的电信监管机构就已经大力关注使用新方法制定规则，在这个机构刚刚诞生的最初的六个月，首席执行官和他的领导团队就选定了他们要广泛并重点关注的一些问题，绝对确保他们要能够成功地解决这些问题，并且最终赢得机构外部的信任和理解。他们做到了。在最近回顾这件事的时候，媒体对他们一开始的杰出表现表示祝贺，这象征着公司前进的方向。

另外一家公司一位刚任命的首席执行官下决心要使公司面貌焕然一新，从领导团队开始改革，她在目标和战略方面上做了大量的工作，很快她决定必须在以前表现差的团队树立绩效的标准。例如，与外部利益相关者之间的关系对于公司的未来愿景至关重要，她就不怕麻烦，用40%的时间和他们打交道。这带来了成功，这个公司开始引人注目，并且很多的同事都追随着她"赢"的榜样。

成功的首席执行官用他们日复一日的"赢"实例证明了愿景、目的和战略。结果，他们把活生生的实例呈现给员工和所有的外部利益相关者。正如我们将要在第3部分要探讨的，对于首席执行官来说，这是最好的工作方式，他们的领导团队要成为把愿景融入组织成员内心的榜样，每个团队成员也要承担起"运输者"的重任。

## （为了完美的愿景）星期一做什么

### 1. 你现在在何处？你要去何方？

有很多的技巧都可用来想象公司的未来。很明确，如果公司的文化不支持实现愿景要求的反馈，那么这种反馈就不可能起什么作用了。用一种技巧，后退一步、构建一个共享公司现在何处和要去何方的蓝图，有意识地鼓励深入的交谈。一家困难重重的大公司的高管要求团队描述公司现状，结果令人震惊和担心：图画很残酷，一个人画的是在熊熊大火中的总部，表现他们在公司所承受的痛苦煎熬。一旦这幅画挂在墙上，效果会更明显，人们最大的反应是，"我们互相都做些什么啊？"从这个简单的例子可以很清楚地看到，在讨论很多战略意图之前，会有巨大的文化变迁。

英国环境、食品和农村事务部也使用了相同的技巧作为规划的工具。顶尖团队的每一个成员都要独自描绘出一幅新创建的部门应该是什么样的图画。

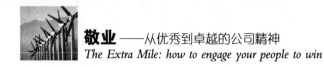

伯瑞恩·班德爵士曾说：

> "这样做很有力度，因为真正有趣的是每一幅单独的图画，无论使用这一种还是那一种方法，都是关于部门之间的一致性和相互联系等。"

评估公司目前状况的其他技巧把公司比做人，把公司环境比做游泳池，参加会议的每一个人都要考虑公司要去何方，在浅水区、在深水区还是站在池边？决定跳还是不跳？

一家小公司——皇家莎士比亚公司（Royal Shakespeare Company）发挥其创造力，让客户使用戏剧性的技巧构思未来。通常，有多少家公司就有多少种技巧，找到适合你公司的那一种技巧吧。

## 2. 反馈

不断地实践接受和给予的建设性反馈。仔细考虑你如何接受这些反馈，并且要学会从容地对待批评，不要因为员工的诚实而惩罚员工，扩大你的注意范围，这样你才能注意到所得到任何反馈，即使这些反馈采用的是间接的方式。在给予反馈时，要以积极的、建设性的反馈开始逐渐过渡到否定的评论，确保每次的反馈大会都要在"安全的地方"召开。利用任何不平常的情景来反馈，我们把这叫做"夜班因素"，在一线的时候，其中的一个作者发现，当他和员工一起在工厂值夜班时，员工们变得胸襟更加开阔了。你要确保通过吸收来自调查、客户、利益相关者等外部的观点作出的反馈，应该是360度全方位的，而不是180度。关于更多的反馈意见参见第3个要素——面对面沟通。

## 3. 想象成功

如果员工们不知道他们的工作成果是什么，就想当然地认为他们会朝着这些相同的目标而工作，那是令人奇怪的。我们要求和我们合作团队的每一个成员都写出他们小组的6个主要目标，把答案写在白色书写板上。团队发现他们看重的不是六个广泛联系在一起的答案而是 25 个独立的目标。团队首要的工作很明显那就是要建立团队考虑事情的优先性。

把你团队成员 4~5 人分成一组。让他们 30 分钟之内想出可以驱动公司变革的三个重大的环境因素。然后让你的小组一起分享他们的变化因素清单，进行讨论和评估。

统一列举出主要的环境变化，在被认可以后，指出公司将来成功的景象。让每一个成员都想象自己两年后的情景：团队成员坐在一起，面前是一大瓶庆祝胜利的香槟。香槟象征着成功：成功是由什么构成的呢?什么样的成功值得庆贺？从股东、员工、客户和媒体的角度看成功的公司是什么样子？花时间和企业联合组织一起讨论，然后通过有效的措施，把对于你们群体来说能最好地描述成功是什么景象的关键主题记录下来。

## 4. 识别路径

在为成功下了清晰的定义之后，小组现在需要解决的是如何到达目的地的问题。然后再把团队分成几个小组，判别出顶尖的三四个活跃分子和三四个最大的阻碍者来实现既定的目标。例如，一个新兼并公司的领导团队已鉴定了购并前两个公司人才的质量、竞争的环境和潜在的协同作用的强力活跃分子，以及文化差异、未来的不确定性、体制差异造成的为首阻碍者。并列出他们的实施路径的日程安排表。

## 5. 尝试用不同的方式拓展团队视角

（1）倾听个人的声音

把你们和一个团体真正关心的东西连接起来。邀请你的员工（在室外、休闲的日子，最好是晚餐的时候），让他们亲自说出真正想要实现的目标以及他们真正关注的东西。

（2）脱离日复一日的陈规俗套

大卫·瓦尼，在任欧洲西班牙电信 $O_2$ 公共有限公司主席的时候，很少待在他的办公室，与在象牙塔里相比，他更愿意做的事是"走出去"，以使公司

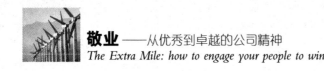
得到尽可能多的信息。参观其他的公司可以为你审视公司的环境带来全新的视角，所有政府部门的高级官员都会用一周的时间去微服走访私营部门的资深员工，然后带回对变革和大转变的不同看法。走出办公室，花时间多和你的客户、利益相关者还有一线员工在一起吧。

（3）突破惯常的思维定式

通过设置不同的情景来实现想象力的跨越。例如，我们最近邀请了两家将合并在一起的公司领导团队，要他们像招投标那样共同合作管理新合并的公司。这就会导致重大的绩效预期、结构性的选择、成本节约观念和其他方面的改进，也会鼓励领导团队用旁人的眼光看待公司。

（4）倾听组织里的声音

用领导团队之外同行的眼光看问题。他们不仅可以提供关键的、不同的、经常是更加可操作的、合理的视角，而且这对于广泛的公司内部来说也是重要的敬业行为的体现。在正常的公司运行中可以尝试以下几种方式：调查、聚焦团体、给董事会作出具体的反馈，以上这些在巨大的变革项目上尤其重要，一种方式就是把领导团队之外的同事组成"脉搏"团队。例如，在一个八周的实践活动中，一家重要的社团银行设计了其愿景框架，来自银行的不同层级的几个脉搏团队从可操作的视角，致力于工作中的关键部分，定期地和"宏伟蓝图"团队即领导团队成员开会，这样就会提高项目管理的速度，同时启动了敬业的流程，并且从既有价值又可操作的视角重新设计敬业计划。彼德·厄斯金，欧洲西班牙电信 $O_2$ 公共有限公司的首席执行官引用了一个他的高层领导人的例子。这个人从公司中选出 12 个志愿者组成影子"董事会"，处理与客户、新产品、价格变化相关的事宜，领导人会给这个"董事会"提意见，他们主要与客户打交道，基于这个事实，他们的意见就会被采纳。

（5）把公司外部的声音引入流程

同样，利用公司外部人的观点，这是直接调查和咨询工作之外的另一种方法。在变革的过程中也可积极采用该办法。例如，英国一家负责促进设计质量的公司发现征求利益相关者的意见很有用处，就把这些利益相关者集中到一个地方进行为期两天的征求意见活动。一家大型石油公司在开发新油田的同时想方设法提高创新能力，其努力在银石（Siverstone）的一次事件中达到高潮。这次事件使交易商、机械师、司机和分销商的代表能和他们一起集思广益，共同探索新创意。

## 6. 早点赢，显现一步步实现的愿景

你需要培养赢的习惯来证明愿景的可实现性。谨慎设定目标是关键的，但对于一个真正奋斗的公司，这可能不是最重要的：关键是要识别出内部抱怨的焦点是什么？问题是什么？然后声明这将会被纠正，很快地纠正，最后再强调已经做到了。对于一个已经成功的公司，赢的内容包括在此基础上的发展、庆祝、改善并运用这种成功灌输一种可以渗透到组织的信心。

> **谨慎设定目标是关键。**

## 7. 学习成功的经验

克莱夫·伍德华德强调了这一点的重要性：

> "努力学习胜利和成功的经验。不要总想着失败，要关注积极的一面。"

他指出失败后通常要进行事后剖析：每次当员工缺乏信心的时候，就要鼓励员工检讨自己，发现错在哪里。当然，失败需要被指出来，还要尽可能客观地吸取教训，但是成功也需要精心剖析，因为成功是可复制的。准确作出合理全面的判断，准确弄清产生高绩效的因素是什么。记住这些胜利的特征，把它们吸收到你将来的战略之中。

## 8. 确保拥有良好的工作方法并要定期检查

领导团队经常全身心地关注他们的工作方法，所以很难有空间为展望愿景做必要的深入谈话。特别是他们已经习惯了讨论管理日程和在公司落实的各种各样的计划和措施。像 M.C.曼金斯（Mankins）在《哈佛商业评论》[7]中

指出的那样，管理人员的时间大多浪费在糟糕的设计领导团队的日程上。他建议用一种简单的方式来处理这一问题，那就是把管理会议和战略会议分开，不让它们相互渗透。参考这些建议，我们领导的或者是和我们一起工作的领导团队已经坚持把关键时间用在战略上解决了这个难题，比如一个半天四个会议，一个晚上会议、晚餐讨论，或者是更正式地安排建立一个决策委员会和一个执行管理委员会。

保证定期的评估领导团队的进程和绩效。

# 传输者：完美的声音

当你给公司（部门）领导身上蒙上阴影的时候，你身边的人就有权利放大这个阴影来提高它的影响。像彼德·克尔格所说的：

> "高层集体的影响力比个人的影响力或者是单个领导的影响力要大得多。"

公司的董事会代表公司高层的 200 人提出一项新的决策，因为没有时间一起完善它，所以每个人代表一部分，由首席执行官把它们连接在一起然后解释它的核心思想。随后我们问了一些参加者在这个决策中给他们留下印象最深的是什么。每一个人都承认是董事会成员的身体语言：当他们不说话的时候，他们的身体轻微倾斜，使人看起来有些分心。这向观众展示了董事会的一幅图画：意见不完全一致，参加者会立即对该消息表现怀疑。

在私营组织，制造部门的头儿站立着，不用讲稿，充满激情地介绍工厂生产情况和安全的重要性，然后他拿出自己的笔记本，翻到上页，传达顶尖团队的核心计划，明显表现出他关注战略的哪一部分、支持哪一部分、奖励哪一部分。

这种行为与顶尖团队的表现方式正好相反。记住：与团队融合在一起就意味着代表一位完美的领导，也就是一旦确定了团队的集体目标，就要用一种思维、一个声音说话。做其他事情，就意味着把组织内部的分歧表现出来，用一张精神分裂的面孔面对组织。

如果变革计划仍要保持效力，就要通过管理干部的行动和行为不断地得到加强。所有领导的承诺要通过出席会议的成员承诺来判断。我们多次见证了20世纪90年代早期施恩（Schein）发现的真理[8]，他的证据表明，最重要的是，领导在组织文化和变革的能力上有着更为直接的影响，他认为员工80%~90%的行为是由领导的关注、衡量、奖励和控制，以及领导对主要事件的反映、领导的模范和指导作用所决定的。其他的因素比如晋升或者是招聘的标准、组织的设计和结构、实际空间的设计、故事和神话对员工行为也有影响，但是影响程度是较低的。彼德·克尔格曾总结为：

> "大部分员工的组织和文化体验都是由领导的关注、奖励和领导在关键情况下的反应及领导人的指导所驱动的。公司员工70%~80%的行为是经过公平、一致和严格的测试调研得出的，因此一群人的集体表现、他们展示的行为和价值观会对组织的运作产生巨大的影响。"

## 通向正确目标的渠道

在第2部分，我们看到了敬业的领导怎样有效地通过赢的方式在现实中呈现出活生生的愿景。我们的渠道需要"承载"正确的目标，这个渠道需要清楚地知道它们在证明什么，在决策的过程中将要使用哪些标准。

英国工业公司（ICI）旗下的尤利凯马（Uniqema）是由五个单独的公司合并而成的，每一个公司都有自己的文化标准。顶尖团队有意识地把精力集中在敬业日程活动上。建立新的尤利凯马文化的过程是从高层领导开始的：他们把大量时间用在定义一种跨越单个公司历史的新文化的测试过程上，从每一家组成公司挑选出最佳做法来塑造公司的未来，所以他们要学会放弃对自己原来独立公司的忠诚。在实施这个过程的初期，就已经确立了顶尖团队的关键职责，因此可以减少他们用权谋获得职位，能够把精力集中在公司未来的成功上。这并非是一个一蹴而就的过程：在达成一致意见之前，进行了持续两个月的讨论以及建立以文化问题为核心的关系，还有出乎预料的问题，比如缺乏一致的词汇。团队最终引进了一套正式的"商业语言"来帮助交流。

更为重要的是，他们用了大量时间思考，创立了十个企业原则（包括"我们所做的一切都是有价值的"，"积极一些，先假定员工正在尽力做正确的事情"，"鼓励冒险以改善公司状况"）。当他们回顾公司的成功的时候，高度赞同领导团队对这些原则的发展，公司关注了他们是怎样精心设计这些原则的，并把此作为对公司成功的巨大贡献。其实这些原则最初是由顶尖团队发展起来的，然后被广泛地讨论，并考虑了一些关键的意见，一旦最终完成，他们就会通过会议讨论，之后大范围地在公司应用。

随着员工个人很快同意把这些原则应用到工作之中，公司绝对会接受这些原则。不久就听到员工在讨论中说"那个与公司的某条原则不符"。实际上，如果尤利凯马是成功的，那么每个需要适应新的工作方法的参会者都认为研讨会是成功的。顶尖团队深入地参与了整个过程，和全球领导团队（大约60人）一起第一次讨论这些原则，顶尖团队的成员确保他们要参加、促进和激励会议的工作。为了强调这些原则，领导团队还要根据这些原则对他们的绩效进行360度全方位的评估。

这种努力取得成功了吗？是的，这使公司内部高水平的双向敬业，为尤利凯马（Uniqema）进行了很好的服务：首先，相对优秀的公司环境象征着公司运作的开始阶段；其次，在困难的市场条件持续了两年之后，显而易见，原材料的价格发生了变化，要以成本控制为基础，这意味着员工总数要减少12%以上。

尤利凯马（Uniqema）选择使用相同的敬业流程来设计公司，并保持了用原先的十大公司原则来作为指导工作的方针，而非传统命令和控制方式的故态复萌。顶尖团队在这个过程中又起了重要作用，先从顶尖团队由上至下的精简开始，然后是下一层，最后是领导团队。采用了新业务流程。培训，尤其强调对变革的行为方面的培训。和员工一对一地讨论为什么以及如何改变员工的角色是实施计划的重要组成部分。

顶尖团队成员自己采取了很多训练方式确保较低层次员工观念和行动与组织保持一致。在转入新工作方法之前，在公司的各个层次包括顶尖团队针对各种可能情况都进行了不同的准备，进一步树立"抱团奋斗"的观念。

第二次改造的费用比计划和设想要少得多，并把在公司内部进一步树立起的节约观念，作为下一个阶段卓有成效变革奠定了基础。2005 年利润开始增加，2006 年公司业务交易价格超出了市场预期。

在这本书中，你会发现各种各样关于领导成员向公司传递信息的例子，至关重要的是，领导层在传递信息前，思路必须清晰、统一和具有集体责任感。

## 转变行为

你已选择了认识上完全一致的顶尖团队，但是为了向组织解释和传递信息，面临着改变团队行为和方式的挑战。怎么办呢？事实上，不论是全球石油公司要尽力灌输一种更有责任感的、果断的、顺从的文化，还是专业的服务公司鼓励它的合作伙伴朝着更加良好的客户关系发展，绝大多数的组织在某一时刻都会面临这样的问题。

找准目标就要激励顶尖团队在某种形式上转变他们的行为。根据我们的经验，这个过程有以下三个关键步骤：

- 首先是正确的领导。

- "大胆去做"：领导层如果不关注于行动，他们就经常会陷入他们的行为和多种价值观的长期争论之中而不能自拔。20 世纪 90 年代的研究成果表明，转变行为的坚实基础是不同的工作经历。

- 关注整个公司体系（结构、过程、技术、文化和领导力等）。新合并的全球快速消费品公司（FMCG）的领导团队在开始时赞同和支持热情、信任、行动、正直的新价值观。然而，他们很快就意识到要让他们的员工来实践这些价值观有很多体系上的障碍，只有当他们开始解决这些制度上的问题时才能加速行为的转变。

和顶尖团队一起工作，你需要关注如下支持变革行为的内容：

- 让团队平衡
- 让领导团队诉诸行动，用新的行为来迎接巨大的商业挑战
- 认真地说出公司渴望的价值观和行为（像尤利凯马一样）
- 创造学习环境，让员工看到转变的例子以及为什么他们需要改变才能连续不断地成功。

## （为了完美的声音）在星期一要做的

### 1. 创建反馈文化

创建反馈文化是漫长旅途的第一步。公司需要的是新文化（在大多数情况下），这比公司决策更重要（文化把决策当早餐吃掉了）。罗伯·马盖茨（Rob Margetts）说这要花费 5~10 年的时间。你必须既在理性又在感性层面上做工作。所以在每个月例会结束的时候要保证会议室的每一个人都要互相给予反馈。反馈可以与一致的标准相悖，但是要与你公司里的这个团队息息相关。反馈路线应该简短，以节省时间解决新问题。反馈的问题要围绕着我们采取的行为和发展的文化是否能满足公司的需要。团队同仁的反馈意见是绝对重要的。

### 2. 信息要一致

为团队成员找到解释愿景以及组织如何才能实现愿景的方式。提出反馈意见：你要寻求的结果是，当员工可靠、保持自然的风格时，他们团结敬业，还会劝告同事也团结敬业。这似乎有些重复，但团队的每一个成员都会从他人的每一次重复中学到东西。

### 3. 从不同的视角看问题

为了完善你的故事，要从不同的视角来审视它，通常，是从员工、投资者、外部的利益相关者团体和客户的角度来看问题。确保你的主题与观众都有联系，还必须互相一致。对不同的目标群，某些问题是一定要强调的。

### 4. 获得反馈

保证你能从员工那里听到和收到反馈，获得定性和定量的反馈。定量和定性哪一方面都不能少。检验员工是否认为你的团队是公开、透明。有更多的机会让员工了解组织。追踪进步和设定预期值，还要有一点儿健康的竞争，例如，你认为公司里的哪个部门最应该进行交流，等等。

### 5. 培养工作团队

跨团队布置任务。鼓励团队互相依靠、互相激励。你应该赋予每一个团队成员克服各种风险的权力和责任。让组织成员一起解决他们所期待的和急需解决的问题，这样他们就没有任何借口了。开始时可能会有一些人拒绝，但最后当你们成为最有效的领导团体，就能更好地用一个声音说话了。

## 注释

[1] 亨尼斯, 彼德. 国家的章程和仆人, 1997—2004 年的布莱尔风格. 采购器材局, 2004.

[2] 韬瑞咨询. 全球劳动力研究.

[3] 柯林斯, J.. 从优秀到卓越[M]. 蓝登出版社, 2001.

[4] 瑞克斯, T.E.. 惨败：美国军队在伊拉克的冒险[M]. 企鹅出版社, 2007.

[5] 吉姆·柯林斯, 杰里·保罗斯. 基业常青[M]. 世纪图书出版社, 1996.

[6] 韬瑞咨询. 英国数据手册[C] 全球劳动力研究, 2005.

[7] 曼金斯, M.C. 停止浪费有价值的时间[J]. 哈佛商业评论, 2004(9):58-65.

[8] 施恩, F.H.. 组织文化和领导力[M]. 2 版. 旧金山:乔西-贝斯出版社, 1992.

# C

# 敬业的 7 个要素

从优秀到卓越的公司精神

# THE EXTRA MILE

HOW TO ENGAGE YOUR PEOPLE TO WIN

EXTRA

**敬业**

从优秀到卓越的公司精神

# 公司环境

*The context*

每个组织都有自己的常常不能言说的问题，即它的现实和历史渊源。见证了一轮又一轮管理时尚像走马灯似的来来去去的公司，自然会拒绝变革计划。事实上，人们为了自己的利益普遍都会聪明地拒绝变化。起草敬业计划的时候，要了解你公司的文化中涉及的这些无意识的反应和环境的存在。

在本书第 1 部分，我们详细阐述了驱动敬业的首要因素。对这些因素的了解是通过对大量员工评论进行广泛的研究实现的。然而，仅对敬业驱动因素列表是不能组成敬业行动计划的，所以我们在第 2 部分考察了公司领导人和他们的团队如何解释并对这些驱动因素作出反应的行为。在第 3 部分里，我们会在第 1 部分和第 2 部分的基础上提供一系列能实现员工敬业的行为，以及在理论和实践上都有价值的工具，我们把这些工具和行为称为敬业的七个要素。过去十年，我们进行了大量的问卷调查、采访和分析反馈，伴随着对整个过程深入的思考加上我们自己的经验，总结出了这七个要素，为方便起见，我们把它分成七个组成部分。它们不是类型学体系，而是因为大多数领导和管理人员强调这些要素对他们的公司确实有用。我们希望可以为忙碌的人们提供一些现成的参考材料，并且希望这些资料对他们是有用的。

这七个要素不可能完全精确地涵盖所有驱动敬业的因素，但的确是从驱动敬业的因素中提取出来的，在我们的经验基础上进行了广泛的讨论，才得以完成。它们提供了一种稳定的、持久的敬业结构。这七个要素是：

要素一：奉献精神

要素二：亲临一线

要素三：面对面沟通

要素四：福利是个好主意

要素五：干部是关键

要素六：人才之争

要素七：水到渠才成

所有这些要素跟每个组织都有关系。当你阅读和要应用它们的时候一定要记住，依据你自己组织的环境来有针对性地选择应用它们。根据你所在行业的特点制订具体的敬业计划目标。比如，如果你管理的是一家危险性高的化工厂，你就不会像管理一家新创建的网络公司那样饶有兴趣地在公司内部培养企业家精神了。你运作的公司环境将会改变你的某些行为，影响你试图提高的个人特性。

了解你公司的环境还包括了解公司的成长轨迹，并且要实际评估一下你的公司处于成长周期的哪个阶段。精确完善的敬业计划取决于现有的敬业水平和已取得的成绩。这要求你对公司在环境中的地位有清晰的判断。每一个公司既然想达到行业的顶峰，就应该制定高目标，但是如果你的敬业活动日程不是建立在现实预期基础之上，那么结局将是灾难性的。

> **你对公司在环境中的地位要有清晰的判断。**

只要对公司状况的原始评估是经过理性分析的、是诚实的，那么应用这七个要素就会产生效果。幸运的是，在这个过程中你可以利用研究方法论来帮助你。定性的研究使量化的敬业调查更加深入，这样你就可以确认哪些是在你的公司里最需要关注的驱动敬业的要素。

调查和研究成果有助于你知道从何处开始，向何处集中力量，但是不会告诉你如何着手，第3部分就提供这方面的知识。请看下章。

敬业

从优秀到卓越的公司精神

# 7

## 奉献精神
### *Pillar one-Commitment*

> "如果你踏上这条路，就意味着需要大量努力、大量人力、成本、知识、规模和痛苦，所以你必须看清这一点，如果你没有胆量和时间，那么就别上路了。"
>
> ——亚历克斯·威尔逊（Alex Wilson）
>
> 英国电信（BT）人力资源部主管

美国伟大的橄榄球教练小文斯·隆巴迪（Vince Lombardi）说过，每个人都有成功的愿望；只有最优秀的人才有意志为成功做好准备。

让员工敬业是一个时间早晚的问题，敬业是不可避免的：即使敬业的进程有后退的趋势，或者是进程很慢甚至没有一点进步，或者是批评声不绝于耳，怀疑主义者占上风。不管你的组织多么热情地接受你的新承诺，真正的考验是在整个过程的前三个月，这时你已经开始进行改革，但是没有一点实实在在的利益。每一个变革计划都会受到相同的情绪周期的影响：先是盲目乐观和兴奋时期，随着员工开始提出异议、碰到问题和困难时，就到了士气衰退期。这在意料之中。对于员工来说，改变他们的思维和工作方式，就是要求他们坚持新的衡量事物的尺度、标准，以及放弃从前的陈见。毫不奇怪，这是一个令人忧虑的过程，如果公司高层做得不好，那就更令人担忧了。

如果你是驱动变革的人，那么毫无疑问你要经受严峻的考验，如果你已经在公司创造了开放的环境，那么你经受的考验就会更加艰难。如果这些考验都没有发生，那只能说你的变革计划没有被组织真正地接受。如果你未经受任何考验，你当然也就不会改变任何东西了。就像马基雅维利（Machiavelli）说的那样："建立新秩序要经受更多的艰难困苦、更多对成功的怀疑，还有更多对危险的处理。"英格兰的游泳教练比尔·斯威顿汉姆（Bill Sweetenham）也支持这一观点：

> "要不断推销你的未来愿景，否则变革就很容易被否定。下定决心进行变革的管理人员极少受人欢迎。寻求推动变革的人会与那些旧体制的既得利益者冲突。这不要紧，追求卓越是我们的最终目标，它一时不会受人欢迎的。"

你的工作是给你的组织（或者你所在的部门）领导提供他所需要的一切。

你需要平安地度过不确定性期：一旦员工习惯了新秩序，他们变革开始时的抵触情绪消除，尤其是当知道前进的方向之后就会信心百倍。他们越有安全感，就能越快地适应新情况。只要见到成效，员工的热情就会高涨。然而，你必须有应付低迷时期的充分准备。

如果你缺乏责任心，将会导致下述情况的出现（这是我们见证了多次变革之后总结出来的）：

- "老板正在解决问题，我们只要等他决定就可以了。"
- "我不想要改变我的工作重点，对员工敬业投入大量精力，结果发现那是昨天的故事，对于今天已经没有什么意义了。"
- "我不想要冒巨大的风险做实施敬业计划的先锋，让老板改变他的主意。没有任何的奖励不说，事实上，由于我把精力都放在敬业上，忽视了其他事情，甚至还可能受到惩罚。"

任何一点点怀疑都会产生破坏性作用。我的一位同事曾经观察过美国一家已被收购公司的首席执行官，他曾不断地恐吓和排斥具有国际思维、难得的新首席执行官。这位难得的新首席执行官要激励新公司的员工协同合作、分享最好的实践经验、尽最大的努力创造一家世界领先的公司。原来的首席执行官并不认可这个设想。尽管控制权移交给了新首席执行官，但最终还是原来的首席执行官占了上风。怎么回事呢？面对着一连串的怀疑，这位难得的新首席执行官无法坚定自己做事的决心，他不能把自己设想的蓝图付诸实施，只得让公司维持现状。当然，有一天会发生极具破坏性的"长刀之夜"（指背叛行动）。如果在开始就果断坚决，那么公司会减少很多徒劳的动乱。

在这个时期，有两件事非常重要：第一件事是你要不断地用你的行为表现出你执行计划的决心；第二件事是你不要胆怯和后退。员工们会一直盯着你，并从你身上得到提示。像英国电信公司的安迪·格林（Andy Green）所说：

> "你每时每刻都在表演，有时我在'团队里'表演失败了。我拥有一个神奇的相互支持的员工团队，他们十分了解我，有什么说什么，对我很不客气。他们只对我说，保持微笑！这很重要，如果那一刻我发生了动摇，将会产生灾难的后果……我想，员工总会谈论什么东西成就了好领导，好领导当然不是才智非凡的人，而是知道如何选人和有效管人的人，这绝对是领导耐力的挑战。"

**另一个具有共同的失败教训是在遇到第一个困难的时候就放弃了。**

如果员工没有耳闻目睹你的奉献精神，如果他们看见的只是你照本宣科、拒绝回答尴尬的问题，或者感觉到你对公司的中心工作心中无数，他们就会认为你优柔寡断。一旦他们注意到了这一点，他们就不会放弃原有的秩序来拥护新的秩序，这是周期中第二个困难的阶段，如果你不能顺利经过这个阶段，你的工作将无法取得任何进展。

另一个具有共同的失败教训是在遇到第一个困难的时候就放弃了，就像你把脚趾放在水里，开始会感觉到冰冷，就把脚从水中抽出来了。为什么会这么糟呢？有一些人敬业不是比没有要好吗？是的。你不能只是向公司宣称那是你的承诺，还要（应该）多问问你的团队和其他公司的实践者，试验和考察敬业的情况，因为如果你一旦下了决心要做，就没有退路了。安迪·格林用简洁的语言对此问题作了概括：

> "你不改变一切，你就得不到机会。因此你要非常小心谨慎。每次进行重大变革，员工们都会感到是不和谐音，这是变革过程的必经阶段。我尝试并且要做的，就是一经决定，就坚持下去。"

你为实现较高员工敬业度都做了有条不紊的准备：尽力建立一种新秩序，基于员工敬业，员工的劳动生产率成为组织结构的一部分。员工敬业度也成了衡量你成功与否的标准。若想实现新秩序就需要自上而下的态度、目标和战略的变革。如果一上路，感觉收获不大就半途而废，这只会让员工会感到困惑不解。实际上，假如你的公司不能确定用哪个标准来衡量绩效，就可能得出实际绩效不如预期的结论。从心理上讲，每一次变革计划的失败，都会给组织成员带来疑虑、紧张和持续的伤害，所以他们将来再不愿相信你了。

## 星期一你做什么

你是如何找到你的奉献精神呢？你要去哪里评价自己是不是敬业呢？

### 1. 看证据

我们在第2章把所有驱动敬业的因素搜集在一起，结合你公司的敬业情况再看一遍第2章。用一览表作对照：你需要完成的项目都完成了吗？你公司的大多数劳动力也是由那23%不敬业的人组成的吗？

### 2. 观察你公司的敬业情况

下一步就是尽量实地调查敬业的情况。高度敬业的组织或团队会得到你情感上的认可。要知道你的目标是什么，你要通过实践去了解。首先，看看组织内部。有这样一个部门吗？它挖掘出该部门所有员工的潜能。如果你找

到了这样的部门，仔细地观察它和其他部门的区别。就管理人员而言，他是一个有魅力的领导吗？如果是这样，你能从该管理人员身上学到什么经验呢？你能识别出使这个部门取得高水平的绩效而不浪费员工精力的体制、习惯和协议吗？和员工在一起待一段时间，观察哪些因素起作用，哪些因素不起作用吧。

### 3. 观察外部环境的敬业情况

你还要扩大视野，看看公司外部，发现那些相信自己是在实践敬业的公司。有少数公司，这个数目还在增加，它们认为公司财务绩效的成功取决于员工高度敬业。去拜访它们吧，大多数公司都很乐于与你交流经验。花点时间观察高水平敬业的行动是值得的，这不仅在开始的时候可以提供给你相关的意见，还可以在你个人为公司的成功制定愿景时提供经验，在这种经验基础之上的愿景会更有说服力。就是这种方式激发了英国乐购公司（Tesco）的麦克劳伦（McLauren）的灵感，他在美国的一次访问中看到了该国食品零售业的情景，决定效仿。如果已经找到好的经营理念，其正在发挥着作用，你要用传教士的热情来坚持它，你也要建立相同的理念。很多员工发现通过向外界学习可以帮助他们进行类比，或者作一些简单的比喻，可以借鉴别人的经验来处理复杂的细节问题。例如艾伦·雷登（Allan Leighten）经常用足球赛来作类比，简单、有力的类比可以把他的观点生动地传达给公司的每一个员工。

### 4. 和其他感兴趣的员工建立联络网

尽力和其他公司的员工谈论敬业的问题。如果你有特别敬重的企业领导人，了解他们在和员工之间保持联系这方面是如何说的。你会发现一些杰出领导人书架上的书是另一些杰出领导人的传记，这绝非巧合。再看问题的另一面：如果你发现一些员工正在为他们善于鼓舞人心的领导人工作，或者是为给员工带来最大利益的公司工作，问一下这些员工吧，他们的领导和公司在日常生活中是怎样做的。观察一下你的企业所处行业之外或者你所在的部门之外的情况。时刻警惕对公司已取得的成绩沾沾自喜，通过你对敬业的理解来评价它们。

## 5. 培养奉献精神的过程

在第一阶段，你所寻求的奉献精神是找到发自内心的信条，就是在公司内部形成这样一种简单的信仰，即敬业是一个至关重要的问题，也正是你想要强调的问题。没有必要在开始就去解决那些具体问题。

第二阶段，你要在公共场合讨论敬业计划之前要解决一些潜在的问题。尽管这些事情简单到像给员工发放调查问卷反馈信息一样，你还是要仔细地去做。我们已经说过你身边的团队很关键。与团队一起发展敬业计划有两方面的作用：既可以提高执行计划的质量，还可以产生一种团队成员共享的感觉。当你准备在公共场合宣布计划的时候，他们就会和你一样对敬业的成功充满自信。

敬业

从优秀到卓越的公司精神

# 亲临一线

*Pillar two - Get to the front line*

托尼·布莱尔（Tony Blair）是一个非常懂得亲自出马重要性的人。在我们采访布莱尔的助手安吉·亨特（Anji Hunter）的时候，她描述了这位前首相的工作方式：

> "托尼正在尽力改造工党，使之成为有可能当选的政党……我们简直就像出门推销一样，尽可能多地和工党成员进行交谈，然后扩大到公众，在乡村会议室、市政厅、娱乐中心、电影院和剧院不断地会见。"

亲临公司的一线有很多的理由，下面，欧洲西班牙电信 $O_2$ 公共有限公司的彼德·厄斯金解释了为什么他会如此频繁亲临一线的理由：

> "我认为有三点原因，第一，也是最主要的原因，就是接触员工，与他们交流。第二个原因是可以为别人树立这样做的榜样。第三，在一线学到的东西比在办公室多多了。我发现要知道我的公司员工正在做什么的最好的方法，就是直接跟客户服务部交谈：他们会说，'您知道三个星期前我们把这个改变了吗？你了解这事实在

烦人？'我不知道，我打赌，那个实施计划的人也不知道它会让客户不高兴。"

联合博姿公司的理查德·贝克每周都要尽量去他的百货公司：

"我试着和员工交谈，了解公司正在发生的事情。你这做也是在给其他的人做示范。我很少自己一个人去参观。通常情况下我会给该地区经理打电话告诉他们，如果你能和我一起去，我将很快到你的三家百货公司参观。在下午的某一时刻，我们赶回来，开了一个像"我想听听你们的意见"的会。当你的员工看见你这样做的时候，他们也会学着做，这会变成制度。当我离开百货公司的时候，其他百货公司的员工将会接到 50 个类似的电话。"

安德鲁·特恩贝尔爵士（Sir Andrew Turnbull）说明了尽可能亲临一线的价值所在：

"在三年的时间里，我确信我见过了每一个部门的领导集团，他们的高层领导不坐班，我就设法得到邀请拜访他们。这个国家大多数的一线办公室我都拜访过了。"

然而，领导们可能认为他们做的很好，几乎每一个领导人都承认亲临一线的价值，但是统计数据得出的结论却有所不同。英国特许管理学院和贸易工业部的研究结果表明 60% 的被领导者说他们的领导不考虑员工的感受，这种疏远和距离感对于提高员工的士气和积极性会产生消极影响[1]。领导们要么是不去一线，要么即使去了，也不会真诚地与有经验的员工交流。

## 面对面，眼望眼

英格兰西北部兰开夏郡警察局局长保罗·史蒂芬森（Paul Stephenson）在

他被任命的时候就有一个目标：要让他的警察局变成英国最好的（根据英国警察督察局的排名）。他为此付出的努力就是亲临一线，而且经常与下属不期而遇：

> "我睡眠不好，由于我对兰开夏郡了如指掌，所以午夜我就起床到车站，而不是读几个小时的书。凌晨两三点钟从车站出来，我喜欢这样。我会看见一些我认识的人，并且给大家留下这样一种印象，就是不管什么时候我都可能在那里……我用大量的时间和关键服务的承担者，即负责灭火的指挥员谈话。"

当然，这是极端情况，但绝不是保罗·史蒂芬森展示他对一线的责任心的唯一方式。他的一些行动——高级军衔和初级军衔的警官看见他在一系列的巡回活动中，站在那里宣传他的愿景。他在概念上相对保守，其他人会稍稍突破框框。他规定，督察级别以上的每一个人，每个月至少要有 4 个小时的徒步巡逻（"不管他是什么职务，警察局局长也包括在内"）。他说"这只是象征性的"，他还要算计执行的情况：

> "我会去培训学校，那里有督察员，我会说'告诉我这个月你步行巡逻的情况'。每个人都知道我会问这个问题，所以他们就会相互转告你一定会好好步行巡逻，因为局长会问。"

史蒂芬森还实施了一种制度，即分局局长每周至少要访问两名受害者。每周都要做这件事，并且借此机会显示他们的服务质量。在第二天分局局长就会收到电子邮件，这些电子邮件要么祝贺他们圆满完成任务，那么对他们的糟糕表现提出批评。为了强调响应时间的重要性，他还自己亲自来到控制室（"穿着佩有穗带的制服"）要求把工作计划表上的下一项工作做好（在员工没有严肃对待你之前，你没有必要多次那样做）。定期举办讲习班，并保证问他的问题在 24 小时内通过电子邮件给出答复。此外，他还建立了一套文化制度使得兰开夏郡的警察机构尽可能地和他们的领导力联系在一起。结果，在所有的排名中，保罗领导的警察局达到了目标，被认为是水平最高的、成效显著的警察机构。

保罗·史蒂芬森对于一线的责任心看起来几乎都是本能的反应，但是我们还是要对他的所作所为进行认真分析。在巡回推介中，具有各种警衔的警察都来了，他要让下属看到他清晰热情地宣讲他的目标。（"我完成了使命要做的事情，我实现了愿景要完成的目标。我不喜欢言语的巨人行动的矮子。"）但是他没有止步不前而是继续努力，亲自去拜访那些承担服务的人员，总是在他们意想不到的时候翩然而至，用他自己的行为展示了他致力于缩短警察局领导和基层距离的决心。因为他并没有采取措施来确保那些高级官员效仿他的行为，所以不会带来太大影响。我们不愿意保罗短时为了个人理想而奋斗的活动使所有的领导都以保罗的榜样（"这是一个关于鼓励、勉励做一个人愿做的事情的问题，但是要把制度和方法放对位置，这也是领导参观考察的方式方法问题。"）。

**领导人亲临组织的次数越来越多。**

结果就是领导人在警察局出现的次数越来越多：

> "警察局局长做了，这鼓励其他有责任心的领导也做同样的事情，警察局逐渐变成了一个更加让人看得见的组织，一个成效更加显著的领导集体。"

一线的员工相信领导和他们接触是有道理的，反过来这也为史蒂芬森实现其单纯的抱负——"做到最好"以及变革计划，创造了动力。

把所有的这些与一位典型的领导亲临一线时是怎样履行职责的情况进行比较：他们用卫星线路、自动提词机、简报甚至是排练实现信息传递，他们会写或者阅读文字通讯材料的主旨文章，还花一些时间充实公司的使命陈述，之后，花一两个小时在剧院风格的通信会议上进行传达。当然，参加会议的员工不会阅读那些书面材料，但是他们的行为在半天的研讨会之后就会有所改变，但这不会得到不明真相的一线管理人员的支持。

通过运用和保持与公司底层的联系，你就有机会使变革计划真正得到公司全体员工的了解。像可口可乐公司的吉尔·麦克劳伦所说的：

> "大多数员工都想'我要与众不同'，但是令人质疑和不可理解的是这些员工不知道他们的工作怎样才能适合组织广泛的愿景和目标。一种有效的利用愿景来激励员工敬业的方式是把这个愿景目标分解成与部门或者个人相关的子目标，并且保证这些子目标被员工积极认可。如果没有员工的认可，从某种程度上说，就有针对员工个人的活动会切断员工和公司愿景的联系，愿景目标离员工的日常工作越来越远的危险。如果出现这样的情况，他们的工作就不会有所变化，公司的目标也不能实现。"

彼德·厄斯金描述了相同的现象：

> "我不大干涉公司的业务，由我的首席执行官们负责管理企业，但是如果我去呼叫中心，他们总是不断地给我惊喜，如果你坐在一群人当中，不仅仅和管理层交谈，还问员工们喜欢的问题，他们真正地感觉到他们已经开始了解公司要走向何方以及公司现在何处。我鼓励我所有的员工都这样做。"

当然，从某种程度说，为和一线员工保持相互联系，保罗·史蒂芬森对警察局过度控制和偏执狂的风险，以及使警察局缺乏独立性的做法值得商榷。史蒂芬森已经考虑他自己定义的这种"干涉式的管理"是否能和授权的驱动力共存，并得出了以下结论：

> "我把干涉式管理看成是我们有权利期待的事情……我有权希望我的老板影响我的职业生活……因为这是他发现我优秀的唯一途径，并且会对我说'干得好'。我尽力运用干涉式管理，因为我相信它对创造成功的组织是十分必要的。"

对他来说，平衡打破了：从上面检查可避免厌倦，详细的检查就是激励因素。实际上，一线员工有权期待受到领导的关注。

## 规模是问题吗？

当然，兰开夏郡警察局仅有 5500 名警察，这样规模的组织很容易做出成绩。我们很多的采访者认为找时间在一线待一段时间是他们工作中最困难的事情。捷利康德的大卫·巴尼斯强调：

> "在我失败的地方其他人或许也会失败，我认为失败就是你没有时时警惕失败。"

托尼·布莱尔采用个人交往原理并尽可能广泛地运用这个原则。当著名的英国航空公司（British Airways）转型期，劳德·金（Lord King）和柯林·马歇尔（Colin Marshall）要求公司里的每一位员工都要参加客户服务大会。这种实践本身尽管很有意义，但是员工至少有 90% 时间参与了客户服务大会，会议要点才能被理解。只有个人亲自出席会议，才能体会这个信息的重要性。利用好员工们聚在一起的每一个场合吧。

**利用好员工们聚在一起的每一个场合吧。**

你也应该注意自己的仪态和风度，这样就能确保你的领导行为能增强你说话的力量。这样做很重要，要避免变革的过程只与某一个人交往过密，发生像英国电信公司的安迪·格林所指出的那种可能性：

> "走出公司以后，我把大量的个人时间都用在面对 30~200 人数不等的群体，我想以领导的判断力尽可能多地接触世界各地的员工。我认为在大公司当人们试图通过个别人就想把事办好，这是一种危险。但是如果你处在高度变化的时期，用自己的话与员工进行实际的交流就很关键。"

在兰开夏郡警察局，保罗·史蒂芬森为了防止自己过度地干预计划，就通过确保他的高级官员仔细考虑他的行为，以及一线的所有的活动都能有系统地进行，并有所反应。用这种方式，他不仅降低了自己象牙塔的高度，也降低了其他人员象牙塔的高度。

## 搜集情报

在最近的一次报纸采访中，菲利普·格林（Philip Green）先生描述说因为一些琐事让他感到烦恼，晚饭过后就返回了屈臣氏（BHS）的工作间。格林先生寄予很高期望的一件新上市的礼品竟然卖不动，他想知道原因：

> "我认为：'那是不可能的。'所以我在 11 点 40 分返回商店，去寻找原因。在那里看见一个标签上面写着"买一送一"。午夜 12 点 15 分我给相关负责的经理打电话说'给我回话'。他在早上 7 点 15 分打来电话，我说：'买一送一就是问题'。这是礼物。没有人想要免费得来的礼物，没有人会把不是他们花钱买来的礼物给别人。牙膏可以买一送一，但是礼物不行。'我对他说，'把标签摘下来，销售额会增加了 45%'。他照着做了，果然是我说的结果。"[2]

拥有如此巨额财富和权力的商人却能煞费苦心去关注对于他来说充其量只是贡献很小的一部分额外利润产品的问题，看起来真是非同寻常。但这并不是问题的关键，格林的表现是基于本能，几乎执著地希望与他公司的基层保持联系（他还有一个习惯就是定期地沿着牛津街往下走，沿途检查他公司和竞争对手的橱窗）。他之所以这样做，不仅是想成为一个实实在在的领导人，更重要的是要发现问题。这是最基本的环境检查。通常，问题不是靠观察架子上的产品而是通过和员工谈话来发现的。

正像联合博姿公司的理查德·贝克所说：

> "你需要仔细倾听公司员工的意见。"

最重要的是你所做的每一件事都有根有据，让公司所有层次的员工都能感受得到。要做到这一点，花费些时间也是必要的。尽管有很多研究的技巧可供你参考，但是对于高层领导来说，最可靠的方法就是要知道公司的底层正在发生着什么事情。皇家邮政局的亚当·克罗齐尔对亲临一线的做法深信不疑，他认为：

> "除此之外，你从来没有亲眼看见，你怎么会知道你所说的是对的呢？你作为组织的高层管理人员，公司员工谈论事实的真相、问题。这样，你就会面对很多不同版本的事实。经过不同层次的人重述之后，他们的话与开始的时候相比很可能面目全非了。所以你需要追踪，了解事实的真相：这儿究竟发生了什么?真是完全不同了吗?"

由于不同层级的员工不断地重述所表现出的模糊效应，因此就难于识别问题的真相。又因为你是高层领导，下面的人通常向你报喜不报忧。英国内政部的高级文职人员描述了一种恐惧文化，他们在写公文的时候害怕传送坏消息。彼德·厄斯金认识到了这个问题，并建议采取一种明显但还未充分利用的解决方式：

> "亲临现场去听听，用这种方式，我的意思是不仅仅和直接向你汇报的人交谈。通常，员工都会内疚地跟你说你想听的话。尝试着找一些有足够勇气的员工告诉你事实的真相吧。他们就在现场。"

员工不会冒险说出事情的真相：结果可能是灾难性的。在第一次世界大战期间，马歇尔·道格拉斯·黑格（Marshall Douglas Haig）将军的副官在帕斯尚达尔战役之前不愿意告诉他天气对战争的严重性（马歇尔·道格拉斯·黑格不鼓励下属提出关键的反馈意见，结果副官们就什么也不敢说），这就是导致那次战役伤亡惨重的原因之一。

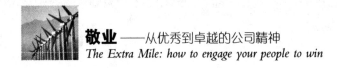

## 参阅下述观点

亲自调查的事实至关重要（更为重要的是因为不了解真实现状，就不会有成功的战略）。就员工敬业度而言，你必须能够在员工面前表现出你理解他们面对的挑战。就像亚当·克罗齐尔所说的：

> "你与企业各个层级的人员谈话时，必须从十分稳重的对话方式开始，尤其是在亲临一线的时候，无论你是要尽力强调一个问题，还是要利用一次机会，都要那样做。你只有用明了的、不过分修饰的语言陈述，员工们才能真正地理解。就我的经验而言，一线的员工比其他部门的员工更了解实际情况，因为他们每天都要面对那些事情。当他们听管理层说，不要担心，公司运行得很好时，他们就会想，与其这样说，还不如用噩梦传递信号来让他们安心呢，因为他们认为你本人并不知道你自己在做些什么。如果你试着假装公司运行得很好的样子再用糖衣来包装，那么员工开始就会失去信心，并且丧失对组织的信任。"

没有什么比当你宣称公司一切都好，而公司一线人员掌握的实际情况并非如此，更能摧毁追随者信心的了。

### 启迪

德鲁克说：寻找意想不到的事情。你肯定会在一线而不是头头办公室发现出乎意料的事情。彼德·厄斯金认为，不要把一线看做是公司的下端而应是重要的一端，第一线员工每天在和客户打交道，他们才最了解客户。像在第5章关于顶尖团队中提到的，彼德·厄斯金的一位英国的首席执行官汇集了公司上下的志愿者成立了影子委员会，董事会要向他们咨询有关影响客户决策的意见。仔

**一线的员工最了解他们的工作。**

细地观察公司可以弥补仅不断地停留在管理领域、指示不清晰明了的缺点。你还可以获得一些意见：毕竟一线的工作人员最了解他们的工作。以下是可口可乐公司的吉尔·麦克劳伦对这个问题的看法：

> "我们问生产一线的员工在他们看来怎样才能提高生产线的效率，他们提了很多建设性的意见。"

一线是知识和技能之源。确保你多跟它接触。

## 星期一你要做什么

### 1. 建立一个强有力的内部交流体系

你需要确保在公司建立由上而下、由下而上都能得到反馈的机制，包括建立定期的检测机制。这些包括调查、检测小组、定期与一些同事会面，还有像皇家邮政局的那种"让艾伦告诉艾伦"的网址，它的灵感来自于艾伦顿（Allan Leigton）在英国阿斯达集团公司任职时期，员工们可以登陆这个网站提问或者提意见，都会得到答复。这样做的目的是为员工直接问询、反馈、提意见开辟渠道。还可以应用一些现有的技术：企业专用网上的网址可以为热点或者敏感话题提供准确的信息；使用有管理层参与的博客；用视频日记箱记录员工个人对某一具体问题的看法，也可以用它来有效地处理反应机制。还有一些技术含量低却很有效的办法比如分发"神话巴斯特"的明信片可以抵制公司里存在的负面流言，即一面展示神话，另一面摆出事实。员工也可以通过向信箱投信来提意见，信箱可放在办公室或者入口处。你必须要记住，采用这种机制进行交流本身就会传递强烈的信息。只要交流渠道能持续畅通，这种信息将是正面的、积极的。如果交流渠道被忽视，这个信息就很快变为负面的了：比如看都未看员工的意见信，信还放在未被收集整理的信箱里，这样很快就会盛传领导不重视员工的意见的消息了。

## 2. 牢记行为领导

无论你在一线说过什么，员工们至少都会听一些，如果你的话没有得到更多关注，那么就要注意你自己的行为了。当心你的行为可能传递出潜意识信息。

## 3. 做就是了

不能亲临一线有很多理由，时间压力就是其中一个，但是所有这些都不该成为不亲临一线的借口。

## 4. 扩大影响

确保人人知道你去了一线。

## 5. 偶尔，出乎人们意外地出现在一线

不要让人们意料到你会出现。

## 6. 定期与同事拜访客户

和你的同事一道和客户保持联系。

## 7. 坚持让同事随行

打造你自己去一线的风格，然后让你的同事跟你干。

## 8. 找到说真话的人

在公司的不同层次找一些可靠的、能把一线真实情况告诉你的同事。即使是坏消息，他们也敢告诉你。

## 9. 像成人那样直率坦诚地对待一线员工

没有什么比当你宣称公司情况很好，而一线的人员掌握的实际情况并不像你说的那样，更能摧毁员工的信心了。

## 10. 半年内放弃"传统"的交流方式

如果你在很多场景使用提词机和进行排练，那么就停下来，试着使用其

他的交流方式吧。

## 11. 亲自在线与一线员工交流

确保你获得支持，能及时权威地回答问题。

## 注释

[1] 英国贸易工业部/特许管理学会研究报告。英国贸易工业部出版的题为"有创见的领导，洞察追求卓越业绩的员工"总结了大量的定性和定量的调查。2004年8月第1版。

[2] 标准晚报，2006-10-24.

敬业

从优秀到卓越的公司精神

# 面对面沟通

*Pillar three-Loudhailers to conversations*

考虑以下观点：如果员工相信他们在创造某件东西时出过力（共同发明），就有一种共享该发明物大得多的可能性。共享战略能提高员工的敬业水平。员工会感到当本部门作决策的时候，他们以某种形式作出了自己的贡献（不管实际上他们做没做），这是驱动员工敬业的第四大因素[1]。如果你能够利用这种合作发明的思想，和你的员工一道创造出共同所有权，那就会提高员工的敬业水平。当然，你就会赢利。这要求心态从"我"转变成"我们"。这要求领导不要再为了让员工理解他们的信息而向员工大嚷大叫了。这也要求变革的起点要从"交谈"的形式开始。

目前有一种主流观点认为，企业正发生"重大事件"。仅有55%的欧洲员工认为他们能在公司直抒己见；仅有三分之一的员工认为公司会向他们宣布公司财务状况[2]；仅有35%的英国员工认为他们的高层管理人员能有效地与他们交流重要商务决策的动因[3]；仅有26%的欧洲员工认为公司能够帮助员工了解他们的行为是怎样影响财务绩效的；62%的员工不清楚他们的公司在这个关键点上如何做的。感受不到共同所有权，员工觉得到自己被公司当外人了[4]。

越来越多的证据表明，"强迫"式（比如"如果你再迟到了，我就解雇你"）口吻会对员工产生消极的影响，即使是"理性的劝说"（"如果你继续迟到的话，对我们企业的影响将是灾难性的"）对员工的正面作用也极小。最有效的方式应该是"参考关系"（"我们要一起参加会议才有助于公司的业务，为此，我们能如何做呢？"）。值得一提的是，这些结论被亚利桑那州立大学的常务董事罗伯特·恰尔迪尼教授（Robert Cialdini）的统计数据所证实。彼德·厄斯金这样说：

> "我要求我们的员工，甚至是呼叫中心接话员，尤其对英国人，你不能告诉他们做什么。你要做的是，试图让他感觉到你在作决策的时候他们也有一分功劳。如果可能，激励他们为绩效改善效力。"

恰尔迪尼教授认为从"我"到"我们"简单的用词变化会导致心态的改变。大家关注的问题也会从个人行为转变成相互关系。

**问题从个人行为转变成相互关系。**

最近在一家公司，我们看见一个有强大影响力的集团人力资源部的主管在和他的 150 名顶尖员工谈论他们即将面临的挑战。这位主任没有一次谈到"我"或者就那件事而论"你"怎么样。他总是说"我们"……"我们所面对的挑战……我们知道……我们需要向这个方向前进"，使人感觉听众就像是和他在一起。在同样的公司里，我们看见另一位领导使用很多的"我"和"你"，结果在他和他的听众之间就产生了距离感，很让人厌烦。吉姆·科林斯在《从优秀到卓越》[5] 一书中提到高水平的领导人不会太在乎自己的自尊，只是一味地作出贡献，当事情出错的时候他们总是责备自己，而做出了成绩他们也不会争功（而把功劳让给别人）。

广告商 WPP 公司的首席执行官马丁·索瑞尔（Martin Sorrell）把这种"我"到"我们"的转变看做是公司的"情感纽带"，是敬业产生的基础，这种纽带在公司的高层相对容易连接，却不能自动地向下延伸：

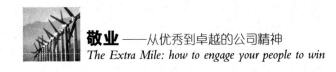
> "当然，我跟公司紧密相连。现在关于公司你要尽力做的是……在公司和员工之间建立一条相同的情感纽带，就像你和某一个品牌之间或者是和某种产品之间的那种联系。"

如果员工个人感觉到他们在某项创造过程中起到了作用，那么就很容易对这种行动产生感情上的依附，因此就更愿意贡献他们无限的能量。共同创造的感觉会培养出共同所有权的感觉，就像贝登希尔公司总裁埃瑞克·皮考克指出的那样：

> "在几个月的一段时间里，我们拿出五六天和公司所有阶层的员工在一起工作，进行讨论、争论、计划。我们一起努力来做我们认为是重要的事情。我们所代表的，我们所要铭记的就是我们的公司……结果我们就有了一种强烈的共同所有权的感觉。"

毫不奇怪，当员工个人感觉到他们参与了某项活动计划，他们就更愿意来拥护这项活动。前英国首相托尼·布莱尔的助手安吉·亨特（Anji Hunter）指出：

> "真正聪明的领导或者管理人员很明确地知道他们想要的是什么，所以他们让那些将要为这件事的完成负责的人感觉到这件事其实是领导或者管理人员的主意。"

听取员工有价值的意见，尤其是关于敬业日程安排方面的，这样会给员工有一种可以驾驭和选择的感觉。英国甲骨文公司的副总裁安·史密斯给我们讲述了他去拜访他的一位客户的客服中心的经历。他与那里的一位员工交谈，这位员工很不满意：他的老板让他出席一次集体大会，还要准备一个 15 分钟的汇报，他在业余时间里准备这个报告，为了保证完美的表现，他还在家人面前演练。当他上班的时候却发现那个集体大会取消了，因为这个地区其他地方的一家客服中心倒闭了。当安为此事询问该客服中心经理时，经理感到很惊讶：

> "他说，很明显——'有一家呼叫中心倒闭了，我们不得不取消所有的团体大会。'我说，'你为什么不把所有的员工召集在一起告诉他们发生了什么事情，你们认为我们应该怎么做呢？他们会说些什么？他们会说，噢，那我们召开团体大会，把客户放在一边吗？或许他们会说，那我们重新拟订计划，另外找个什么时间开个会吧？你认为，如果你信任员工，就让他们来作决定，他们是受到激励还是无动于衷呢？如果他们没有作出正确的决定，你可以学些经验嘛。但是我猜他们会说，让我们推迟会议先为客户服务吧，这很可能就是他们的决定。'"

我们有时会听到这样的反应——"我没有时间打理那些事情了"，"我想关注一下但白天真没时间做了"。如果你意识到敬业对企业成功的分量，你就会严肃对待这方面的问题了。这就形成员工和他们工作之间情感纽带的基础，这种联系不能假装，也不能跨越。

然而，很清楚。为了形成结盟，结束争论和对话后，一定要留出时间把结论向每个人宣布，大声地宣布。

## 如何着手创造共同所有权

### 讲故事

吸引员工注意力的叙述的力量是通用和永不过时的。不要用管理的行话，让你的目标和战略通俗易懂。带着热情和感情讲述故事，你就有了最有效的、组织所能动员的内部交流工具。

有意识地将你的讲述和公司起源结合在一起。英国儿童学校家庭与事务部的大卫·贝尔是我们的受访者之一，他回忆了讲故事的重要性：

"我尽力遵循组织的传统。学校定期视察的历史可追溯到 1839 年，我经常说，你们认识到 1905 年那时的高级检察官也会说这样的话了吗？在公司里讲故事，在一定程度上看像是在创造神话。组织庆祝活动要有偶像人物，即那些与众不同的员工，那些工作出色、有着激情和热情的人。"

微软公司的泰里·史密斯强调了他们公司自己的构想方式：

"刚开始，比尔和很多聪明的人一起说，我们将要着手做一些与众不同的事情。你可以顺着我们的历史足迹追踪下去，根本的东西就是留住公司的杰出员工，激励员工，让他们实现自己的价值。"

苏格兰哈里福克斯银行（HBOS）1999—2006 年度的首席执行官詹姆斯·克劳斯比也谈到了讲故事的方式，并打算在将来付诸实践：

"你的战略是千变万化的一系列假设，随故事变化而变化，你可以讲六个月前的故事……当然这故事已经发生了，所以我们现在才能来讲述。这并不是什么大的转变，只是一个故事。你也可以让它发挥作用，我认为这很重要。"

## 躬亲垂范

英国电信公司人力资源主管艾莱克斯·威尔逊（Alex Wilson）说：

"如果你不能够亲自去做这件事，就是死路一条……重要的事你要亲自去做，并让每一个员工都知道……他们知道这件事为什么重要，他们就会单独努力去做，而不是以 5000 或者 1 万人为单位一起做，是一个人一个人、一件一件去做。"

让员工看见你躬亲垂范的方法是在开始的时候就表现出这是你个人负责

的事情（通过展现自己或者自己的领导行为表明：你要履行自己的承诺）。

塔维斯托克研究所（Tavistock Institute）的主席和英国外交与英联邦办公室通讯部负责人罗肯·胡德森（Lucian Hudson）这样认为：

> "你要把你向团队和员工个人说的话做些渲染，还要带点自我揭露的成分，这样员工才感到更加放松，意识到只有自己靠自己，只有这样才能把他们的力量激发出来。"

只有坦诚地说出自己的想法，你的说服才会更加有分量。我们最近出席了一位警察局局长给顶尖团队布置未来三年工作计划的会议。他讲了很长时间，表述很清楚，有理有据还包括一些要实现的目标，但是会议室的参会人员却没有多大反应。警察局局长很失望。最后一位参会者问道，"先生您说得真好，但是在所说的话中，您真正关心的究竟是什么呢？"这位局长停下来，思考了一下，接着满怀热情地说："我讨厌罪犯对年轻人的影响，罪犯们标榜的生活断送了年轻人的前途，毁坏了年轻人过上积极有意义生活的可能性。"你能感觉到下面参会者有了动静，他的同事对这番话作出了反应，讨论结束了。

**只有坦诚地说出自己的想法，你的说服才会更有分量。**

你需要发现一些能够感动人心的比喻或者故事。展示出你的价值观。大卫·瓦尼爵士强调其重要性：

> "我想，你可以说你有普通常识来判断某人是否会对你产生共鸣。我看见一些人，他们的表演技巧实在不敢恭维，但是他们却能真实地表达他们深刻思考过的问题，而且他们所说的东西能够影响谈话对象的生活。"

## 实践组织的价值观

挖掘你认可的"利润背后的目标"、真实含意、生产商品或者服务之外的差别。例如，联合利华最近围绕"活力"打造内外品牌，其公司经营宗旨超出了制造和销售生活消费品。英国卫生保健委员会的使命是"通知、检查、改善"，其潜在目的就是要帮助英国公民改善保健水平、进而提高福利。这些虽然简单但是有力度的价值观把员工凝聚起来了。

## 参照关系

在小组范围内讨论问题。认真倾听你要参加的下一次会议，尤其是领导团队会议。你可能会听到争论，通过争论可以交流思想，找出存在的差异。尽力把争论转变成真诚的对话，用更多的倾听、较少的鼓吹、更多的调查、下更大的决心来摒弃差异，找到共同之处。

## 做一个赢家

我们知道胜利和敬业之间存在着紧密的联系。

如果你的公司还未"成功"，那么就在一条赢家之路上建里程碑，当你到达里程碑，意义就十分重大。攀登成功的阶梯、看到"成功"的希望，养成成功的习惯。

## 星期一你做什么

### 1. 注意你的语言

禁止在你的词典里出现"我"这个词，用"我们"来代替。

### 2. 学习一些基本原理

后退一步，确保理解支持你和你的员工对话所需的交流能力。就迈尔斯布里格斯母女（Myers Briggs）的思维（构造逻辑、判断争论、查看数据）和感觉（干预别人的事情、价值取向、心灵相通等）的类型二分法来讲，高层领导团队在思维方面有着巨大的优势。通常，会议室有很小的"F"，这样，领导团队就不用太注意像"我们的员工坚持什么立场，他们会有什么反应，我们怎样才能有效地激励他们?"这些关键的问题,你需要积极地抵消它。例如,实际上,一个领导团队做了"F"棍,在决策的关键时刻就亮出该棍。从"我"向"我们"转变需要很多的对话技巧。领导团队经常使用的主要的方式就是大声地交流彼此的观点,而不是表现鼓吹和询问的技巧,你需要发展自觉创立更多的"F"的习惯。高级管理层的会议通常会以这样的问题开始,比如"今天大家情绪怎么样?","关于这件事我们需要做些什么?"

### 3. 从理性到感性

找到能拓展你谈话空间的方法,使之有更多的情感内容;确保需要采取的一些行动不只是一系列理性的行为。计划使用一些能够引起感情共鸣的东西,比如自我揭露、展示自我价值、自尊、成长、发展、对员工角色的兴奋和热情、胜利,然后把它们融合在一个故事里。

### 4. 从辩论到对话

找到谈论的主题,让你的团队成员一起深入地思考问题的症结,加工完善找到共同之处。向你的员工挑战,使他们尽力避免仅是交流不同的观点。鼓励伴随支持态度的询问,你自己在这方面要做榜样。

### 5. 从听众的角度制订计划

在你计划和员工谈话时,制定一些简单的规则。你预期的结果是什么?听众们会怎么想?哪些信息是关键的?你需要用哪种方式来传达这个信息?如史蒂芬·柯维 (Stephen Covey)[6] 所说:"先要理解别人,然后才能够被别人理解。"

### 6. 亲临一线

应该把时间用在"领地之外",在一线员工工作环境中与他们接触,观察他们所面临的挑战。参见第8章"亲临一线"。

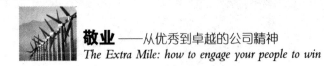
## 注释

[1] 韬睿咨询公司. 全球劳动力研究, 2005.

[2] 同上。

[3] 同上。

[4] 同上。

[5] 柯林斯, J.. 从优秀到卓越[M]. 蓝登出版社, 2001.

[6] 柯维, 史蒂芬. 高效率员工的七个习惯[M]. 西蒙舒斯特出版公司, 2004.

敬业

从优秀到卓越的公司精神

# 10

## 福利是个好主意

*Pillar four – The reservoir of wellbeing*

## 雇用协议

　　满足员工整体福利的要求、培养好感是我们和员工签订协议时的初衷。它传递了这样一种信息：我们致力于满足员工的需要，员工也要满足我们的需要。大约有十分之三的员工知道公司对他们的预期，反过来当然也知道他们对公司的预期。但是还有十分之七的员工不太了解这层关系[1]。员工应该感到满足、感激，应感到是组织培养他们成长以及组织对他们的关注；公司要激励员工投入自己全部的精力以回报组织为他们所做的这一切。

　　金钱报酬在雇用协议中起着重要的作用，但你不要误以为这就代表了雇主作为协议一方的全部责任。如果你熟悉伦敦，设想你站在高霍尔本街区的情景：如果你向东走一公里，会发现自己到了市区，这儿的工作环境是快节奏的，工作时间长，工作保障低，但是工资收入颇丰；如果你向南走一公里，就到了白厅（英国政府大楼），这儿工资收入较低，但是工作保障较好，养老金使人有安全感，还有一种较强的为社会作贡献的感觉。驱动员工就业的一系列因素依据不同的部门、

> 驱动员工就业的一系列因素依据不同的部门、不同的工作、不同的人而有所不同。

不同的工作、不同的人而有所不同，有的人想通过这份工作来增加自己简历的分量，爬上更高的职位，赚更多的钱。那么从员工的角度来看，他们期望通过雇用"协议"从公司获得什么呢？在第2章我们列举了很多驱动敬业的因素。

然而，在繁忙的管理领域，无法同时关注这十个驱动因素。为了把它们融入起凝聚作用的敬业战略之中，我们将其总结为以下四部分的内容：

1. 我相信奖金能公平地发放。
2. 我感觉受到尊重，意见有人听。
3. 我的工作技能不断得到改善。
4. 我认为组织能真诚地支持我。

员工从这些总结中流露出的主题是福利问题。自然，员工有一个有能量的、善待工作的蓄水池，一个对提高敬业水平至关重要的蓄水池。大多数工作正常的日常要求几乎枯竭了蓄水池这个资源，比如：匆忙的交货期、不完美的信息技术、难相处的同事、工作场所的其他压力耗尽了员工的精力和责任心，所以继续填满"福利这个蓄水池"是很重要的。当你最近的工资上涨看起来希望渺茫的时候，当公司没有系统地帮助你发展（没有资金和管理时间）的时候，当你的上一次提议被公司果断拒绝的时候，当你的个人电脑一

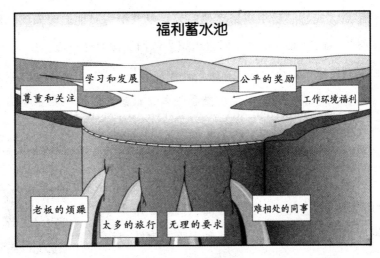

**图10.1　福利蓄水池**

直在死机的时候，再让你把全部的精力都投入到下一次的大营销之中是很困难的。敬业日程的中心内容就是要关注能够使福利这个蓄水池重新恢复活力的不同方法。

# 1. 公平的奖励

像我们前面所说的，报酬并不是雇用协议的全部内容。事实上，就像我们在第 1 部分指出的，在所有的驱动员工敬业的因素中，工资的排名令人惊奇，它排在后边：通常是第六或者第七位。通常这是因为这些受访者的工资还在能接受的范围之内，从某种程度上说工资已经变成了保健因素。像英国甲骨文公司的安·史密斯所说的："钱是致人满足物或者致人不满足物，但却不是激励因素。"然而我们之所以要先讨论它，部分原因是雇主很自然地认为工资是雇用协议中最重要的部分，还有部分原因是工资已经变成了保健因素，如果你弄错了，会导致福利蓄水池大泄漏。在奖励方面，一般认为物质奖励可以避免出错（由于缺乏公平，导致员工失去动力），非物质奖励却可以使组织的业务顺利进行（真正能激励员工）。

不公平的奖励会导致员工懈怠的论断未听到什么过激的反应，大多数雇主都认为这仅是个常识。那么为什么在欧洲被调查的员工中仅有 27% 的人支持"工资水平的标准应该是公平的、一致的"这一观点？这就意味着还有73% 的员工没有看到他们取得的绩效与应该接受的回报之间的直接联系。同时，还有 32% 的人认为与身边的人相比他们的报酬还是公平的[2]。在英国，46% 的受访者总是或者频繁地发现在他们公司与提升或者是薪酬相关的决策总是令人沮丧，还有超过 67%[3] 的被调查员工认为他们的公司并没有开除糟糕的员工而是容忍不尽如人意的绩效。考虑到人类永不满足的天性，这些统计结果真是令人担忧。

实行公平的奖励真的很难，要想实现本部门员工的欲望和雇主的能力相统一是一个长期的问题，而且变得日益艰难。看看我们的周围，以经济和监管力

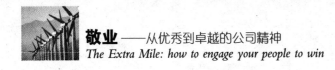

量驱动的改革大潮正在袭来，且有加剧的迹象。以股本补偿、退休计划和福利的形式构成薪酬也在经历这场变革，全世界的员工正积极地认识这场变革。

员工们能了解并经历着财务资产价值缩水的负面影响，为管理员工当前或者将来的福利，企业将承担较高的风险，付出更多的努力。这些因素综合起来导致了员工不可能对组织履行全部的责任，以及在工作岗位上不会尽心尽力等大的潜在风险。然而，采取周密、完善的措施，公司就能够顺应这场变革，敬业的员工就会改善财务状况。这并非是一个非此即彼的方程。

当然，一揽子总报酬和各组织对员工的激励办法存在巨大的差距。我们访问的公司领导用不同方式为我们作了讲解。

> "得到社会尊重积聚了人们自行使用力量。然而，只有金钱奖励才能让这些力量转变成现实。"
>
> ——罗布·马吉茨爵士（Sir Rob Margetts）
>
> 英国法律通用保险公司（Legal and General）主席

> "员工们经常会问这样的问题：'公司会认可并奖励我所做的工作吗？我为公司所作的贡献得到了公司的支持、感激和表扬吗？'对员工个人给予积极的认可会在很大程度上影响员工对自己工作的整体满意度，公司主动庆祝成功是积极的工作文化的关键驱动因素。"
>
> ——吉尔·麦克拉伦（Gill McLaren）
>
> 可口可乐（Coca-Cola）公司

> "我喜欢一开始付员工很低的工资，以激励他们取得更快的进步。因为如果他们工作真干得好，他们就会体会到提升和快速加薪的激励效应，这种越来越好的状况会令他们欣喜若狂。"
>
> ——马丁·泰勒（Martin Taylor）
>
> 英国先正达（Syngenta）公司

"股份是最好的东西。我们做的最好的事情就是在一年中实现利润的时候，把 2500 万份股份分给员工。所以去年我们实现利润的时候，我们所有的员工包括我分到了价值 350 英镑股份。当你听到你的司机谈论股价上涨和为什么今天的股价下跌时，你就知道他也参与进来了。我发现股份真是最好的激励因素。"

——麦克·特纳（Mike Turner）

英国宇航系统公司（BAE Systems）的首席执行官

"至少就我们提供的奖金数量而言，我认为物质奖励在激励员工方面所起的作用不太大，但是这却带来了有益的附加作用，对于绩效评估作用很大。如果在危急关头有点金钱奖励，即使很少，员工也会尽全力完成工作。"

——安德鲁·特恩布尔爵士（Sir Andrew Turnbull）

2002—2005 年度 Home Civil Services 的主席

"我想要一个能够激励组织上上下下员工积极性的方案，只要保持本质基本不变，可以有一些可有可无的点缀……你可以把奖金一半用现金的形式发放，另一半以股份形式发给员工。如果你能够持有这些股份三年或者四年，公司就会做强做大，相当于得到另一家公司了。买一赠一，这个方案出奇的有效……为使讨论方便，我们考察他们年工资的 25%，随着股价的上升就会变成年工资的 50% 或者 60%。无论在哪，员工登陆公司的专用网，首先要看的都是股价，他们像鹰盯着猎物一样盯着股价，公司股价特好。"

——大卫·巴尼斯爵士（Sir David Barnes）

阿斯特捷利康（AstraZeneca）制药公司

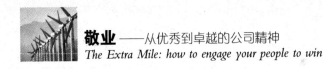

大家都知道没有包医百病的规则。但几乎所有来自公司领导的反馈意见都印证了我们的推测：就敬业而言，有两条规则十分重要：

- 首先，奖励被公认是公平的。

- 其次，奖励要给员工提供一种"情感股本"。也就是，奖励尽可能紧密地把员工和公司的成功联系在一起。为了实现这个目标，我们必须考虑到奖励的形式，不仅是工资和额外的利益。

## 公平

奖励仅仅是公平和一致是不够的，公平和一致是其本来就应该具有的必要的特征。

> "奖励必须是公平的：如果员工认为你少付了他们工资，这对你来说没什么好处，因为这样会让员工带着不满意的情绪开始工作。然而只要他们认为员工之间的工资是公平的，你就不用担心了。我们应该尽可能采取灵活的工作方式，可以让员工在家里工作，可以和员工一起分担工作，可以延长工作时间。我让员工一周工作四天，但是他们一周工作四天，每天却工作九个小时，这样星期五就可以放假了，他们就可以有一个长一些的周末。我们就是那样灵活处理的，正是这些方法让卡梅洛特公司（Camelot）成为一个工作的好场所。"
>
> ——黛安娜·汤普森（Dianne Thompson）
>
> 卡梅洛特公司(Camelot)的首席执行官

像达文波特（Davenport）和罗伯茨（Roberts）在文章中提到的，社会科学家把这种"公平"分为三类：

- 过程性：奖励分配或者奖励制度的变革都要依靠预想的公平流程。

- 分配性：在某种程度上奖励的结果与个人的价值观一致。

- 人际关系性：当人们接受奖励或者有变化发生时，人们感受到的关心、尊

重和受重视[4]。

英国埃森哲咨询公司前领导，现任内阁办公室交流部的头艾安·华特茂指出：

> "我看见员工真的对相对工资的大幅上涨、奖金和其他一些类型的奖励很苦恼，因为他们发现别人比自己拿到的多，这时，奖励已经失去了金钱的价值，变成了数字……所以金钱是绝对和相对的统一体，实际上，一旦当你达到了某个层次的时候，薪酬的相对数比绝对数更重要。"

如果员工发现他们被不公平对待的同时，他们的同事或者上级乘机获得好处了，这会让员工很泄气，但这还不是毁灭性的。

注意：公平不是必然的，只是在通常情况下意味着
平等。你要大胆地在雇用协议里有差别，比如说，对你

**公平不是必然的。**

奖励的较大比例有效率的职员做上记号。研究表明高效率的公司的激励方法更与众不同，员工们实际上能够认可、接受并且需要感受到这种差别——这种差别可以帮助公司管理稀缺资源，传递关于绩效的权威信息。变革和挑战奖励的调查表明，实行奖励差异化公司的百分比从 1999 年的 15% 大幅度提高到 2003 年的 39%，而且还在继续上升。我们在结果要素这一章还会有更详细的论述，如果你关注敬业，就需要把奖励方案与衡量敬业的标准结合在一起，否则当看见邻桌的随波逐流者与你用事半功倍的方法获得了同样回报，你就会非常泄气。

## 情感投资

员工想从你身上得到的最低回报是公平。报酬也可以让员工感受到公司对员工的情感投资，这对于促进员工敬业是很关键的。当大卫·巴尼斯和麦克·特纳了解到公司所有员工都持有公司股份的时候，他们就通过报酬对员工进行情感投资。当然，这种方式并不适用于所有公司，而且也并不是每个

公司都希望这样做，但他们却能从中认识到，一揽子的理想报酬能够把员工和公司的成功联系在一起。从员工的角度看要做到这一点，需要有选择标准，使员工也有可胜任和主动控制的感觉。

达文波特和罗伯茨引用了社会科学家爱森伯格（Eisenberger）的话，他们指出员工会全面看待奖励组合，然后就有了公司对他们的贡献和福利重视程度的总体印象。从某种意义上说，员工通常先对公司给予他们的报酬进行理性评估，然后得出公司对他们福利的关注程度的感性结论。达文波特和罗伯茨还提到员工会权衡他们的报酬组合。因此，公司需要收集关于员工如何权衡酬报组合中不同元素的数据，这个数据会反映出变革某种组合的相对重要性。考虑到要根据员工的反应作出决策，所以决策的内容要兼顾到所有的报酬组合（基本工资、浮动工资、健康福利、带薪休假、退休福利、学习和发展的机会，等等）的适度水平和投资配给。询问员工关于他们权衡报酬组合方面的问题，就能对员工敬业产生影响。

毫无疑问，任何一揽子报酬组合中被"认可"的成分都是有价值的工具。人渴望被尊重和赏识的需要和欲望如利用得当，就能激发出他们更多活力和奉献精神。遵循公平和客观性原则的个体激励型奖金或者是其他的预料之外的报酬都可以用来刺激绩效，沃达丰（Vodafone）的"传奇人物计划"，其内容是，由他们的同事提名 30 名员工成一组，选出来后每年外出度假一次，以作为被同行认可的奖励。个性化的奖励具有远比这些奖励的物质价值更高的预期价值：英国工业联合会（CBI）的狄格白·琼斯爵士的一位得力的员工，他的孩子们是疯狂的橄榄球迷，他被奖励了一场橄榄球比赛的套票，这种奖励方式使该员工对公司充满感激之情，其价值远远超出球票的市场成交价格。

如果精心设计，针对性的报酬方式能提高组织员工的敬业水平。例如，我们的全球劳动力研究成果显示，一揽子报酬组合中精心设计的部分（竞争性的基础工资、与个人绩效相关的基础工资的提高、与个人绩效相关的奖金、与公司绩效相关的奖金）给员工敬业度带来的积极影响高达 22%；加上成功的管理（管理人员帮助员工了解他们对公司成功的影响、管理人员为员工提供明确的目标和方向、提供具有挑战性又能实现的绩效或者奖金目标），就能把对员工敬业度提高到 35%；如果公司进一步提供能够给员工充分授权的工作环境（授予员工适当的决策权、员工有履行高质量工作所需的资源），就能把员工敬业度提高到 50%。

## 领导的缪见

在制定工资结构时，公司一定有意识地努力从员工的角度考虑报酬（也包括有关福利蓄水池的其他问题）问题。高层管理人员普遍认为公司里的每一个人都想要得到一样的东西，这不符合事实。员工们有不同的预期，这些不同的预期与很多因素相关：他们的性格特征和思维偏好、价值观以及职业生涯阶段。在某种程度上说，公司能预想到一个有代表性职业生涯的各个阶段，例如：

- "我 24 岁，单身，我喜欢这样！"（我需要钱，想一部很酷的车，我不想要保险或者是长期储蓄等。我想要的就是这些，现在就要。）
- "我 32 岁，打算结婚。"（我需要开始增加我的养老金储蓄了，需要伤残保险和人寿保险，还想要给我的配偶一份医疗保险，还希望可在家使用电脑）。
- "我 45 岁，有两个（特别活泼）的孩子。"（现在我正为退休金进行储蓄，在儿童保育方面已花了很多钱，还想要更多的假期。）

如果公司能够认识到这些被统计人群的特征并且根据这些特征进行相应的奖励，一定会对促进员工敬业有所帮助。我们认为那些真正有魅力的公司在这方面真做得很好，能够认识到员工的个人需要和偏好。早早就有孩子的父亲怎么办呢？他可能才 24 岁，关心的是人寿保险和可以在家工作，到了他 45 岁的时候就可能准备好了买很酷的车并且有一些积蓄了。诚然，世界上没有一种体制能考虑到所有可能的变化，也没有一个明智的高层管理人员能够或者愿意留心他的员工们的种种不同需要，这时候中层管理人员出现了。在

下一章我们会看到更多这方面的细节，对中层管理人员授权也是敬业的一个重要组成部分。这只是问题一个方面，关键是要建立一个促进公平报酬的框架，要求管理人员在这个框架内工作。

管理人员需要成为实施公平报酬的一部分：既要发表意见又要授予权力。要为管理人员提供适当的信息，提高他们有效沟通的能力。要想成功还要为管理人员提供一套完整的工具箱（通过培训）来理解和传达新的安排、预见和回答员工提出的问题，知道在何处可以获得详细的流程和设计信息。达文波特和罗伯茨认为，管理人员能在成功的报酬改革的过程中在下述三个重要方面作出贡献：

- 参与报酬系统的设计和调整。例如，进行一系列的小组讨论，管理人员要分析研究员工对他们一揽子福利改革的反应。
- 在管理人员和员工的相互影响中重新制定一份有活力的协议，包括了解员工看待报酬系统的方式的相对特性。
- 展示对个体的公平性，尤其是管理人员对个体员工的影响。为了实现这最后一点要求，生产线管理人员要表现出：(1) 考虑员工个人的观点；(2) 有一致应用标准；(3) 对于任何变化的判断力；(4) 真实的交流；(5) 礼貌地传递信息[5]。

换言之，在公平的整个环境里（我们将会在最后一个要素中看到，衡量公平环境的标准与敬业的相关性），管理人员应该被授予协调事务的权力，倾听各方面人员的意见，尤其是下属的意见。很明显，这就意味着各方都要对管理人员有一定程度的信任，我们在第五个要素中将会看到这种信任对于任何层次人员的敬业日程活动安排的重要性。所面临的挑战是建立一种制度性公平的体制，并且这种体制允许管理者有酌情决定权：管理人员能够利用所有的管理工具——个体激励型奖金、非物质奖励、升迁、表扬，要做到对每位员工的报酬组合尽可能满足员工的需要，并且尽可能把员工的利益与公司的利益紧密地联系在一起。

**（为公平报酬）星期一你做什么**

### 1. 以身作则

处理办公室表现欠佳的人员，包括你的直接下属，与他们进行严厉的谈话。给予明确的反馈意见，在需要改进的地方设定改进的目标。要清楚知道实现目标，并把它应用到积极的工作环境当中（这一点可以做到），还要能够明确定义你要取得的成果。

### 2. 定下基调

你可以给员工一次性的物质奖金或者是其他的奖励，让你的直接下属了解你所做的这些事情。

### 3. 答谢有功人员

公开、尽最大努力答谢有功人员。这种答谢最好直接给予某个团队，但是也可以给予员工个人。

### 4. 把绩效与报酬结合在一起

确保你每年的奖金和认同制度建立在绩效管理体系之上。大多数公司认为自己是这样做的，但是很多员工却不这样想。不断地向你的员工挑战确保这种联系的明晰性。

## 2. 尊重和关注

"作为社会动物的人都会寻求认同，从公司的角度来看就是敬业，从员工个人的角度来看就是被公司认可。"

——杰夫·马尔根（Geoff Mulgan）

杨氏基金会（Young Foundation）领导人

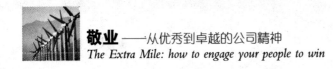

但是报酬和一揽子报酬的组合只是我们填充福利这个蓄水池的万涓溪流中的第一条溪流。第二条溪流是对敬业员工的尊重。我们在"面对面沟通"一章可看到，如果你要员工敬业，那么在协议中让人有共同所有权的感觉非常重要，敬业的员工如果认为他们在组织中起到重要作用，备受尊重，那么他们就会长期把敬业精神保持下去。

联合博姿的理查德·贝克认为这一点非常重要：

> "我禁止使用'雇员'这个词。在一年当中如果有人在会议上使用了这个词，那么他们就要把一英镑罚款投入果酱罐。员工们认为这样做很疯狂，但是我说，我们的业务是个人健康护理用品而不是搞零售，从事这种业务使我们能用一种有意义的方式关心人们的健康，比如人们会来问我们关于枯燥热药片不起作用的所有问题，等等。因此我们从事的是个人健康护理，我们聘用的是人而不是雇员，这是一种心态。"

显然，如果员工在工作中投入大量的精力而他们却常常被忽视的话，那么他们就不会再愿意继续那样做了。在英国，第四个驱动敬业的因素是员工们认为在本部门作决策时自己也尽了一份力。员工们希望他们的价值得到承认，但是大多数英国员工却没有感觉到这一点。

敬业的员工有一种能够胜任和驾驭自己工作的感觉。有趣的是，不管这是否是真的，大多数高度敬业的员工都倾向于认为他们会对产品、服务和财务产生影响。参见图 2.6。

不足五分之二的员工认为他们的领导能尊重他们；超过 60% 的员工认为他们的领导不会努力去接近他们；超过 70% 的员工认为他们的领导不会与员工进行开诚布公的交流；仅有 25% 的员工认为他们的领导能够注意到在日常工作中员工所面对的问题；所有这些都是对员工尊重和关注的表现，然而英国的领导在这些方面做得都不够好[6]。

员工的责任是要中肯、简洁地表达自己的观点；雇主的责任是要认真考虑员工的观点。研究表明，大约仅有三分之一的员工认为雇主在作与员工有关的决策的时候会征询他们的意见。在任何部门，员工能对制定决策献力是驱动员工敬业的第四大因素，这也是形成共同所有权的关键因素。值得提醒的是：向员工征询决策并不意味着员工一定要赞同这个决策。

对员工认同为什么如此重要?推广一种认同和赏识员工的文化对于雇主的好处可以分解成以下三个互相联系的方面：

- 这种文化对于有效的团队管理至关重要，对于成功也同样重要。
- 这种文化会鼓励更高水平的员工对公司作出贡献。
- 这种文化会提高员工共同所有权的意识和员工对公司的忠诚度。

有效的管理并不是独断专行，而是要利用知识和反馈信息，发挥公司上上下下员工的专长。以上这些既可以在微观层面也可以在宏观层面得到。英国的高级赛艇教练杰本·克劳伯勒（Jurgen Grobler）简明扼要地指出了这一点：

> **有效的管理并不是独断专行，而是要利用知识和反馈信息。**

> "聆听你的团队告诉你的东西。如果你不这样做，就不会理解他们；如果你不理解他们，就不能管理他们。"

最高联席副指挥官、可敬的马克·斯丹厚普爵士（Sir Mark Stanhope）在海军任高级职务，具有丰富的经验，他对此很有共鸣：

> "首先听听你的员工说什么。我认为倾听是领导的关键特征。任何人认为领导就是站在那里给每个人发号施令，那就完全错了。实际上，你下达命令就是反馈员工告诉你的信息的一种特征，要能够对你听到的一些事情作出反应，要做好接受批评的准备，还要做好征求意见的准备，如果你不接受意见，还要做好解释原因的准备……原因是什么：为什么你不接受意见或者是为什么你接受意见。"

实施"倾听"文化的第二个原因是，这样会鼓励员工把工作做得更好，而且对敬业的实施也有着直接的影响。"当然，员工通常是为钱而工作，但是他们也希望做一些有益的事情。"彼德·厄斯金认为，如果你有倾听他们意见的迹象，他们意见的质量就会有大幅提高。如果你想要鼓励员工拿出点时间帮助别人，就要表现出你会很留心观察这些行为。

组织应该注意建立常规性工作，这样就可以激励不同阶层的员工理解和塑造公司前进的方向，在日益复杂、迅速和"突显"战略的时代尤其重要。法律通用保险公司（Legal and General）的员工被鼓励参加每年一度的公司计划会议；几年前在德勒斯登银行（Dresden Bank）战略变革的时期，来自不同地点的 9000 名员工同时出席了利用精心设计的战略学习图片来给新战略增添活力的大会；在可口可乐公司一项名为"发展"心智的战略，有 2000 人参与了战略开发。这些政策表明，提高组织投入利用率、倾听员工的意见，可以帮助公司解决问题，同时提高员工的创新能力；阿斯达公司有一个叫"告诉艾伦"系统，鼓励公司的每一个人提出创新的意见，所有的意见都会得到答复；如果意见被采纳，这个人会获得 50 英镑的奖励，还有一周休息两天的机会。

其他的公司采取了同样的原则，采取更加专注、从上到下的方式，并通过领导团体和管理人员定期召开极其认真的、亲密的会议来建立常规性工作应用这个原则。在壳牌石油（Shell）公司勘探与生产业务会上，150 名高层领导每六个月聚一次，回顾了他们的业务进展情况、集体和个人的领导还有变革计划；英国大型超市塞因斯伯里思的首席执行官贾斯丁·金(Justin King)在六个月的时间里会见了 30 人或 50 人为一组的 1000 名"领导人"。所有这些政策都认同，采用倾听员工意见的方式，你就能提高产出的质量。

最后一个尊重员工和倾听员工意见的理由与员工的责任心有关。如果员工在某种程度上感到他们"拥有"决策权，敬业就很容易实现。然而由于意见一致和共同发明的实践存在局限性，公司在执行的时候要尽可能有长远全面的考虑。

## （为尊重和关注员工）星期一你做什么

### 1. 社交活动和反馈

在你的领导通讯网络建立一系列的一小时小组讨论会（每次会议最多有30人参加），倾听员工的意见后，要及时反馈。不要掉入又作另外一个报告的陷阱之中。

### 2. 真正在听

无论你去哪儿参观，都要开些非正式的交流大会。你在会上要多倾听少说。即便在早上或者中午，或者在午餐时间参加半个小时会议都是重要的。

### 3. 让员工发表意见

战略开发过程中的关键步骤是让组织员工参与并听取他们的咨询建议。然后给出你的反馈意见并下结论。

### 4. 团体参与

组织"脉动"小组和影子委员会收集员工的意见。通过邀请员工参加这样的团体来认同他们。

### 5. 扩展责任

问你的直接下属这些团体的报告都说了些什么、有什么感觉。形成惯例以后，就会很自然地发生，鼓励管理人员理所当然地发问。

### 6. 运用博客

参与博客。开始写一些偶尔发生的事件，之后积极参与博客，最终博客就成为了解当前正在发生事情的重要手段。

### 7. 确保真实

让你的下属知道你在想什么（不管你喜欢与否，都要通过你的身体语言

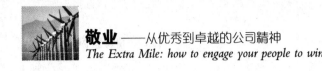

和言词表现出来）。谨防切断和员工之间的联系，尤其在公共场合不要用不友善的方式向员工挑战，如果这样的行为进一步发展的话就会切断和其他员工的联系（当然如果员工表现出你深恶痛绝的行为，你可以那样做）。

# 3. 改善技能

向员工表现出你对他们足够地关心、使他们全面发展，这样做也能装满福利的蓄水池。很多组织在这方面都做得很好：有72%的员工认为他们通过一年的工作，能力就得到改善。要认识到员工是十分看重这个问题的[7]。学习新技能和提高工作能力是驱动员工敬业和保留人才的第二大因素，在吸引员工就业方面也同等重要（排在第五位）[8]。从员工的角度来看，原因是双重的：一方面提高工作技能可以增强员工完成本职工作的信心，另一方面也可能会在将来为他们赢得更高级的职位。像斯蒂芬·柯维（Stephen Covey）所说的："安全感来自你能拿出什么能力而不是你已经拥有的东西[9]。"巩固这种安全感的机会就要员工提高他们在劳动力市场的价值和竞争力，员工当然会关注这个。从雇主的角度来看，毫无疑问，提高技能是让雇主和员工都受益的行为：显然，从雇主的利益出发，员工要尽可能地为做好工作而提高他们的能力。

最好的员工都很合群，能够把公司的需要和自己的职业需要联系在一起；承认并且适应这个事实是你留住和开发高质量员工的明智之举。然而这并不意味着没有短期的投入：雇主需要意识到，他们必须在员工身上投资，员工成长，组织发展。

## 就业能力：新的忠诚度

年轻人把职业当作生命的时代已经过了，就连雇主也不那样想了。人们震惊于往日的自鸣得意：比如鸟眼珍珠（Bird's Eye）可以说是联合利华的核心业务，现在已被出售了；英国化学工业公司（ICI）曾经是英国该行业的领头羊，现在的市场份额与其全盛时期相比已经相当小了；英国政府的部分文职部门（Civil Service）已经变成了私人部门，其现在的特征与过去的形象大相径庭。我们再也不能在一个安全的公司找到一份安全的工作。每一个明智的员工都应该对他们自己、他们的发展前景和工作技能有一种忠诚度和责任感，这样才会有安全感。

## 学徒身份

大部分工作技能和能力的提高当然还是发生在工作本身上，积极性也来自工作本身：这是对的，尤其在那个大多数人决定把他们大部分的生命都贡献给工作，而这份工作又帮助他们界定了自己、形成了自我价值观的时代。员工感觉到自己从事的工作具有挑战性也是驱动敬业的一个因素。更为重要的是，无论是员工在学习必要的工作技能还是授予一定程度的自主权，能够控制工作的感觉也是驱动员工敬业的因素。在工作实践中，不可能给公司的每一名员工其感兴趣的工作，但是尽可能地在制定对员工有影响的或者对产成品有影响的决策时组织员工参与，就会使敬业水平有较大的提高。对于给每一名员工都提供具有挑战性的工作也是不可能的；也不可能每一位员工都得到学习机会。然而，对于给予不同层次的员工发展的机会和监督他们确保在工作上取得进步是很重要的，这个可以通过员工个人发展计划的形式来做，就像甲骨文公司和信佳（Serco）公司。典型地，员工和他的生产线管理人员要定期地检查这一计划的实施情况，这个计划运作的例子来源是英国宇航系统公司（BAE Systems）的首席执行官麦克·特纳：

"我们需要过程。我们不要太多的东西，我们不想打击员工的企业家精神。在公司我们实施了三个主要流程，其中之一就是所谓的绩效主导型，要求公司的每一个人都要有一个 PDP（绩效发展计划），在这个计划里有一些非常简单的东西，作为一个员工个体你要有自己的目标，这个目标要与公司的整体目标结合在一起，一年中你要有两次与管理人员面谈年初设定的那些目标的实现情况。

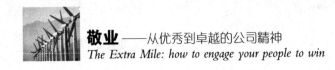
你会有一个所谓的色彩评级：你的绩效考核结果可以用红色、橙色、绿色、浅金色或者深金色表示。如果是橙色，除非你有所改善，否则你就会出局，每年我们都有 5%~6% 的员工被告知其评级为橙色，他们要么被调换工作，要么离开公司；如果你是绿色，像我一样，占公司人数的 70%，表示你适合这个工作，处于适中水平，你可能哪儿也不需要去，我们都很喜欢你，如果你是绿色，要充满希望；如果你是浅金色，我们认为你一定至少会获得一次提升；你可以做得更多，如果你是深金色，那么你一定会获得多于两次的提升。因此公司里的每一个人都知道他们自己是什么颜色，以及为什么会是那种颜色。

然后我们有所谓的管理资源审查部门，在那里工作的每个人都是公司部门中浅金色和深金色的员工，对于公司中心的顶层 300 名员工我们也是那样做的，然后观察那个人会在他的工作岗位干多久，到调换他工作的时间了吗？我们每年调换大约 20% 的浅金色员工，就是这个程序让员工感到他们被激励或者鼓励来为公司作贡献，让员工知道他们适合在公司的哪个部门工作。"

个人发展计划必须要和绩效管理过程联系在一起，还要根据公司需要和个人需要之间的平衡来制订。该计划要尽可能的考虑到公司的需要这个原则，给员工们执行挑战性任务的机会。像大卫·巴尼斯指出的那样："只要我们参与系统中一小部分工作，我们所有的人都会把工作做好；我们不想要完全没有风险的系统。"苏格兰哈里法福克斯银行（HBOS）的詹姆斯·克劳斯比也如是说。我们的几个采访者都把这个计划看做是他们的主要任务之一，并乐在其中："在公司里没有什么比赋予员工一项他们原先认为自己不能做，做时又有人一旁观察和帮助他们更令人激动的事了。"

狄格白·琼斯爵士更加有说服力地表达了这个角色的可能性：

"我知道这是陈词滥调，但是我愿做员工翅膀下的风，我喜欢看着员工飞翔。我绝对喜欢看到员工有自由的空间，最大程度地发挥他们的才能。知道员工不会遇到困难的情况下，你可能要惊奇他们所取得的成绩。我经常对员工说，你们知道，如果你尝试做这件事的话，我会保护你，我真的会，我愿接受批评，也要保护你。但是你要知道唯一能让我生气的事就是你没有充分利用我给你的机会。现在就开始做，上路吧！"

领导都希望建成一个提升和开发他们的员工素质和能力的组织。他们还指出了在这个过程中支持的重要性。"如果你要开发员工的素质和能力，但是却不支持他们，就会给他们带来压力，"阿斯特拉捷利康的大卫·巴尼斯爵士说。

在这个过程中一线管理人员的作用至关重要：一线管理人员对员工个人在开发能力上的信心本身就是一种鼓励。开发员工的个人能力方法之一就是分配给员工具有挑战性的工作。很多公司目前在这方面做得都不够好：《劳动力研究》[10] 的受访者当中仅有44%的人认为他们的一线管理人员能够提供既具有挑战性又能实现的绩效目标工作。在分配任务时，好的管理人员的作用很重要，没有管理人员的鼓励、指导和必要的帮助，员工个人的压力和给公司带来的潜在错误成本将会超过学习的机会。最后，一线管理人员不仅要进行指导，还要对员工的行为进行评估和作出反馈：管理人员采取的方法是对绩效进行真诚和公正的批评，但是这种批评是建设性的。当公司文化应该提倡以人为善时，绩效仍然是需要评估的。在这里，传递评估意见的方法就很关键。英国的高级赛艇教练杰本·克劳伯勒解释说：

**一线管理人员的作用至关重要。**

"对于那些需要改进的员工，要让他们知道他们错在哪里。批评别人不是一件令人舒服的事，过一种舒服、关系密切的生活也不应

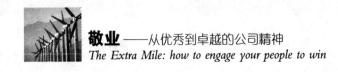

> 该是你的生活目标。确保对任何员工个人的批评都要与人为善。你
> 需要让员工明白你并不是批评员工个人，而是在批评一项具体的技
> 术或者是工作方法。"

组织懂得现实中在职学习会为公司节省成本，这是很重要的，这也是一线管理人员要仔细考虑如何分配更加具有挑战性任务的关键原因：在某种程度上说，自由就会导致失败。贝登希尔公司的主席埃瑞克·皮考克用一种有趣的方式解释了这些：

> "在我所有的企业里，我有 P 和 L 账户的信息，这个账户通常是
> 负数，我们称其为学习账户。我们尽力把没做好事情的成本记录下
> 来，那就是该账户反映的信息，我们期望看到负数，因为这说明学
> 习了。作为主席，我的任务是要吸取犯错误的经验教训，但是从财
> 务角度看，这些错误还不至于危及公司的生命，而且我们还可从这
> 些一团糟中学到东西。"

理想的情况下，员工在得到领导支持的情况下，工作本身在一定范围内就可提供学习的机会。然而，如果员工的工作既能得到客观评估，又能得到坦诚的反馈，这才会是一种有效的学习方法。

## 外部学习

员工个人除了期望通过工作自身得到发展之外，还希望能够定期灌输新知识，获得更加正规的学习机会。要满足员工的这个愿望，就需要人力资源部门有效实施，同时正规学习也要成为员工发展计划的一部分。具体可以采用课程学习、专业考试或者是创造性地使用借调的方式。例如，阿斯达有一项"快速起跑"计划，旨在帮助大学本科生发展他们的管理技能；维珍集团（Virgin）有一项"重新分配假期"政策，对公司有杰出贡献的员工可以按自己的选择提供一次在世界其他任何地方的维珍集团办公室就职两个星期的机

会，因此员工在度假的同时还有一次发展自己的职业的机会。对于更多的初级员工，即使是拜访客户的机会也是有价值的实践。

关注员工的发展一方面可以提高他们工作能力，另一方面还可以鼓励他们留在公司。你真诚地对待员工是很有价值的，这样员工就会关注自己职业的发展。如果你想要拥有一支强健、稳定、有远见的员工队伍，就要确保你身边的员工不断发展，这也是明智的商业惯例。

## （为开发员工技能）星期一你做什么

### 1. 个人发展

树立一个榜样，定下基调。你有没有想过，如果你的员工的成长、发展新能力和学习工作技能都大大得到改善，你的公司将会怎样？检查一下你自己有没有正式或者非正式地发展自己的工作技能和工作能力吧。

### 2. 组织将来的技能和能力

一定清楚组织要想在将来成功，需要哪些工作技能和工作能力。根据你组织员工已经具有的能力和技能评估公司将来所需要的能力和技能，找出差距。让组织为弥补这个差距而挑战。亲自关注这些领域。

### 3. 激励员工

让你的员工以标杆学习、借调或者员工互换的方式参观其他的组织。指导人力资源部门极力促成这种最佳做法和标杆学习方法。听取他们向你汇报工作技能和工作能力弥补差距的情况如何。

### 4. 奖励员工

对于学到相关技术的员工，要给予正式或者是非正式的奖励。

### 5. 监督进展

公司的员工每年至少有一次正式的工作技能和工作能力发展计划的演讲，

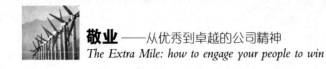

可把这个活动与评估程序结合起来。为每个人创造满足个人发展的空间，这样员工的每一个计划就会既能满足自上而下的公司需要，又能满足自下而上的员工个人需要，监督并汇报计划的进展。

### 6. 考查离职者和加入者

加入公司的员工带来了适合的技能了吗？还是他们仅是一般的胜任者？对于那些离职的人，他们偷取了工作技能了吗？公司外部认为这些工作技能是你公司的（可能正在开发之中），或者离职者是因为（他们自己或者是公司）缺乏工作技能和工作能力的挫败感而离开公司的吗？

如果你的公司足够强大，那么就定期地举行校友会活动［麦肯锡公司（McKinsey）在这方面树立了榜样］。从这个活动中你会得到反馈信息，并与那些能直接或者间接提供招聘新人机会的人保持联系（离开公司的员工在若干年之后还会回来，这已成了未来的发展趋势）。

# 4. 支持员工

最后，敬业的员工需要感觉到公司很关心他们的整体福利：这就意味着公司是支持员工的。具体的员工"协议"的性质对于每一个公司来说都是特有的，但是还有一个基本的原则——互惠性。绝不允许公司标榜"非人性"的特征，忽视员工生活的日常现实就是以非人性的方式削弱了雇用协议，这可以诱使公司忽视它们认为跟这个领域相关的"软"问题。环境支持因素无非就是舒适的就餐和办公环境。事实上，这一点很容易被忽视，而把它当作枝节问题。支持员工的观念要更加深入人心，因为管理层对员工福利的真正关心是驱动员工敬业的首要因素。仅有30%的英国员工认为他们的管理层做到了，除此以外员工还想要在一个有好雇主口碑的公司工作，这是驱动员工敬业的第三大因素。当然舒适的餐厅和椅子也是重要的，至少这会传递出和重视员工福利一致的信息。简单地说，如果你坐的椅子是坏的，没有人修理它，或者是室内温度是华氏 85 度的时候，也没有人想要安装空调，或者你的个人电脑一直在死机，也没有人来帮忙。在这些情况下，要员工付出巨大的努力来工作会很困难的，这也是显而易见的问题。

做好环境福利和环境支持方面的准备，确保员工的工作条件都处于正常状态。例如，关于工作本身，保证每一个员工都能够充分利用他们工作所需要的信息和工具，不管是电脑、电话或者是其他设备都要能满足工作的需要，被妥善保养，这是常识问题。作为雇主确保信息技术系统能够跟得上时代需要，为员工工作提供合适、恰当的技术支持，是你义不容辞的责任。不适宜的工作系统会使公司处在非工作状态之中，更糟糕的是这会使员工误认为公司不看重他们的工作和时间。在这些基础领域上是不应该过度节俭的，一些很小的投资（员工们也不需要配置昂贵的电脑系统）就能表现出你从员工的角度看问题的能力。

允许弹性工作制会鼓励员工的忠诚度，也加强了雇用协议中雇主一方的利益，对员工的个人问题应该给予尊重并留有一定的空间，在员工发生个人危机的时候要有灵活性和给予理解。公司设托儿所表明对儿童看护的

> **员工的个人问题应该给予尊重并留有一定的空间。**

重视。如果你谈了很多关于雇佣女员工的需要，你可能也是要做的，那么你就应该用事实来证明，并明确表现出在就业和晋升政策方面不会搞歧视。但要很好地实施这项政策绝非易事。在 2006 年就业法庭上关于性别歧视的案件判决赫特福德郡警方有罪，现在在升职培训中引用这个案例来确保实际的工作惯例要反映这个准则。

出于相同的原因，你需要关注员工生活的具体问题。全国建筑商协会 (Nationwide) 保证午餐的通勤车要开到镇里，让员工们可以顺便办办自己的事。卡梅洛特公司 (Camelot) 也一样，在单位就有便利商店，员工可在那干洗、冲洗胶片、买一些杂货，等等。公司还要仔细考虑一些节约成本措施。节俭是好事，通过建立新的高效的流程来节约成本更好，但是尽力节约成本并不意味着"坐二等舱位旅行，没有点心"，苏格兰哈里福克斯银行 (HBOS)

的詹姆斯·克劳斯比（James Crosby）这样说。

通过给员工提供不同的机会同样可以巩固雇用协议。在埃瑞克·皮考克（Eric Peacock）的斯蒂芬艾包装公司（Stevenage Packaging）有一个"早餐大学"的计划，公司每个月组织一次专家活动，让专家带来与员工工作不相关的刺激物，例如请来自剑桥的教授跟他们谈论记忆和学习，公司还有一个周末读书俱乐部，鼓励员工一起分享学习的经验，分享包含公司之外员工生活目标的个人发展计划。埃瑞克·皮考克确信诸如此类的活动向员工传递了公司以人为本的信息。

传递这些信息并不是利他主义的表现，而是公司绩效的加强剂。

例如，在可口可乐公司会给员工颁发学习津贴，让员工对他们感兴趣东西进行课程学习，可以是业务学习、冲浪运动、烹调。通过让员工做慈善团体的志愿者来激发员工拥护公司的价值观——尤其是团体的信念，如指导当地的小学生学习或者支持特殊奥运会，允许员工在工作的时间来做这些事。吉尔·麦克劳伦明确指出了这使公司受益的理由：

> "创造一种团体的信念变得越来越重要。很多人都希望感觉到他们正在过着体面的生活、成功地工作着。但是在生活中他们也在尽力寻找平衡，做正确的事情。'做正确的事情'对员工工作的公司的影响日渐增大，员工积极选择公司的基础是公司的文化和政策是否与员工个人的想法相符合。"

必须要全面考虑环境，使它既要适合员工也要适合公司，微软公司的泰里·史密斯在分析他的公司文化时这样认为：

> "最好的例子可能要算我们在伦敦的 MSN 业务，在那我们雇佣了一些懂新闻传媒和广告的员工。从微软公司惯常意义上说，他们并不是技术专家，但是……在那里存在着真正的压力问题，具有讽刺意味的是一种真正的出勤文化的发展。我们作了一项关于工作生

活平衡的调研工作，并且得到了反馈意见，'哦，我知道我的工作可以在家做，员工会说在家工作挺好的，但是总感觉不像那么回事。'所以我们就花大量的时间和努力来研究这件事，结果很有趣……你和 26 或者 27 岁的员工交谈，实际上他们真的愿意做 MSN 这项工作的理由之一就是因为在伦敦工作，这样工作和生活可以融合在一起。所以实际上他们都不想整天在家工作，而是希望和志趣相投的人在一起……面对这样的情况，你怎样才能找到工作和生活的平衡？社会因素非常重要。"

公司还应该关注员工工作的物质环境，这既是从员工舒适的角度考虑，也是因为办公室本身就是公司的象征，就像埃瑞克·皮考克指出的那样：

"我总是被那些运用物质环境来强调公司文化和价值观的公司所激励。美国的西南航空公司（Southwest Airlines）公司的定位是自由飞翔、点对点、价格低廉、物有所值，公司运作的前提是在达拉斯的情人胜地一个极负盛名的飞机库，这也是最具有成本效益的建筑之一，这里反映了员工想要的公司文化，一种工作乐趣、一种物有所值，所以整个建筑都被私人化，这是公司为西南航空公司'积极超值的服务'员工的礼物，所以你会在这个建筑开放的区域发现上面有每一个员工的个人大事记。"

在西南航空公司，"积极超值的服务"是在公司内部反映出来的：让公司的空间私人化，他们明确地意识到公司不仅对员工提出要求，还对员工的家庭提出要求，员工们尽全力反映合算的自由飞行的价值。与拥有富丽堂皇的大理石宫殿和橡木饭桌相比，西南航空公司展示的是一家物有所值的公司。

宜家家居（IKEA）也如此，当你坐在会议室里，就会强烈地感觉到公司节省的每一件东西都可以创造性地运用到产品的开发上，你领的一支钢笔上面都会有一个标签写着"一克朗"。

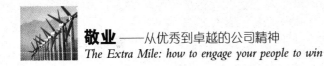

当戴安内·汤普森（Dianne Thompson）来到卡梅洛特公司做首席执行官时，就意识到办公室本身就是公司的一部分。在就职之前她说：

> "公司的办公大楼外墙上没有标公司的名称，因为他们担心公司会成为暴力、恐怖主义和偷盗等的目标。公司的名称都没有显示在大楼外墙怎么会创造出令员工骄傲的公司呢？所以你现在就能看见，到处标有卡梅洛特字样的公司。"

英国电信监管机构的主席劳德·库里认识到对物质环境的关注可以转换为成功融资条件。所以他坚持自己的决定，在伦敦南岸为公司选择了高档楼宇。当有记者对所谓富丽堂皇的办公室提出批评时，劳德·库里指出："实际上我们买这栋楼每平方英尺才花 25 英镑，这很划算，而且装修也不贵，关键是这样做效果的确很好，我有时候会推算这些花费相当于工资额的多少，我认为就刺激和鼓励员工敬业而言，买这栋建筑的钱只相当于工资总额的 10%或者 20%。所以我认为物质环境所起的作用远比人们估计的要大得多。"

空间会传递信息，可以通过创造适合的环境来鼓励员工执行特殊的任务或者完成特殊的使命：富有创造力的空间可以留给员工团队工作，安静的区域可以用来进行做研究。事实上，授予团队预算权和相应职权是最明智的，这样他们就可以根据自己的需要来设计工作环境。

## 健康和福利

员工的健康和福利既受物质环境的影响，又受员工个人生理和心理状态的影响。因此对于员工的健康和福利的战略管理有很多问题值得探讨，如工作场所的基础设施、工作条件、员工的生活方式、健康计划，还有和健康相关的福利。这些都可能影响到从办公室气候控制到出差费用报销政策再到提供私人医疗保险的每一件事。

探讨几个对提高员工的健康和福利水平有巨大作用的因素。一个作用就是减少旷工率，例如，铂金埃尔默公司[11]（PerkinElmer）实施了一套综合的福利计划，期望以此降低员工的缺勤率，为公司每年节省 3%的成本[12]。

探讨几个对提高员工的健康和福利水平有巨大作用的因素。

协调员工的健康和福利管理的第二个作用是可提高生产率。例如，联合利华公司基于 8%的生产率进行了小规模的健康试验计划，其投资回报是 400%[13]。

员工健康和福利计划的焦点在于预先防止健康不佳的情况出现，赋予员工自己改善个人的健康和福利的权利，这就意味着要消除不必要的风险、心理上的紧张和刺激感，并通过支持员工来抵御这些不可避免的因素。这样做会产生巨大的作用：2007 年韬睿咨询公司对美国的保健费用作了调查，结果显示，员工医疗保健费用低的公司比高的公司更有可能为员工提供健康风险评估和健康指导。尽管医疗保健投入低的公司在对员工健康和福利的支持上有额外的支出，它们还是保持住了成本优势。最好和最差的公司之间对员工健康和福利的投入成本差异高达到 50%（最好的公司对每个积极的员工的平均投入是 7080 英镑，最差的公司的投入则是 10584 英镑）。

与物质支持同样重要，医疗保健费用低的公司更愿意采取措施与员工进行积极的交流，并吸引员工的注意力，把这些作为员工健康福利计划的一部分。例如，低费用的公司比高费用的公司更愿意跟员工交流和分享做一个健康的保健消费者和员工怎样才能受益的问题。

你需要注意的是不能把你的员工当做同质的实体来对待。不同代际、不同资历的员工所关心的问题有所不同，而且这种关心在员工的聘期中也会有所改变。例如，英国甲骨文公司的副总裁安·史密斯认为他们公司的年轻成员对灵活岗位的兴趣远大于领导岗位。因此他就据此相应地进行公司组织结构调整。50 岁的员工关注的问题与 20 岁的员工关注的问题肯定是不同的，简而言之，让每个员工个人知道你在支持他们，他们也会用心来支持公司。

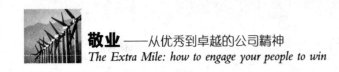

## （为支持员工）星期一你做什么

### 1. 坚持检查

检查你的员工是否得到了适当支持，如信息技术方面、办公环境和办公设备等方面的帮助。

### 2. 树立榜样

如果你身边的人急需支持，那么你就要以身作则来支持他，这不会花费多少时间，就是问一问，表现出你由衷关心，就会给他有用的帮助。

### 3. 发挥多样性

为发挥多样性，你能多做一些事情来帮助那些有特殊需要的员工吗？比如建个幼儿园或者是提供去当地幼儿园的交通工具，或者是提供做祷告用的房间，等等。

### 4. 要有想象力

让你的人力资源部门邀请一些能做员工的健康和福利方面演讲的人。在午餐时间和傍晚时间安排以员工的健康和福利为主题的会议，最好是把员工的健康和福利计划与员工的出勤计划联系在一起，这样也可以节约成本！在当地的健身房安排一些打折活动。

### 5. 只是问候一下

当你在公司到处走动了解情况的时候，调查一下你的员工关于公司给予他们的支持和福利的看法。只有在你掌握信息的基础上作的承诺才能兑现。

以上所有这些做法的目的，以及关注雇用"协议"的目的都是为了保证敬业这个蓄水池开源节流。从员工的角度看，这是检查公司的系统化方式，可以用来保证你通过团结员工和使员工敬业方面尽力工作成果不会因在这些基础领域的疏忽大意而毁于一旦。

# 注 释

[1] 韬睿咨询公司. 英国数据手册[C] 全球劳动力研究, 2005.

[2] 韬睿咨询公司. 十步创造一支敬业的员工队伍——关键的欧洲发现[C] 全球劳动力研究, 2005.

[3] 同上。

[4] 达文波特, 托马斯 O., 罗伯茨, 等. 管理者——在奖励变革过程中丢失的联系[J]. 组织优化杂志, 2005(春季).

[5] 同上, 142 页。

[6] 同[1]。

[7] 同上。

[8] 韬睿咨询公司. 全球员工的致胜策略[C] 全球劳动力研究, 2005.

[9] 柯维, 史蒂芬. 高效率员工的七个习惯[M]. 西蒙与舒斯特图书公司, 2004.

[10] 同[1]。

[11] 一家跨国技术公司。

[12] 今日人事, 2007(4):30–31.

[13] 人事管理杂志, 2007(4):10.

敬业

从优秀到卓越的公司精神

11

# 干部是关键

*Pillar five-Bring back the manager*

在所有重要的管理学文献和研究工作中，有90%的内容是有关以下两个方面的：组织领导力和组织战略开发。然而，如果中层管理人员缺乏敬业精神，那么企业在这两方面都难有所作为。

对"扁平的组织结构"的迷信给中层管理人员带来了灾难。为了精简，企业要裁掉直接和员工打交道、使其顺利运行、起监管作用的中层管理人员。例如，由于这种作用的缺失，最终对巴林银行（Barings）的倒闭负有不可推卸的责任。尼克·李森（Nick Leeson）因为没有一个人对他进行监管，就能逃避自己应承担的责任。

尽管大家普遍都承认管理人员的重要性，但是所发生的"组织扁平化"改革就要进行组织再造。正如我们的研究显示，管理能力加强将会引起公司敬业水平的提高。毫不足奇，我们从所知道一些奇闻轶事和自己的亲身经历就体会到一位部门管理人员在让员工敬业，当然也包括使其不敬业有着相当大的影响力。所有对工作的抱怨大多是以"我的老板……"这样的话开始的，比如"我的老板不赏识我"、"我的老板偏心"，管理人员是有影响力的，可以把他看做一位导师，一个能够鼓舞员工的人，或者是

> **所有对工作的抱怨大多是以"我的老板……"这样的话开始的。**

有权给员工分配更有趣任务的人。不管怎样，在员工心目中，"老板"经常是组织的人格化：他们代表了权力和机会。"老板"总是代表着部门的头儿或者是一线管理人员而不是大领导。对于任何一家关注员工敬业的公司，中层管理人员是实现目标至关重要的层次，因为他掌管着下属员工成功的钥匙。

传统的观点认为中层管理人员是公司的"永久冰块"：把中层管理人员的行为冻结以后，他们就不可能起到任何作用。抹杀了他们的作用，大多数变革计划都会失败。

考虑到在过去20年里不稳定的变革，中层管理人员表现出这样的行为实属正常。对于中层管理人员的理性思考、合并、缩编、扁平化已经在很大程度上减少了，这样做的结果带来了一种不现实的影响：如果中层管理人员代表一种阻力，他们的领导发现最好的办法就是忽视他们，绕过这个障碍而不是进行处理，这样必然导致中层管理人员与强有力的高级领导相比，其作用变得越来越小。然而采取这种方式对待中层管理层实际上就忽视了一个强有力、不可缺少的工具。

为了扭转这种趋势，真正在管理能力上进行投资，这种想法一定会受到挑战和质疑。例如，从传统角度看，为什么中层管理人员的工作很难有所变动？对于大卫·欧蒙德爵士来说，这个过程要从中层管理人员的角度来看待这个问题：

> "如果你还会记得处在中层管理人员的群体中的那种感觉，那是一种非常强烈的感觉，整个公司都依赖于你，因为中层管理人员是联系整个公司的纽带。所以，对大多数中层管理人员中来说，都会有一种很强烈的责任感，这也是为什么他们拒绝多数公司变革的原因。"

核供应国集团（NSG）的首席执行官大卫·斯本瑟（David Spencer）回应了这个观点：

> "中层管理人员在公司起着关键的和承上启下的作用：有时候，▶

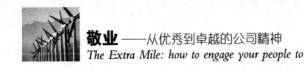
> 如果高级管理层表现糟糕，并且发布的指示令人难以理解，那么中层管理人员就会自然本能地说，'真是废话连篇，他根本不知道我们在做什么'，这时他们就会反抗已创立的模式，保护员工免受疯狂的高层管理人员的干扰。"

中层管理人员知道实施变革过程中的具体工作都是要靠他们来做，在他们看来，他们要承担计划失败的风险，他们要收拾残局。他们常常把变革看成是他们还没做就发生的上述事情、看做是对他们或者他们的下属艰难执行任务的一种潜能。

让中层管理人员中变革的非自愿参加者变成拥护者是一种挑战，解决的办法就是要在这方面对中层管理人员进行投资，同时打破这个阶层的界限。艾伦·雷登（Allan Leughton）非常清楚中层管理人员的重要性。"给我两个或者三个杰出的领导，就什么也不要了，"他说，"在一群杰出的管理者身上进行投资，我保证一定会有成效。"

## 管理者的观点

中层管理人员的某些特征更可能是一种灰心的态度而非故意阻碍的态度造成的，这是事实。我们的研究显示，管理者追求杰出绩效、激励他的员工并保证员工个人高度满意，不要被工作的世俗性与其他官僚的需求所挫败。以下是在关于以敬业为主题的小组讨论中管理者的典型观点："我很高兴能让我身边的人敬业，不仅是因为我完成了不可能做到的事情，还因为我提高了自己的能力，改进了公司的状况，还可改善我管理的员工的生活"，或者"我的团队将会变得有效率，每一个团队成员都会很高兴。我的目标是让我的团队成员对他们的工作和所付出的努力感到满意"。这显示的不是对敬业的玩世不恭而是要利用敬业这个强大工具的愿望。

我们了解到公司开始意识到改善科层制度的必要，这时中层管理人员会有一种挫折感。然而，公司通常不会采取渐进的方式，而是先找到一两个切入点，再采取各项措施来改善不良状况。这种做法是不恰当的——首先，改善管理能力需要采取多种方式；其次，这样做大大地低估了能够保证从根本上解决这个问题的潜在回报（值得进行投资的水平）。

如果公司由衷希望让员工敬业，那么就不要再采取上述方法。如果中层管理人员不能成为你通过提高敬业水平进而提高绩效的核心力量，那么他们就会成为阻碍的力量。公司的变革很复杂，如果不依靠能满足员工理性和感性需要的管理者，那么将很难进行下去。管理者是人员规划和程序的"分销网"和绩效管理过程的主要环节。我们在雇用协议的内容中已经看到了管理者极为重要的作用。简言之；如果优秀的管理者团队没有创造敬业的、有回酬的、资源丰富的环境，那么员工的高需求就得不到满足。

> **管理者是人员规划和程序的"分销网"和绩效管理过程的主要环节。**

## 管理者的力量

直觉告诉我们的东西，可从研究成果得到证实。在促进员工敬业方面，中层管理者有着无可辩驳的作用。

大卫·斯本瑟再次强调了这个重要的观点：

> "当有人对我说你的团队士气不高嘛，我会跳起来说，'你认为那是谁的责任呢？'对于中层管理人员而言，充分理解自己的职责很重要，鼓励下属员工的积极性是他们的责任。在讲台上做每年一次年度报告的不是首席执行官，而是每天都能看到的管理者。"

彼德·厄斯金更为简洁地总结道：

> "好的管理者就是能够把下属员工团结在他身边的人，这可能是最重要的技能了。"

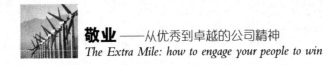

在过去几年里，关于人才或者是敬业的研究都一致地显示，管理者的行为、他们创造的周围工环境对于员工能感觉到的共同所有权、敬业水平还有员工行为的影响，比奖励计划更加深远，更加直接。

管理者可以绝佳地激励员工的工作热情（在员工希望管理者表现出的行为中排第一位），在员工工作时给予员工发挥主动性的权利，并且能够鼓励员工（排在第三位），指导并帮助员工理解和履行他们的职责[1]。

好的管理者有能力创造让共同所有权和敬业行为都得到发展的条件。例如，效率高的管理者处理感性因素（多付出努力的意愿、代表公司的个人动机）和理性因素（理解部门和个人的职责）的能力超过没有效率的管理者，在认为他们的管理者是有效率的受访者当中，有87%的人认为他们有机会在本部门处理事情时贡献力量，有一种具有控制力当然还有合作发明的感觉，这与另外32%认为他们的管理者相对没有效力的人形成鲜明对比[2]。

管理者作为交流手段的职责尤其重要：像我们在图11.1中看到的那样，尽管员工们做好了听事实的准备，但是他们认为公司总是对他们不坦诚。员工认为直接的监管者比首席执行官更加可信，因此他们更愿意亲自从他们的一线管理人员那里接受信息。管理者应该合理地代表"真正的人"。

因此，中层管理人员具有真正让他们下面的员工敬业的能力，然而现在这个能力却有缺失。管理者善于改善理性结盟（制定目标、改善质量、流程管理）的过程和手段，却不那么善于使用提高员工感性敬业（价值观、参与程度、对话等）的手段，仅有35%的英国员工认为他们的直接管理者能够"理解我的动机[3]"，仅有30%的欧洲员工认为他们的管理者能够"鼓舞员工的工作热情[4]"。

对不良管理绩效的看法会给员工带来极大的消极情绪。实际上，员工对他们的直接管理者的忧虑是员工目前工作经历的第二大消极因素，员工们认为在某种程度上他们把自己未来的安全都寄托在他们的管理者身上，因此，如果他们发现他们的管理层不能够胜任，就会有一种合乎情理的关心。

"处在中层"的管理者对于提高员工整体的敬业水平有着关键的影响，但

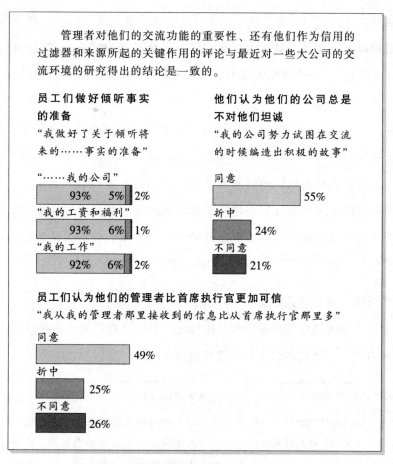

管理者对他们的交流功能的重要性、还有他们作为信用的过滤器和来源所起的关键作用的评论与最近对一些大公司的交流环境的研究得出的结论是一致的。

**员工们做好倾听事实的准备**

"我做好了关于倾听将来的……事实的准备"

"……我的公司"
93% 5% 2%

"我的工资和福利"
93% 6% 1%

"我的工作"
92% 6% 2%

**他们认为他们的公司总是不对他们坦诚**

"我的公司努力试图在交流的时候编造出积极的故事"

同意
55%

折中
24%

不同意
21%

**员工们认为他们的管理者比首席执行官更加可信**

"我从我的管理者那里接收到的信息比从首席执行官那里多"

同意
49%

折中
25%

不同意
26%

**图 11.1　管理信息环境[5]**

是由于这些管理者本身敬业度一般，加上多半未受过训练，所以他们一点儿都不擅长鼓励员工敬业。大卫·斯本瑟再一次明确表达了他的观点："优秀的中层管理人员会拓宽他们的思维，并且拥有良好的管理能力，这些都是真正激励员工敬业的关键因素。如果管理者看不到员工敬业带来的附加价值，也会错失他们自己发展的一部分机会。"结果，中层管理人员就会成为挫折的根源，那些下属员工把中级管理层的失败看做是自己工作经历中消极的一面，公司也把中层管理人员看做是追求高绩效文化的障碍。与此同时，管理者自己则对于排得满满的一天工作量充满了愤恨，因此就会把员工的管理挤到一边去了。

但是，我们必须明确，以上这些与变动和重新恢复古典的管理方式无关；古典的管理方式永远不会深入到我们这个日渐复杂的世界。我们现在谈论的是"敬业管理"，一种熟练处理中层管理人员周围的人的理性和感性方面问题的能力。

　　西蒙斯（Simons）和达维拉（Davila）[6]指出，管理者需要理解驱动员工贡献的有效的能量因素，并且需要知道员工在这方面如何贡献自己的时间，这样管理人员就能够把他们的时间和资源用在提高有效的组织能量上，同时还会知道在投资时间的边际回报越来越大的情况下，如何运用他们的管理资源和职权来代表或者授权其他人释放他们有效的能量。管理者认为他们可以应用以下五个"酸性测试"来评估他们的管理回报：

- 你的公司知道哪些是不能控制的机会吗？

- 你公司关键的绩效的衡量标准是由健康的失败恐惧所驱动的吗？

- 管理者能够回忆起他们主要的诊断措施吗？

| "古典"的管理方式 | 敬业的管理方式 |
| --- | --- |
| ● 管理者可以指挥和调动人力资产进行生产，输出提高股东价值 | ● 敬业的管理者认为员工并不是资产——是人力资本的所有者和投资者。敬业可以带来高效的人力资本投资 |
| ● 管理者不喜欢跨度较宽、比较复杂的管理任务——他们会有重压感，但是这是必要的苦恼 | ● 敬业的管理者不会介意管理复杂、跨度较宽的管理任务——但是他们在优先设定组织或政策的目标或者去除那些组织或政策上的障碍方面得到帮助 |
| ● 管理者对那些开发、提供产品和服务的员工进行直接的控制 | ● 敬业的管理者不会"管理"员工——他们会管理那些开发、提供产品和服务的员工工作的环境 |
| ● 管理者把员工看做生产机构来关心 | ● 敬业的管理者会和员工个人保持一种私人的联系而不是人身依附关系 |
| ● 管理者忠实地管理着公司的奖励和绩效管理计划 | ● 敬业的管理者对员工进行个性化的管理，给予员工真诚的反馈，进行敏锐的交流 |

- 你的公司会淹没在文山会海中吗？

- 公司里的每个员工看到老板观察到东西了吗？

## 星期一做什么——四点计划

如果公司想要提高他们的管理者处理员工理性和感性事宜，以及创造显著的敬业环境的能力，他们就需要把注意力集中于以下四个方面：

### 1. 重新定义管理者的概念

现代管理需要和"领导"还有"古典的管理"区分开来。为了突破消极的、固定的管理模式，需要提升管理者的重要性，尤其是胜任与下属员工敬业相关的工作方面的重要性：

**需要提升管理者的重要性。**

- 体现价值——通过管理者自己的行为（不仅限于"交流"）来强调公司和团队的价值。

- 感同身受——能够理解、关心别人，对于别人的观点、目标、感受表现出关心（不仅是"主动聆听"），还要倾听。

- 催化行动——关心员工和员工的行为所取得的成绩（不仅是"行为导向"）能够产生绝佳的绩效。

- 鼓舞员工学习——创造一种员工渴望、也有能力学习、发展自己的氛围（不仅是"指导"）。

- 让公司远航——理解公司的宏伟蓝图，在公司上下建立良好的关系（不仅是"团队建设"）。

- 调解差异——披露问题，在建立富有成效的关系基础上帮助解决员工之间存在的差异（不仅是"合作"）。

- 即兴发挥——主动地利用机会，而不是依靠"程序"来解决所有的问题（不仅是"适应性"或者"灵活性"）。

重新定义管理者的概念意味着把关注敬业管理放在第一位，避免一刀切的做法。这是在公司培养这个阶层的人员更加具有战略性的方法，包括：

- 定义敬业的管理人员要有一个最低标准
- 判断哪些管理工作需要杰出敬业的管理技巧和能力，随后在这些方面进行投资
- 为了减少对人员管理的关注，尽可能简化员工的具体工作，精简工作程序
- 在激励员工履行责任方面确保领导在工作上作出表率（我们相信管理者深入的敬业经历是向员工传递类似经验的先决条件）。这就尤其需要定期地衡量管理人员团体的敬业水平
- 从长远来讲，要用合适的方式在建立所需的敬业管理能力（人力资源、部署、敬业、奖励、发展）方面进行投资
- 定期地衡量你所取得的进步

重新定义管理者的关键是确立预期，要根据对正面和负面结果的管理，还有公司提供的广泛的发展上的支持，对绩效进行衡量。

## 2. 澄清协定、简化敬业管理者的工作

与敬业管理者的"协定"包括对管理者所有期望的精华部分，还有在结盟和敬业方面管理者对公司的期待。

简化敬业管理者的工作非常重要，因为只有这样做，他们才能把所有的精力更加有效地投入到管理员工的工作之中。

罗伯特·西蒙斯（Robert Simons）在他的题为"设计高绩效的工作"[7]一文中写道，"提高关键员工的绩效就像改变他们控制的资源和他们要负责的结果一样既简单又复杂[8]"。他指出四个"期间"或者特征：控制、责任、影响和支持，从窄到宽逐渐调整这四个期间的范围，再进行适当组合，就能够释放员工的能力；如果不正确设置这四个期间，员工个人就会发现自己在公司很难起到有效的作用。

| 对管理者的期待 | 管理者对公司的期待 |
|---|---|
| ● 上四分位数的优秀绩效 | ● 领导能够出色地敬业<br>—公司的尊重和关注<br>—真正关心我的福利<br>—有发展工作技能和能力的机会<br>—公平的奖励 |
| ● 遵从 | ● 结盟的清晰度 |
| ● 我的员工是团结的 | ● 通过有力的发展措施支持下属员工<br>结盟和敬业的进程 |
| ● 我的员工能够敬业<br>—公司的尊重和关注<br>—真正关心我的福利<br>—有发展工作技能和能力的机会<br>—公平的奖励 | |

## 3. 保证高层领导能参与到管理者的敬业当中

> "对于在收发室工作的人来说，管理皇家邮政的人就是他们的收发室的经理，那的确是他们的领导，因此在很多情况下最终领导的任务就是确保调动他的员工的积极性，让他的员工能够集中精力像他们自己一样用正确的方式工作。"
>
> ——亚当·克罗泽（Adam Crozier）
>
> 皇家邮政（Royal Mail）首席执行官

公司把巨大的精力都用来关注高层领导干部的发展，而不是关注中层管理人员，因此，公司把敬业的活动也更多地集中在领导干部和一线管理人员身上而不是已经被"遗忘"的中层管理人员。

公司试图有效地赋予管理者需要的自主权，却没有提供训练和指导、反馈和领导发展计划来支持管理者。

对于中层管理人员有两个特殊的主题：

- 首先，积极地找到你和你的领导小组能让中层管理人员集体敬业的方法。例如，在英国，大型超市塞因斯伯里思把1000名高层和中层管理者分成36组，每一组由董事会的一个成员来支持，目标是通过研讨会或者其他的实践形式，来提高或者保持高层和中层管理人员的敬业水平；美国通用电气公司（GE）的杰弗里·伊梅尔特（Jeffrey Immelt）在访问公司部门的时候经常招集中层管理人员开会；在一家跨国的专业服务公司，首席执行官会组织其750名合伙人每季度召开一系列的电话会议。

- 其次，在与中层管理人员相关的结盟和敬业活动中，坚持要求你的领导团队以个人的形式积极参与包括消除障碍、确定优先事项、提供绩效反馈、训练和指导、创造发展机会的活动。越来越多的公司通过培训和提升领导在指导方面的能力来支持公司领导的发展，例如，最近一家快速消费品公司（FMCG）组织它的所有领导们进行为期三天的辅导课程学习。

### 4. 严格、耐心、长期关注所需的管理能力的提高

要精心策划关于管理者的招募、晋升、调配、发展和奖励，这样随着时间的推移，才能打造一群善于处理理性结盟和感性敬业的坚强有力的管理干部。

- **升职、招募**：有时候鼓励提升那些掌握必须的技术知识的员工的安排，并不需要考虑员工方面对工作的需求，理性的一面因素已经考虑了，但是却不包括感性的一面。当雇佣和提升中级管理层时，主要的标准必须是管理员工的技能和激励员工的技能。除了一些非常特殊的专业领域，其他的技能都可以学会。

- **发展**：我们用个人亲身经历的具体事例来解释发展的价值。

> 一家跨国电子公司要获得在设计和实施组装生产线管理发展计划方面的帮助。在欧洲，这家公司正在面临着明显的绩效压力。公司把主要的精力都集中在销售和经销商网络方面，这就意味着支持这个销售组织的其他核心的业务流程处于断裂状态，而没有被足够

重视，因此需要公司上下所有人来大幅度地转变自己的行为。公司里所有的生产线管理人员在讨论一个发展计划，这个发展计划关注的是公司计划或管理"硬"问题，以及自我意识、感性敬业和指导等"软"问题。提高的绩效管理水平、团队和小组参与以及培训和指导是这个计划的支柱，同时还有来自以高层领导为模范，改善管理行为职责、公司内部或者外部专家的强有力贡献，人力资源部门有效的项目管理和实施的支持。

另外一家公司有加速建立管理能力的需要，并把其作为业务外包措施的一部分，建立一个新的管理框架。管理层的绩效是新冒险成功的关键。公司为管理层设计了一个计划来提高关键管理者在如下方面的能力，包括面试、就职、管理绩效、职业规划、交流、帮助团队、认可员工的努力、激励员工、联系领导、首创在6~9个月的时间内解决问题的能力。这个计划由设置背景主题的会议组成，接下来是通过变革、管理绩效、管理人员的职责、建立和保持员工敬业、建立和领导有效力的团队、交流政策的影响和效果来建立主要的技能模块。

尼克·瑞德（Nick Reed）在英国沃达丰（Vodafone）担任董事长之前十个月里，公司发生了财务突然好转的情况，他认为公司的成功在于发现和培养人才而不仅是注重公司的销售额。"我要问是否我所看到的企业都是这样做吗？[9]"

很多公司为管理人员引进了关注"鼓舞我们的员工"方面的培训课程。最近的例子是一家大型的公司组织它的6000名销售人员参加了主题为"感同身受"的课程培训。该公司在20%的销售人员辞职的情况下，销售业绩仍有大幅度提高，主要是沟通客户关系技能的提高起了作用。

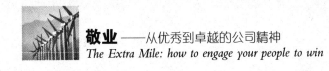
- **部署**：全国建筑商协会关注着在所谓的资源管理计划下提高管理水平的需要，公司内已经准备好了救火队来快速有效地处理严重的建设中出现的紧迫点。例如，如果一位分公司经理发现分公司出现了暂时的过度繁忙的情况，就会马上得到帮助。公司这样做，可以避免员工长期承受太大压力。员工长期处于超强的压力状况之下是其不敬业的主要因素。

  这是一个中层管理人员部署满足特殊工作需要、释放工作压力的实际案例。

  另外，随着你使用更加具有战略意义的方式对中层管理人员进行管理和部署，你还希望仔细规划管理人员的调配。哪些工作需要最敬业的管理人员呢？需要谁来做这些工作呢？我们如何为这些工作输送人才以及我们怎样才能向他们传授必要的经验呢？

- **奖励**：苏格兰皇家银行（RBS）极力强调敬业、管理水平的提升和奖金与本部门的绩效挂钩，这被称作激励方面的"软"问题，还包括引出敬业水平和相应的管理评估信息方面的问题。

## 注释

[1] 韬睿咨询公司. 英国数据手册[C] 全球劳动力研究, 2005.

[2] 美国 TP 研究。

[3] 同[1]。

[4] 韬睿咨询公司. 十步创造一支敬业的员工队伍, 关键的欧洲发现[C] 全球劳动力研究, 2005.

[5] 来源："在和员工的交流中不再"编造事实"是时候了吗？" 韬睿咨询公司, 2004.

[6] 西蒙斯, R., 达维拉, A.. 在管理方面的回报有多高？[J]. 哈佛商业评论, 1998(1-2):70-80.

[7] 西蒙斯, R. 设计一份高绩效的工作[J]. 哈佛商业评论, 2005(7-8):54-62.

[8] 同上, 55 页。

[9] 戴维斯, 加雷斯·浩. 星期日泰晤士报.

*12*

# 人才之争

## *Pillar six-Harnessing talent*

 我们正处在"人才战争"的年代。著名的爱德·米歇尔（Ed Michaels）、海伦·汉德菲尔德—琼斯（Helen Handfield-Jones）、贝司·艾科瑟尔罗德（Beth Axelrod）在 1999—2001 年发表在美国《哈佛商业评论》的文章里以及在后来他们出版的书中都提到了这一点[1]。尽管我们认为人才很关键，但是人才远远没有我们想象的那样稀缺，这并非贬低人才的重要性，相反，我们认为敬业与人才关系密切，敬业可以壮大人才队伍。但是我们认为在这场"人才战争"中取胜的方法并不是像在国际象棋棋局上为赢得战争而虏获人才，而是发现和利用好你已经拥有的和潜在的人才，换句话说，就是要激励现有的人才。简言之，"人才战争"是一种错误的心态。

 当我们说要把注意力集中于利用人才上时，是指要利用公司里的所有人才，因为在你面前就有大量的人才。为什么认为人才是稀缺的呢？很大一部分原因在于公司的懈怠，所以，没有留心观察、发现、开发人才，识别和留住少量的高潜能人才的艰难性导致了人才难觅的神话。相反，你要把整个公司都看做是人才的发源地，保证尽可能地发挥每个员工现有的能力和意愿。除了技能之外，员工不同的思维偏好，例如通过曼布二氏（Myers Briggs）指标来评估：个人爱好、行为、心理素质都明显地表明不同的人可以在不同的场合发

**人才就在你眼皮下。**

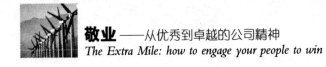

挥作用。

为每一位员工根据性格定位职责是公司发展的关键部分，这个微妙的过程是当前管理时代的主导特征之一。

你的一些员工从进入公司的那一天起就有了冲击高管职位目标的欲望和能力，但是这不是定义人才的唯一概念，通常人们认为"人才管理"就是把员工中的精英阶层任命到管理高层职位的同义词。其实不然，人才管理是一种由组织程序支撑的意向，会为公司的每一个人提供发展的机会，包括那些目标是高层领导的人。

## 人才的重要性

当然，成功的公司和成功的主要管理人员都会担忧人才问题。几乎我们所有的采访者都强调了发现适合的人才的重要性。广告集团 WPP 的首席执行官马丁·索尔（Martin Sorrell）的这番话就很有代表性：

> "这很简单：公司应该成为最好的人才商业集聚地，这里拥有积极性最高、最团结和最敬业的员工。不要把这个问题复杂化，就是要最好的员工……人才的质量将是企业之间产生差异的基石。"

研究表明，拥有明智的人才管理政策和计划的公司在资产、投资和销售额方面的回报较高[2]。"差不多是不太成功的公司的首席执行官人数的两倍的成功公司的首席执行官认为'管理者或者执行官的有效性'是公司应该密切关注的问题[3]。"著名的美国通用电气公司（GE）的传奇老板杰克·韦尔奇把他一半的工作时间都用在了"开发人才"上。

## 为什么现在人才如此的重要？

彼德·德鲁克认为，膨胀的老龄化人口与缩减的青年人口的汇合与自垂死

的罗马帝国时代以来所发生的情况极为不同[4]。经济学家也强调了关注人口老龄化的重要意义:

> "这是在欧洲和日本最引人注目的事情:到 2005 年为止 15~64 这个年龄段的人数在德国预计下降 7%,在意大利下降 9%,在日本下降 14%。对于中国来说,由于实施独生子女政策,对青年人口的影响极大。然而在美国这种影响不太明显,婴儿潮一代开始退休意味着很多公司在短期内将会缺失大量有经验的工人。RHR 国际咨询公司(RHR International)声称美国的 500 家大公司在未来五年内会有一半的高层管理人员退休,而下一代潜在领导人在过去几十年的公司再造和缩编中已经流失,在政府部门的高层减员率甚至更高。"

与此同时,由于一些结构的变革使得人才问题变得更加重要,最深层次的变化是无形的人才密集型资产的增加。纽约大学会计与财务系菲利普·巴兹(Philip Bardes)讲座教授巴鲁·克列弗(Baruch Lev)认为:

> "'无形资产',包括技术人员、技术专利和诀窍。这些加起来占美国公共公司市值的一半以上。埃森哲是一家管理咨询公司,它的无形资产价值从 1980 年以标准普尔指数 500 衡量的公司价值迅速从 20% 上升到现在的 70%[5]。"

因此,趋势很明显:好的人才很重要,尤其随着我们步入 21 世纪,他们将变得越来越重要。

## 我们重视吗?

设在华盛顿的公司执行委员会(CEB)专门提供商业研究和教育,对一些高层人力资源管理者进行了民意调查:有四分之三的管理者认为"吸引和留住人才"是他们要优先考虑的事情。实际上,他们优先考虑的应是如何在获取人才和关注公司已有人才的开发问题上变得更加有智慧。人才开发是留住人才最好的方法，同时还可以保证更好地利用现有员工的价值（减少"缺勤员工"的数量）。员工希望能得到进一步的发展，职业发展机会和员工自身学习、发展的机会是欧洲企业吸引员工就业的驱动力，在所有的驱动因素中分别排在第三位和第六位，连同推动员工敬业的第二大动力（如"员工在去年提高了工作技能和工作能力"）这些都直接证明了人才发展的重要性。除此之外，有才能的员工还希望和其他有才能的员工一道工作。

公司雇用和留住高质量的员工是公司留住人才的最大整体驱动因素。换句话说，通过发展你的员工，也会让你的公司自动地成为更加吸引其他一些高质量的员工的公司。如果你对自己公司在这方面的做法感到满足的话，那么很可能是一种误解，因为仅有23%的英国受访者认为他们的公司在这方面做得好[6]。

实际上到底有多少领导者真正兑现了开发公司人才的承诺呢？在2004年A.T.科尔尼（Kearney）咨询公司作的关于有效的公司治理的调查中，参加调查的董事会成员强调了领导发展和继任计划的重要性，然而仅有四分之一的受访者认为董事会擅长作人才发展计划。科恩（Cohn）、科若纳（Khurana）、里夫斯（Reeves）在2005年10月的《哈佛商业评论》[7]中指出，他们研究的几乎有一半的公司没有关于副总裁或以上职位的继任者计划，在这些公司仅有四分之一的首席执行官拥有人才输送管道并且可以延伸到其下的至少三个管理层。

## 我们为什么不再深入观察一下

当我们没注意到那些明显需要改进的领域时，为什么会要像领导关注下属人才问题那样来关注领导呢？在某种程度上，这是因为简单的思维惰性，很多公司仍然在坚持着柯林斯（Collins）和波拉斯（Porras）在《基业常青》一书中大肆赞扬最好的变革促进者来自公司之外的神话[8]，还有一些公司在公司优先考虑的事情当中忽略了人才这个问题。WPP广告集团公司的首席执行官马丁·索尔先是强调了人才问题的重要性，接着描述了他们是如何高明地实施人才战略的：

> "我们的问题是怎样才能独占人才，我们所要做的就是垄断人才，这是解决人才问题的最好方式。人才问题，人的问题……找到真正好的人才，真的很难。我们眼前可能有很多好的人才，但是我们不知道，因为相对于投资 60 亿美元的人力资本决策而言我们把更多地时间都用在了 3.5 亿美元的资本支出决策上……人力资源功能方面存在的问题是，每个人都把它当做拐杖来用……你不应该做的是给你的人才管理人员打电话说'我们的人才问题出现了漏洞，你把它补上'，这样说会很糟糕。你应该在心目中有 5 个适合任何工作的人选，同时关注市场的动向，每一个负责公司运行的人应该是人才管理人员。"

在谈到继任问题时，对于超过任期的人再来继任某个职位，员工看起来似乎心理上感到不情愿。科恩（Cohn）、科若纳（Khurana）、里夫斯（Reeves）再次谈到：

> "首席执行官以下的员工都把'继任'这个词看做是一种禁忌。因为安排你自己的出路就像是在安排你自己的葬礼，会激起长期隐藏在防范机制和潜移默化的习惯下的恐惧和情绪，一些最成功的首席执行官顽固的避而不谈这个问题的愿望，是他们最大的优点[9]。"

所有的这些听起来都像是合理的解释，毕竟时间是宝贵的，你关注人才问题听起来就像是把大量的时间用在了几乎看不见的短期利益上。但是在公司里没有猎获和关注人才不仅是下属员工的失败，而且是公司自身的失败。

## 培养你自己公司的人才

然而若考虑英国人事发展特许协会（A Chartered Insitute of Personnal and

Development）的一份报告，或许我们有一点乐观的理由："现在，大家都能广泛认可公司应该自己培养将来的人才，不能仅靠市场来提供。"有一些公司已经在具体着手处理这类问题了，例如星巴克（Starbucks）的董事会正在监督一个 2500 个职位的正式的继任计划流程，公司的目标是要确保拥有合适的价值观的合适人才在合适的时间安排于合适的位置上。"除公司董事会外，高层管理人员深入参与一线管理人员的考核，然后，根据他们为公司作出的贡献都得到了提升。"

公司内部培养人才在某种意义上说，不仅是出于战略的需要，还因为这样可以节省费用。斯坦福大学的杰夫·普费福（Jeff Pfeffer）教授估算说，关注高质量的人才每年可以为美国斯堪的纳维亚航空公司（SAS US）节约 6000 万~8000 万美元的费用。在公司之外聘用人才价格非常昂贵，如对某家投资银行的一项研究显示，那些引进的人才在新公司并不能保持他们的绩效，只是刚好赚回公司在引进他们时所花的费用和精力。

## 你到哪里寻找人才？

按我们对人才的宽泛定义，人人是人才。所以相对应的我们去哪里寻找人才呢？答案当然就是处处有人才。当然，如果你怀疑在你的公司惰性意味着有才能的人经常是没有活力的，就到外面去寻找人才吧。例如国际商业机器公司（IBM）的领导团队总是会积极地深入公司内部发现公司需要的人才，为正常的工作流程建立人才蓄水池增添组织活力。最近在这个执行内部寻找人才的过程中又发现了 126 位人才，这些人才有意愿并且能够把他们的目标定位在公司将来的高管职位上。如果没有这个计划，这 126 位人才将会错失良机；壳牌石油公司（Shell）的一部分领导在评论人才问题上明白地指出，公司正在招聘 25 名中国毕业生！

这种做法不是很到位。安德鲁·特恩贝尔（Andrew Turnbull）说：

"引进有广泛的背景、技能和经验的人才会让你更好地了解客户的需要，想出新颖的解决问题办法，挖掘人才济济的蓄水池。"

# 利用多样性

IDC 咨询公司（IDC Consulting）的总经理伊恩·多兹（Ian Dodds）在多样性问题方面做了大量的工作，认为利用多样性可以应付人才短缺问题。多兹解释说，大约 30 年前，国际竞争日趋激烈，很多公司雇主为了赢得公司的成功致力于让那些非管理层的员工敬业，这是培养创新的商业思维、提高生产率、提高绩效的包容性文化的第一步。

做得好就可以带来巨额的商业回报。英国化学工业公司（ICI）的哈德斯菲尔德制造厂经过历时 5 年的改革，从集团中绩效最差的部门转变成绩效最好的部门之一，之所以能取得这样的成绩，是生产现场人员、项目小组中一线的管理人员还有任务组共同努力的结果，哈德斯菲尔德制造厂的绩效得到了好转。然而，这仅是关于两个同类组，也就是一组是管理人员、中产阶级和受过大学教育的学生和另一组非管理的员工、下层阶级、刚毕业的 16 岁或者更小的毕业生。

10 年以后，一些雇主（受平等机会立法、管理风险的需要、避免由于歧视索赔引起的成本上升还有可能的负面宣传推动）开始关注在中层或高层管理管理职位上只有很少的妇女和少数民族员工的问题。20 世纪 90 年代初期，受员工要求公司利用多样性原则来判断他们付出努力的挑战，惠普（Hewlett-Packard）的前首席执行官路易斯·普拉特（Louis Platt）在理解多样性的员工、客户和供应商带来的附加价值的基础上，支持利用多样性判断员工付出的努力。在惠普首次宣扬利用多样性之后，很多公司都成功地获得了多样性的回报。

然而，英国社区研究福斯特福沃德（Bitc's FastForward）在 2003 年题为"电梯游戏"的研究中指出，具有才能和多样性员工，如不考虑他们的同类组，都认为理想的雇主应该是这样一个人，即拥有能够认可和理解每一位员工的独特的品质，帮助员工自己来改进他们的工作和他们的管理者。这绝不是管理上的挑战，但是我们强烈地认为如果雇主能够迎接这种挑战，在发展人才和利用多样性员工方面就会拥有明显的竞争优势。

这并不仅是关于传统的、基本的、良好的管理应该做到的，在多样性的商业环境里要求管理者在实践他们的技能的时候，要有跨文化的意识和敏感度，还要求管理者能够识别出不同的人才个体具有不同的职业生涯偏好轨迹

> **人们通常假设高潜能的人才都是快速的进步者。**

（我们再回到管理人员这个话题上来）。通常认为高潜能的人才都是快速的进步者，希望被尽快提升，给予奖励回报。在英国的韬睿咨询公司和美国的未来工作研究所（The FutureWork Institute）的一项研究表明，如图 12.1 所示，至少有五个不同的职业原形。因此，为了帮助他们的团队成员为了个人的职业发展来发展和利用他们的才能，负责的管理者必须要根据每个人的职业偏好轨道来进行有效的指导和训练。

结论显而易见：

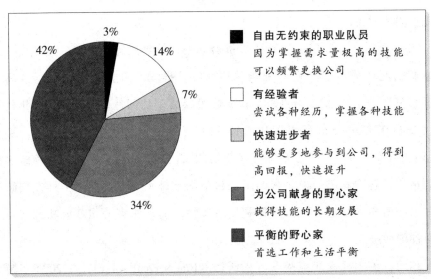

**图 12.1 英国员工多样性职业剖面图：员工个体的不同偏好**[10]

1. 公司拥有有效的多样性可以提高收益率。

2. 多样性来源于简单管理上或者非管理上的差异，这种差异能够包容每一个员工个人与众不同的方式。

3. 拥有通过培养一种具有包容性的工作环境来熟练利用多样性的管理者的公司，利用他们招募和留住多样性的人才的能力，再加上通过有效和创新地解决公司存在的问题为公司发展所带来的收益率，都会使公司获得竞争优势。

# 谁会晋升到公司高层？

毫无疑问，评定某个人愿意或者有能力成为公司的高层领导是一件困难的事情。对职位的要求条件随着时间流逝、市场的变化以及公司在市场中地位的变化而变化。但是这个事实仅仅强调在整个公司内部来寻找人才的重要性，而不是否定它。如果在初期就强调建立把有雄心壮志的人和其他的人区分开来的等级制度，那么晋升的机会就会受限。更为重要的是，区分"救世主"和"普通人"的文化必然会导致两种负面的影响："普通人"会消极怠工，"救世主"会骄傲自满，其实二者之间是需要相互渗透的，普通的员工应该向"优秀分子"看齐，"优秀分子"当然也不要有以为自己有一层以防摔倒的柔软地毯垫着的优越感。

然而做公司高层这个限制人数的游戏是有风险的。像鲍里斯·格劳斯伯格（Boris Groysberg）、阿什施·南达（Ahshish Nanda）、尼廷·诺瑞亚（Nitin Nohria）说的那样，公司的"高层"是第一个接触到竞争者，也是最不可能坚持到最后一个的竞争者[11]，这带来的潜在影响是可供选作未来领导的人选越来越少，不得不去别的地方寻找，也削弱了在这个过程中精心培养的组织文化。

我们并不是建议过早废除识别潜能的体系，而是要把这个体系更加普遍地应用到整个公司，尽可能在广泛的基础上网罗高潜能团体。要保证人才管理计划具有渗透性。有人最后一次退出计划是在什么时间？最后一次有人在职业的中期加入计划是什么时间？要传递出高潜能人才并不是小集团的信息，公司像个俱乐部，第一批团队选择或者取消会员的标准在于他们的技能、适合度、团队精神。正如何赛·穆里尼奥（Jose Mourinho）所说："他能有上佳表现，他就参加；表现不出来，就不能参加。"拜访一下你现有的人才库成员，支持他们实现抱负的努力，帮助他们摆脱固定的职位、形成为实现他们的目标所需要的经验类型。

在一个更加具有渗透性的体系内，对于那些想成为公司顶层并且也具备这样的能力的人有着双重重要的意义：可以在人才管理计划的指导下保证他们学习到经验、自身得到发展；还可以让他们为将来更高级的职位做好充分的准备。把你的努力全部用在设计吸引人才、招聘人才、激励人才、留住人才的决策上，而且这些决策要具体到适合员工的不同职位，要灵活到可以适应公司职位的多样性。

例如，约雷斯（Joerres）和特克（Turcq）（2006年在《战略与商业》发表的"对人才价值的再思考"一文中）指出，在人才价值和成本影响的基础上有四个角色类型（创造者、大使、技术大师、驱动者），每种类型都有不同的人才管理要求。但是一般情况下，定位于具有战略影响职位上的人才，需要更加长久地让他安心以及更加谨慎地对他实行继任计划。再优秀的人才如果没有运转良好的公司系统也不能健康成长（即使公司认为能做到）。像《经济学家》总结的那样："很多人才他们的智慧足以支持他们在水上行走，但在现实中，这些人才走在他们的雇主有意为他们铺设于水中的石块上[12]。"

# 做花蜜传播者

你把什么样的人提拔到公司最高的位置上？当然，是那些掌握必要技能的人，这不言而喻。但是这还不够，你想要找的人是在公司里能激励或者是团结其他人的人，是花蜜的传播者。如果有些人才不能激励他们身边的人，就不能称作是有"高潜能"的人才。经常有一些人能晋升靠的是关注顶层的领导，他们会说他们认为高层管理人员想听的话，创造短期的成功，但是他们所到之处留下的却是破坏的轨迹和其他一些泄气的人才。

贝登希尔公司总裁埃瑞克·皮考克对人才问题司空见惯，他是这样认为的：

> "建立一个内部梦想之队，团队成员在精神上都拥有相同的信念，希望见证团队人才的成长，有见证公司成长的强烈愿望，因为能够参与见证人才的成长是一项非常珍贵的特殊权利，而且如果那样的话，我在每一个企业就有了强劲动力。"

你正在寻找能量供应者。注意一下管理和激励下属人才或者身边的人的情况如何，不要只注意对有希望晋升人员的管理。这很重要，因为大体上说，人才总是向

**你正在寻找能量提供者。**

其他的人才学习。麻省理工学院的一项研究表明，人才愿意向他的合作者咨询信息的意愿度是向因特网数据库或者公司的计算机系统咨询的五倍[13]。

一份源于律商联讯（Lexis-Nexis）的报告对在何种情况下人才能学有所获调查，答案是：66%的人认为是和同事合作完成任务的时候，22%的人认为是自己进行独立研究的时候，10%的人认为是同事为自己亲自讲解的时候，2%的人认为是看学习手册和教科书的时候[14]。

人或作为花蜜的传播者或者作为潜在的有害病毒携带者，影响着他们身边的其他人。像英国甲骨文公司的副总裁安·史密斯解释的那样：

> "你选择和考察的单个人才在公司表现的价值观和行为就像用步枪射击；他们的射击水平在几个月之内就可见分晓。我们不能承担雇佣或者提升没有正确价值观人才的代价。这是一条通往平庸之路。"

最后，请你注意无论在组织哪个层次投入时间来发展人才，最终，这只会节省时间，事半功倍。卡梅洛特公司的戴安内·汤普森总结了有才能的员工

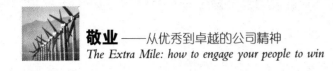

如果能够遵守团结他们的章程所带来的好处：

> "你的下属越比你强，你的工作就会越容易。你能做的就是要成为一个大师的培育者。我只用了一小点时间就明白了这个道理。当我这样做的时候，我发现我的管理风格发生了变化，意识到我没必要为了赢得别人的尊重，就不断地证明自己善于做每件事。实际上，企业最重要的事就是发展人才，并把发展人才的理念贯穿到整个公司之中。"

发展人才不仅可以充分挖掘他们的潜力实现自己对公司的价值，我们很多有此经历的受访者还认为人才自身也能从中深刻体会到满足感。哈里福克斯银行的詹姆斯·克劳斯比的观点很典型：

> "最令人激动的事是给那些刚刚改变你如何做事观点的人才安排某些角色；在如何才能取得工作成绩方面你需要改变一下思维方式。但你要看到，在这些人才背后还有很多的人才，强中自有强中手。"

公司之间真正的竞争区别是他们在利用人才、开发人才方面做得如何。产品的差别不会永远保持下去，别人会模仿你。市场一发生变化，你就会失去竞争的优势。所以最关键的区别就是公司的声誉和公司的人才。

**星期一你做什么**

1. 工作要到位，尽全力管理人才

这意味着你要理解人才的含义，在公司里培养人才，雇佣合适的人才在合适的位置做合适的工作，也意味着你要亲自积极地促进人才的发展。如果能让领导团队的其他人安排人才活动日程那将是更加明智的，但是你也要参与进来并且贡献自己的力量。

## 2. 建立一个人才管理系统

要有以下内容：

- 系统能识别出公司里关键的、具有战略性的区域。根据工作价值的大小（如果工作执行不当，那么就会有价值风险）和成本高低（安排这项工作所需要的培训和开发方面的投资）来匹配相应的职位。把你在人才管理方面所作的努力优先放在具有战略意义、关键的工作上。

- 战略劳力规划受企业规划的驱动，要有五年、十年你所需员工的人才蓝图，包括公司对将来的工作能力的需求、人口统计的走向，等等。要把人才管理过程与企业的规划周期联系在一起，这样就不会把人才管理看做是一件孤立的事件。

- 建立明晰的人才库，使你能够精心作出寻找、激励、配置、奖励和发展人才的决策。

- 明确定义和交流你的人才目标和人才工作流程。

- 高级的领导团队要把时间贡献到人才计划的过程之中，为人才计划增添新的活力，主持继任计划，积极地鉴别人才、培养人才，让人才敬业、专业。

- 加强与人才库同事的联系和对话。

- 坚持在整个公司把人才这个基本要素放置在适当的位置。在每个员工能力和需要的基础上，为每个员工制订一份人才计划。管理者要安排具体的时间和员工一起讨论他们的计划。

## 3. 确保人才管理计划让方方面面的人员都有希望

一家公司设置的人才识别计划要让 14 万员工中的每个人都有进入领导发展计划的机会。以前人才识别都是由领导来决定的，挑选入人才库的人就比较少。

## 4. 保证人才选拔方法具有一致性

大公司面临（有时）陷入官僚主义人才管理模式的危险，丧失关键的组

织变革的推动力。例如，要保证你的人才计划能够把公司的宗旨和人才个人的需要结合起来。

公司的人才管理过程要与公司的文化相适应，这一点也很重要。当然这些对于大的建筑公司和创意行业的公司会有所不同。

## 5. 把人才管理作为第一位的工作来抓

把人才管理作为高层管理人员的大事来抓：

- 亲自参加所有关键人才的管理会议。
- 访问公司的各个部门时，人才问题要作为首要问题来讨论。
- 拜访现有人才库的成员，了解他们的愿望，让他们离开原先熟悉的职位，到其他岗位工作以培养他们职业发展所需要的各种类型的经验。
- 开始建立一个指导网络系统，你自己做指导者（或者是让你的人力资源顾问来配合你），用一种有意义但是秘密的方法给那些你认为可以帮助的人才个别指导。
- 和你的直属工作人员交谈，安排他们任务。表现出你期望公司里所有的管理者都能够尽职尽责的完成工作。
- 挑战你的领导团队，让你的领导团队的同事能够以你为榜样。

在一定程度上说，这就是良好的实践典范，也是树立的挑战性目标，例如，IBM 高管人员付出的所有努力都与首席执行官所提出的挑战内容相一致，即领导团队的成员应该亲临基层，找到那些通过正常人才渠道难以识别的人才。

## 6. 一开始就把你的人才管理过程看作是一个生态系统

不要再把公司各部门的划分看做是对人才管理过程的限制，你的员工当然也不要这样认为，他们要考虑的是他们的职业、工作技能和能力的发展、他们的受聘价值，考虑在公司内外调换员工，用新思维和挑战刺激你的员工。

## 注释

[1] 米歇尔, E., 汉德菲尔德–琼斯, H., 艾科瑟尔罗德, B.. 人才战争 [M].哈佛商学
院出版社, 2001.

[2] 考卓恩·莎丽.怎样通过人力资源推动利润[J].劳动力管理, 2001(12).

[3] 会议委员会.成功公司在资产上的平均高回报[C] 首席执行官挑战 2004, 2004–08.

[4] 下一个社会[J].经济学家, 2001(11).

[5] 伍尔德瑞奇, 阿德里安.脑力战争[J].经济学家, 2006(10).

[6] 韬睿咨询公司.英国数据手册.全球劳动力研究, 2005.

[7] 科恩, 杰弗瑞, 科若纳, 等.人才的成长[J].哈佛商业评论, 2005(10).

[8] 柯林斯, 詹姆斯, 波拉斯, 等.基业常青[M].世纪图书出版社, 1996.

[9] 同[7]。

[10] 社区企业结盟.快速前进研究, 2003.

[11] 雇佣员工的商业风险[J].哈佛商业评论, 2004.

[12] 同[5]。

[13] 艾伦, 汤姆.管理技术的流向[M].剑桥:麻省理工学院出版社, 1997.

[14] 律商联讯, 2004–03.

**敬业**

从优秀到卓越的公司精神

*13*

# 水到渠才成

*Pillar seven - Consequences*

组织成员要有责任心，敬业在必要的规模内不会发生，除非把敬业与其结果联系起来。

> "作为人类，我们非常简单，我们希望被认可、被奖励、被赞赏。"
>
> ——豪厄尔·詹姆斯（Howell James）
>
> 英国内阁办公室通讯部的常任秘书

你只有让员工认识到敬业是一个很紧迫的问题，才会纠正员工仅把敬业当做是一种背景问题的误区，方法是你要作敬业的表率，向他们保证他们敬业一定会有相应的回报。对于管理层来说，你需要保证管理层的行为能够给员工敬业带来回报，而不是给员工带来伤害。员工的敬业水平体现了以员工为本，这应该成为判断员工个人绩效的一个标准。

管理者的所作所为是否会让员工高度敬业，这是完全可以衡量的！员工自己是否敬业也是完全能衡量出来的（参见第1部分），前者可以运用360度全方位的反馈来衡量，后者使用敬业调查来评价。因此，通过这两种类型的调查你就会知道哪些团体是敬业的，哪些管理者是敬业的。例如，哪些管理者能够倾听员工的意见，哪些管理者能够坦诚地交流，哪些管理者会用公平的方式对员工额外的努力作出奖励，你可检查一下管理者和他们的员工是否都理解公司作出的决策，也就是看看公司上下是否是团结，就可作出判断。

警示："结果"并非代表厄运的含义。很多公司经常把结果看做是惩罚的同义词，实际上不该这样。本书的要点是要用严格的、冷静的、导向性的方式来对待敬业这个问题。相比警告而言，我们使用结果这个中性的词汇，如果在必要的情况下，有些结果可能还需要有所奖励。金钱应该是对员工付出的努力的一种公平和合理的报酬，对于不努力工作的人也是一种合适的处罚。

> "结果"并非代表厄运的含义。

我们在福利的蓄水池这个要素中广泛讨论了奖励的组合问题以及这些奖励组合对整体敬业水平的影响；在本章里我们关注奖励敬业的具体方式以及员工自己的敬业行为。

这个过程包括四个阶段：

1. 透明
2. 衡量
3. 结果的类型：物质的还是非物质的
4. 绩效管理

要有人力资源部门对整个过程的支持。

## 透明

首先，公司需要有一个得到员工支持的清晰战略。如果战略缺乏透明度，就很容易出现逃避现象。员工的目标缺乏透明度通常是因为在开始阶段公司高层作出不明确的战略决策所导致的。当你不知道你要去哪里，走任何一条路线都行。员工们自己下决心，或者，更糟糕的是组织的惯性一直延续下去。一旦公司前进的方向明确，公司的努力就能全部集中在争取市场份额上，而

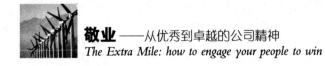

不是分散在内部的钩心斗角和偏离目标上。

除非你知道哪些结果对你来说是重要的，否则就想强调某些结果是很危险的。定义一下成功和失败的含义，然后与下属员工交流这些定义。实施过程中，要保证员工能团结一致。你要不断重复你的目标、你的故事还有你的战略，除非（在合作创造的过程中）你得出的结论已被精确地予以公布，或者你在睡梦中就能做政治演说，否则就不要认为你的员工已经"接受了"。(里根总统不止一次地问过他的顾问："这个演讲我得说多少次?"他的顾问回答说："总统先生，到你讲到想呕吐，就足够了。")

一定要记住，你要追求创造团结一致和敬业的员工，要根据取得的产出来界定目标，这就是取得什么结果和得到预想结果；利用某些行为即如何得到结果。公司的绩效和员工个人的行为目标对敬业是至关重要的，它们之间密切相关。其过程如下：

- 你先制定战略。
- 再识别能够帮助你实现战略的行为。
- 最后通过衡量和奖励员工来鼓励他们的行为。

然而，如果你的目标过分倾向于以员工为本的衡量标准，从长期来看将会产生不良的效果。根据你所在公司独特的环境，由你来决定怎么处理、做什么和怎么做这几方面的平衡。可口可乐公司的吉尔·麦克劳伦曾这样描述公司是如何平衡的：

> "我们把注意力集中在了做什么和怎么做来实现可口可乐设定的目标，还要极力关注你所取得的成绩，这占个人评定结果的 60%，然而，剩下的 40% 用来评价你是如何取得这些成绩的，这就要求我们要表彰一些诸如团队工作、合作、能够带来良好经营绩效的项目管理。"

为了落实战略，换句话说，还需要某些特定的行为。例如，如果战略目标将大幅度提高创新的速度，那么就要允许犯错误、鼓励尝试、尊重员工意见。如果战略目标是向亚洲拓展，那么就需要做一些基础设施的准备来进行支持，给予这个决策优先权，还要格外关注亚洲区的领导，尊重亚洲人的文化和需求。皇家邮政公司的首席执行官亚当·克罗齐尔描述了对这个过程的看法：

> "根据战略成就决定整个公司各个层次人员的所有奖励。确保你不会发出冲突的信号，即员工实际获得的奖励与你尽力要他们做的事情并不相符。"

在定义决策时要优先考虑到公司中最重要的事情：在第 1 部分提到的敬业的十个推动力和敬业的标准已经被现实很好地检验过了，并且在很多公司得到了发展，但是具体的公司有所不同，有的公司在这方面做得还不够，而有的公司做得过了头。通过研究很容易就会发现哪些是你的公司里的敬业的主要的推动力（通过回归分析），并且可以根据每个标准来评估你工作做得如何。

你选择出的关键推动力应该能反映出企业的现状，比如企业的地理位置、企业的历史、企业的发展轨道、企业在市场中所处的位置以及它的目标市场。

## 衡量

你为实施战略已把必要行为分离出来，或许已认同了这些行为。实际上，很可能在某个阶段，你的公司就已经讨论过了这些行为的必要性了。但是良好的意图到最后无非成了会议室墙上的一些清单。中层管理人员认为倾听下属的意见是他应该做的事，但是在某种程度上，在中间管理层日常管理的活动中似乎还有其他更紧迫的事情，所以他会继续保持过去发号施令的习惯。顶尖团队的成员认为授权给下属员工的确是个好主意，但是在他繁杂、混乱的管理生活中继续进行微观管理更容易、风险更小，崇高的目标将会成为陈旧的，通常是无意识的"一致和回避的"的牺牲品。

为防止出现这种现象，一定要衡量一些关键的行为。大卫·瓦尼爵士高度强调了这一点的重要性：

> "那些经历长期、高度成功的公司，其特征是公司内部文化极为关注能给公司带来经营成功、具有相关事务的衡量标准和尺度的那些事情。"

联合博姿的理查德·贝克认为衡量员工的工作态度是评估部门管理质量的关键方法之一。在一定程度上，这是非常实用的方法，因为如果不评估出公司现在所处的水平，就无法制定将来的目标。这也会带来心理上的影响，这种真实衡量的行为会传递信息，并且影响员工严肃对待敬业日程安排的程度。在英国全国建筑商协会保证绩效管理系统根据PRIDE价值来评估员工，个人的绩效依据PRIDE来评估，甚至在招聘新人也运用PRIDE来评估每一个员工，这样公司里每个阶层的员工都清楚地知道PRIDE对于他们所代表的含义。

英国电信（BT）的艾莱克斯·威尔逊（Alex Wilson）在他的公司实践中也采取了相似的做法：

> "（在我们公司里）敬业和对敬业的信念总是组织环境的核心，也是一个巨大的文化事件。（随后）我们雇佣了一位执行经理，这位执行经理拥有跟敬业相关的基本的价值观，他上任以后说，'敬业让人感觉良好，我们并不单纯需要这种良好的感觉，实际上，我们要做的是促进员工敬业，让敬业与众不同，还要衡量和检验敬业度。'因此他引进了真正科目，推动敬业理念，并未把把敬业仅仅看做是模糊的、自我感觉良好的东西。对于我和我的员工来说，这个领域出现的唯一的问题是实施敬业日程的规模、方式和速度。坦诚地说，最伟大的事情是我不必去证明它……我在五家公司工作过，这家公司是迄今为止我见过的最有组织、最认真、感情上最敬业的公司。"

但是，请注意，检查的内容既要包括对绩效目标（你已经在做了）的衡量，也要包括对敬业行为的衡量，这种"测量体温"制度允许你根据行业标准来进行公司之间的比较，指出特殊关照的领域，关键的是要设定敬业目标。对于个人和部门来说，也可以把这些整体目标转化成具体的目标，设置监督程序。

> 检查的内容既要包括对绩效目标的衡量，又要包括对敬业行为的衡量。

我们在第 2 章已经看到苏格兰皇家银行作为一个公司是如何严肃对待敬业水平这个问题的。现在我们将要看到苏格兰皇家银行是如何利用结果因素来实施敬业的。公司用了 7 个月时间来创建人力资本工具箱，包括一项政策和招聘团队、设计具体的人力资源网页的团队、来自业务单位的重点团体。这样可以鉴别出系统内具有关键判断性的区域，包括呼叫中心的绩效、公司的发展、员工调研、竞争对手基准。用"交通灯"的红灯、黄灯、绿灯表示公司的每个经营单位的内部绩效相应的颜色代码，指出人力资源部门的职员应该关注的区域。

人力资本模式是用来关注人力资本管理者在鉴定和衡量那些能够给公司带来巨大价值的事务方面所作出的努力，这与那些只是简单解释公司的活动或者绩效的方法形成鲜明对比。因此，苏格兰皇家银行的方式就需要收集以围绕员工敬业为主导目标的信息，这个模式通过预见公司将来的绩效来支持公司作出决策，而不是只是把历史的人力资源信息与历史的绩效相匹配。然而，只有对搜集到的大量数据进行严格分析，才有可能深刻理解这个模式。尽管这些数据的信息来源不同，但是都能识别驱动敬业和高绩效的关键因素。

通过每年一次对所有员工进行的匿名调查来搜集关于员工态度的数据，匿名调查的回应率达到 86%。此调查由独立的公司通过在线或者调查问卷的形式运作；调查也在加入者和离职者之间进行，同时还对一些具体的主题和新兼并的公司进行调查。原始的调查反馈意见被收集到一起，这样管理者就可以直接进行数据比较，还有业务单位在汇总时或者是不同层次下的成本中心在结算时都可以运用这些数据。比较合格的数据包括人口统计数据、就业

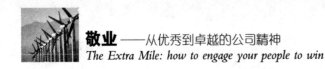

的时间、职位、地理状况、性别和福利偏好，允许对这些方面进行市场细分和分析。这组调查数据和来自苏格兰皇家银行在世界其他 30 个系统的集合数据一起收录成为数据库的一部分，这个过程中最重要的部分就是数据标准化和对苏格兰皇家银行集团的员工调研的标准化。

在苏格兰皇家银行收集数据使用的方法中最重要的一项就是标准化。这来源于（把公司在全球的 30 个人力资源系统汇集到一起的）单一的数据库，还来源于把所有的集团范围内的调查都转换成与问题一致的调查形式。苏格兰皇家银行不仅对整个集团进行大规模的调查（每年一次对员工进行调查、对新加入者进行调查、对离职者进行调查），而且还运用以衡量加入者到离职者这一段时间的敬业行为为目标以及能鉴定敬业变化的驱动因素的问题进行调查，因为所有的调查都贯穿了相同的人力资本模式，所以苏格兰皇家银行可以提取额外纵向的信息，互相之间直接地比较调查结果，找出在每种情况下存在的差异。

目前，你可能会感觉到在这些方面存在着内在的矛盾，难道敬业在某种程度上不就意味着发挥员工的创造力或者是授予员工某种权力吗？难道在这些过程中，所有的衡量、标准化、追踪不会扼杀员工的创造力吗？这难道不是设置另一种限制权力的科层官僚主义的门槛吗？实际上，最富有创造力的公司应该是那些拥有有限数量个良好的管理系统的公司。同样，只有在严格的管理系统内创新（通常采用门径管理流程），创新文化才能取得成功。授予员工的权力实际上只有在界定的框架之内才能发挥作用。

安德鲁·特恩贝尔爵士（Sir Andrew Turnbull）是这样看的：

> "公司战略的目标决定着公司结构，也决定着你对将要雇用员工的具体要求。随后你还要问问自己，'我们的奖励系统能够支持实现这些战略目标、满足承担实现战略目标的员工需求吗？或者是为什么不能呢？'"

度量和测量既是实用的工具又是心理武器，把它们看做是插在地面上的旗子：既是你前进方向的标志，也传递出你试图实现何种目标信息。

## （为了衡量）星期一你做什么

### 1. 按照其他公司的基准衡量你的公司

利用供应商已经具备的现有数据库的问卷调查进行衡量，然后把衡量后的结果与该行业标准作出比较。你还要附加一些问题，确保能得到一些跟你有关的行为数据，把这些调查的结果和你的舆论调查结果、还有分析过的其他人力资源的数据联系在一起，你需要答案的各类型问题包括：

- 你失去过那些你特别想留住的员工吗？如果有的话，有多少？
- 你的工作团队成员提高了他们的工作技能吗？他们也是这样认为的吗？
- 公司上下的工资或者奖金都是使用一种公平和一致的方式决定的吗？跟预想的一样吗？
- 员工感觉到被尊重了吗？员工的意见被倾听了吗？
- 员工是敬业的吗？还是愤世嫉俗的？
- 员工是打算改进提高，还是筋疲力尽或者是不敬业的？

### 2. 要理解为什么你会得这个分数

这样的调查问卷会给你带来广泛的数据，但是你可能还想要理解员工如此评价他们的敬业水平的原因，例如，对离职者和参加者进行定性的调查，还要对那些需要开发的具体的主题进行市场倾向调查，这些都要和关键性的业务指标联系在一起。

### 3. 数据收集的一致性

在大公司，尽可能确保数据的一致性，这样你就可以跨团体检查。然而要记住公司之间的比较虽会有所帮助，但是有时候可能没考虑到公司的环境差异或者是适应不同组织的内在假设。

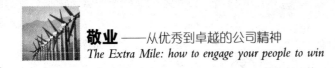
### 4. 信息的易得性

收集到的信息要公开，容易得到，不要作为秘密保存。要保证员工可以在公司专用网上利用调查的结果、你的陈述、解释，了解下一步要做的事情。

### 5. 信息的整合

设定敬业的目标，追踪敬业还有改善敬业的活动都应该是广泛人力资源流程的一个组成部分，要注意即使在衡量的过程中，公司的不同部门在理解、运用和采纳有效的衡量尺度上所做的准备都会有所不同。

### 6. 致力于公司运营的审查

你需要审查实施决策所需员工的敬业水平、具体行为的贡献程度，审查过程一定要和对公司绩效审查一样严格。苏格兰皇家银行通过对员工进行舆论调查来推动公司的进步，设定 EOS（员工舆论调查）的目标并将其包含在员工所在部门的公司平衡计分卡上，不是作为整体的目标就是作为计算比前年提高的百分比。

- 应该在公司上下运用分析报告、360 度调查问卷的形式和市场倾向调查等，管理人员要为调查的结果和所需的任何改进的活动负责。
- 使用 360 度的全方位反馈可以获得关于员工个人行为更加丰富的数据。在公司里需要面对客户的那些部门就要得到客户的反馈意见。

## 物质的或者非物质的结果

经过衡量和设定目标之后，你就必须要采取行动了。从最简单的层面上来说，所有人的目标是每位员工要把他们所做的工作质量和在此基础上取得的结果之间建立一种基本的因果联系，换句话说，就是要让付出额外努力的员工得到相应的回报，不付出努力的人受到惩罚。从我们的研究中得出如下结论（包括了你要尽力宣传的态度）：

"我没想到我能取得这样的成果，但实际上我做到了，我感觉很好，我的信心也得到了增强，我得到了奖励。"

"我想要获得奖励，我知道只要履行了自己的诺言我就能得到。"

这些听起来很简单。但是在实践中却很难实现，这是一个持之以恒的过程，没有捷径可走。公司建立的体制一定要显示出公司的关注，只有结果发生的时候才会实现这一点。"结果"是什么意思？怎样利用你拥有的资源实现真正的敬业？使用的工具多种多样，都掌握在员工个人手中。韬睿咨询公司的全球劳动力调查中有两个令人震惊的统计数据：仅有53%的英国受访者认为他们的"直接管理者要求员工为绩效目标负责"；仅有43%的受访者认为他们的"直接管理者能够公平有效地管理绩效评估"。要高度重视这些关键的结论，这些结果大部分是建立在衡量团结的基础上，总体来说团结衡量起来比较容易，也比较容易作出奖励决策。

## 物质的结果

员工越敬业得到的报酬就越多吗？在某些环境中，例如城市交易所中，用与绩效直接联系的奖金来激励额外努力效果就很明显。等式是清晰而令人激动的。或许这不会导致对某一家公司的忠诚，但是一定是实现高价值绩效的有效的激励因素。

然而，没有多少工作存在上述努力与金钱等式的简单关系，即工作回报的奖金很多，生活随之潜移默化。实际上，物质激励根据不同的工作、不同的部门有所不同。像我们已经指出的，那些在慈善机构或者是在国家医疗服务系统工作的人与投资银行家对工资水平的态度就截然不同，这是显而易见的。而且在大多数工作中很难把绩效与报酬恰当地联系在一起。例如，在整个公司绩效的基础上发放报酬看起来就很公平，不必进行均等衡量。尽管有很多可增强金钱激励力度的方法，但是在大多数情况下它都是一个钝器。然而，正如我们在第四个要素中指出的那样，能够被大家普遍接受的、也是最重要的一点就是物质奖励，被认为是公平和一致的奖励方式。直至 2006 年易车会（BAA）的首席执行官的麦克·克莱斯博（Mike Clasper）强调了这一点：

> "金钱很重要，但是你最好还要有许多跟金钱相关的其他付酬形式……报酬体系既要公平，还要与公司战略相一致。"

你在运用物质激励法时一定要谨慎，否则就不会取得预想的员工敬业效果。如果你从其他方面向员工传递信息，那么金钱就是较好的强调这个信息的工具。英国法律通用保险公司的总裁罗伯·马尔盖茨（Rob Margetts）解释说："员工个人自尊的实现有助于把员工无限的努力积聚在一起。"他又补充说："金钱奖励把积聚在一起的员工的无限努力变成现实且引人思考。"

然而工资的作用的确很重要，因为它是一个简单的、与公司从绝对和相对两方面来评价你的绩效相联系度量标准。因此，明智地运用物质奖励是结果组合的关键部分。然而工资不可能带来什么改变，除非奖金和工资的提高包含能够改变员工一生的金钱总额（这几乎不会发生）。工资本身并不能作为足以改变员工一生的激励手段。像罗伯·马尔盖茨指出的那样，"对于好的员工来说，有没有奖金并不会影响他们的职业道德。"

**工资本身并不是足以改变员工一生习惯的激励手段。**

塔维斯托克研究所的主席罗肯·胡德森是这样看待这个问题的：

> "所以我认为，要看环境，在一段时间内，要有基本适合公司情况和环境的激励措施、强调的信息、信号和一揽子计划。我真正认为你需要尽快地、及早地、直接地在一项工作以及对这项工作的认可之间建立联系……但是随着时间的流逝，我发现我做得比较成功的一件事就是当出现差错的时候……在一定的时间内只能尽力让某一个员工或者某一组员工来负责任，除此以外别无他法。所以这时候就需要有真才实学的人登场了。"

金钱胡萝卜可能不是万能的激励手段，那么潜在的失业大棒怎么样呢？在靠恐惧驱动的文化中，你告诉员工你想要他们做的事情，然后，根据他们的工作成果支付工资或者解雇他们。很明显，这充其量是一种粗鲁的控制，暂时可以让每个员工都能埋头工作，但是很难保证员工敬业，很可能会导致员工产生只为眼前打算的狭隘思想，员工就只愿为那些看得见和赤裸裸利益付出努力了。员工可能仅会关注他们工作的一部分狭小的范围，即使看到一些需要解决的任务，但是往往都不会做，这样就会使员工福利的蓄水池也枯竭了。

## 非物质结果

"例如，在苏格兰皇家银行发展初期有一个很关键的发现，那就是非物质认同在提高员工敬业方面的重要性。人力资源职能部门在分享这个信息的同时也强调了它的重要性。"

《战略性人力资源评论——关于苏格兰皇家银行（RBS）的案例研究》，

2003 年 11 月 /12 月 第 3 期

不可忽视这个真理。我们的目标是要建立一种认同成绩的文化，这听起来有点表面化和富有想象力，实际上，像我们将要看到的那样，这种认同可以采取内部颁奖仪式或者是正式授予员工职称的形式，然而所有这些都是第二步。第一步比较简单，但更难实现，用罗肯·胡德森的话说就是，"在一定的时间内你需要让员工负起责任来"，在广泛、全面、缜密的范围内做一些诸如追踪会议设定的目标、确认成功、谴责不努力工作的人等简单的事情，还要把这些作为日常的、恒久不变的事件贯穿到公司的每一个阶层之中。

在公司里发起让高层领导拿出更多的时间与员工交流的活动很少成功。只有在每年一度的员工调查中作出所有员工都要提一个问题的决策时，我们才能看到结果，把调查的结果根据部门来分组，在顶尖团队会议上公开讨论，这个看起来简单的变化背后却有着巨大的区别，突然之间所有的领导都开始把努力的重心放在与员工交流上了。为什么呢？因为没有一个人希望为本部门糟糕的分数负责。

首相办公室的信息传送部着手监督并参与到政府公共服务协议目标的运行上，它的工作是追踪公共服务协议目标的进展，在首相和相关的国务大臣之间定期举行的会议上汇报进展的结果。首相定期的总结大会对于一些部门是有力的激励手段，可以激励这些部门和他们的部长履行已达成的协议。为什么？因为国务大臣不希望他分管的部门落在后面。

这也是为什么不断的监督进展要成为任何变革计划中不可缺少的一部分的原因。简单的目标和取得的成绩的清单都是有力的工具：会议室里没有人想当那个对大量的绿色符号中唯一的红十字符号负责任的人。在很多的计划管理小组中，正常情况下，有两到三个人的主要职责是追踪计划的进展，并且广泛地汇报进展情况。这样做的目的绝不仅仅是为了追求时代潮流，而是要让这个计划深入员工头脑，并把计划的成功和失败在公共场合宣布。

人们会对你的致谢作出反应，这就是你不应该低估员工们真诚和衷心答谢你和来自老板的谢意的力量的原因。大量的公司都这样做了（在政府部门工作的人员，当他们士气不高时，当你问"你最后一次被表扬是什么时候？"这个问题时，他眼睛里闪烁着是兴奋的神情，回答说"1998 年"）。很多公司已采用定量方法发现这些非物质的评价对提高员工敬业水平的重要意义。

### 职业发展

正如我们在第四个要素和第六个要素中看到的那样，很多员工（尤其是那些优秀员工）希望在他们的职业生涯中取得进步。一项研究表明职业发展的机会是公司吸引员工的第三大要素，职业交流的机会是留住员工的第六大要素[1]。尽管提升是必要的形式，被认为是公平的，是绩效的基础，然而，就像物质激励一样，职业发展的表现形式随着公司的不同也会有所不同。

可以以员工的努力得到真正认同为题，把这些要素整合到一起。然而问题的关键是对员工认同的方法的有效性取决于员工而不是老板。玫琳·凯

（Mary Kay）女士，一位生产化妆品的企业家，简洁地总结了这个观点："除了性和金钱，员工们还要两样东西——认同和赞赏。"因此，在公众的认同、职业的发展、物质和非物质的激励信号上所投入的努力终将会有结果。如大卫·瓦尼爵士所说：

> "我认为最重要的激励手段之一就是员工得到地位相同的人群以及同事的认同……比如说这项工作做得很好，要取得成果我还打算做一些事情，然后就做……这种认同是很有力度的。"

与此密切相连且令人不安的真相是为了实现真正的敬业，还必须适当地对较差努力有所认同，有时可能要作出一些残酷的决定。没有什么比表现差的员工不负责任这个幽灵更能对高效率的员工产生不良影响了。"你要通过你的行为让那些努力的人放心，也要对于那些不努力的人采取一些行动"阿斯特拉捷利康公司的大卫·巴尼斯这样认为。卡梅洛特公司的戴安内·汤普森回顾了当她步入严阵以待的卡梅洛特公司时，她的前任总是告诉公司的每个员工公司不会裁员，所以当她解雇了公司多余的10%的员工时，公司第一次出现了震惊和恐慌，然而也是这个行动传递出一个明显的信号：那就是从今以后公司都会关注表现不佳的员工并且会采取一些必要行动，而且公司正在向为成功而设计的精益高效的组织模式转变。最终，这比建立无任何实际意义的安全感更能激励员工了。

## 重视结果

当员工受到公司合理的对待，他们就会对他们的老板、所在的部门或者同事产生一种责任感。通常会有这样一种愿望，这种想法在公共部门尤其强烈，但是私人领域也同样存在，那就是使最终用户或者客户受益。有趣的是，一家银行发现敬业员工和销售额增加的相关性比客户的满意度与销售额增加的相关性更大。公认的理由是敬业的员工真正地相信他们的服务是让销售额增长的最有效的方式，这也可能是为什么公司的价值观是敬业推动力的重要原因：只有在你相信你的公司是值得投资的地方，你才会高兴地满足公司潜在的需要，把自己全身心投入公司。真正敬业的员工是愿意为公司投入自己的力量的，他们渴望自己能够感受到他们在减少患者在医院的候诊时间、提高教育水平或者是成为世界上最棒的公司等方面所起的重要作用，这种渴望是公司兑现诺言的强大驱动力。

## （为了各类结果）星期一你做什么

### 1. 明确方向

确保无论是正面的还是负面的结果，都要有针对性地用来鼓励员工工作技能的发展，鼓励那些能够使公司在市场上持续成功的行为。

### 2. 定下基调

对待员工要诚实、公平、慷慨地表扬（完全非英国式的!），并且大胆地提出反馈意见（当然在确定的范围之内）。毫无疑问，还要加强公司对非物质奖励的关注。

### 3. 鼓励小型的认同活动

为员工举行晚宴，叫上一些合作伙伴，送些鲜花、笔记本（如果可能，最好手写赞赏的话），在晚宴上或者之后不久，给予员工积极的反馈，这些都很重要。为员工提供在外部利益相关者面前代表公司、代表你的机会。

### 4. 宣传典范

不要宣传那种"卖弄小聪明"的典范，而是要树立那些真正致力于"做了什么和如何做的"的员工，这应该是你为公司树立的典型人物，他们的行为会起到真正激励他人的作用。

### 5. 表现出对绩效管理过程的关心

确保绩效管理过程的透明性、严格性、公平性，表现出你的关心，确保在绩效管理过程中刚柔相济。你应该关注的问题还包括确保在此过程中要尽量严格树立目标，这样每一位员工就会明了公司对他们的预期，员工们需要知道公司评判他们的标准。要保证在人才管理、奖励员工和开发员工能力的过程中受到官僚作风的束缚最小。

## 6. 创造价值

明确表达出公司利润之外的目标，或者如果你在公共部门就不断地说出你创造的公共价值。让员工们感觉到他们努力的结果在有价值的东西上体现出来了。

# 绩效管理

尽管有一些公司的绩效管理得很好，但是一般的情况却有点令人失望。以下是我们从以前进行的调查研究中找到的一些典型评论：

- "我们有很多绩效差的员工。"
- "生产线管理人员和他们的员工之间会进行交流，但是谈话的内容没有什么质量"。
- "我们没有实现我们想要的绩效水平。"
- "绩效管理过程产生的数据不太全面，不能支持其他关键的员工管理过程，比如人才管理。"
- "公司对我们的安排过于复杂。例如，为我们树立了很多不同技能的榜样，员工不得不埋头辛苦地工作以致失去了模范带头作用。"
- "问题是公司对我们的工作安排更多的是为了迎合挑剔的需要而不是庆祝和鼓励员工的成功、成长和发展。"
- "一切都是静止的，不需要去拓展业务，不需要鼓励同事关注将来、为将来的成功做些什么。只要足够静止就行。"
- "我们的领导形象遭到了弱化，因为我们在这方面做得不好。"

研究结果证实以上这些提法，例如，很多公司在评价目前的绩效管理计划在改善业务结果方面所起的作用时充其量就是"有一定效果"。在以下方面包括开拓眼界，配备能评定、开发、奖励效率高的员工的管理人员，处理低效率的员工，交流公司使命、前景和公司价值观，在员工为公司的贡献方面给予更多的自主权等方面，没有什么效果。

为了提高绩效管理的效力，也因此提高员工的敬业水平，有两件关键的事情要做：要确保设计的绩效管理安排活动要符合公司的目标；要确保采取措施提高所有管理者和员工之间关于绩效管理谈话的质量。

- 你的绩效管理过程是否全面，能够包含如图 13.1 所示的员工经历的所有阶段，既能够关注"什么"（例如，明确的目标），又能够关注"如何"（例如，胜任的能力)？这个过程像你能够实现得那样简单吗？它符合你的公司文化吗？

- 你的绩效管理过程能够把预算和计划过程有效地联系在一起吗？你能追踪你的绩效协议认可的目标，让它们与公司的整体目标和公司价值的驱动力相符合吗？

- 你正在有效地衡量绩效吗？换句话说，在整个公司内你能保证绩效的目

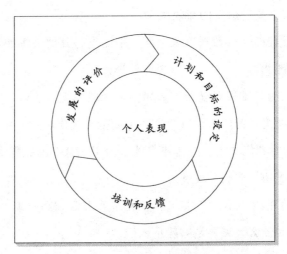

**图 13.1　个人表现循环**

标、绩效的评定、对绩效的奖励都被认为是一致的吗？

● 确保在公司上下合理地分布可以反映公司绩效的评定等级。然而，要谨防被迫的评定等级，除非有明确的、短期的理由要求你这样做。

● 你建立了鼓励领导为有效的绩效管理负责的激励体制了吗？

● 你对本部门生产线的管理人员和其他员工的职务和责任明确的程度是多少？

这些思考都很重要，但是不要被成功的秘密就是有效设计这样的想法所欺骗。这些都是基本原理。成功更多地依赖于文化、精神和已发展的赢的气质。仅设立一个新的奖励体系是不够的，设立之后还要和员工交流这个体系，这是下面谈到实施质量为什么重要的原因。

> **成功更多地依赖于文化、精神和赢的气质。**

## 实施的质量

在最近一次关于挑战有效地实施绩效管理，尤其是恰当区分绩效的研讨会上，我们引用了一段总结与会者心情的话："设计绩效管理系统的复杂性并不是问题，问题是如何培养技能，尤其是管理者作出合适的判断、主持恰当谈话的决心和意志……谈话的内容包括庆祝成功、明确绩效的焦点、区分出绩效的差别、给出明确的反馈、鉴定发展上的需要和一致的行动计划。"

最近，一家大石油公司的人力资源部经理说："我们需要在棘手的谈话中获得更多、更好的信息，如果不能取得这样的结果就不要进行谈话，如果那样谈话的质量还不够好的话，就要把责任归因于我们的员工——作为一种权利，员工有义务和他们的管理者进行适当的对话。"

如果在公司你能提高关于绩效管理讨论的质量，你就可以提高敬业水平，因为这些讨论会拨动结盟（公司目标、关键的绩效指标、价值推动力）和感性敬业（职业计划、发展计划、价值观、与生产线管理人员关系的质量）的琴弦。图13.2是一个实施绩效管理的结构框架，其对于驾驭提高绩效管理讨论质量的目标很有帮助，通过施加一系列的影响因素（领导、人力资源部门、

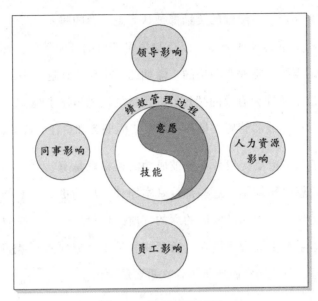

**图 13.2 绩效管理过程**

员工、同事）来提高做好绩效管理质量讨论所需的意愿和技能(在我们看来，这一点比需要强调的管理者的意愿更重要），在技能和意愿两方面问题上意愿处于优先地位。

## 领导的影响

领导人被认为是影响绩效的幕后力量，所以领导的影响力应该是发自内心的，不能像"我已经看过这些材料了，我认为这些很重要"那样的表现。

因此领导的角色是在绩效管理的过程中要表现出发自内心的责任感；亲自参加改善绩效的讨论；在和你的直接下属进行绩效管理讨论时要重点关注讨论的质量；亲自参与到公司不同部门绩效考评活动当中；和你的员工交流绩效管理过程的重要性。

## 人力资源的影响

显然人力资源职能在增强员工很好地实施绩效管理的意愿和能力方面起着非常重要的作用。实际上，作为绩效的指导者改善绩效是人力资源职能的关键所在。人力资源职能尤其应在以下四方面作出贡献：

- 和领导团队合作，激励领导履行上述的职能。人力资源职能需要高度积极地和领导团队合作，帮助领导团队认识到有效的绩效管理的实际作用，引导他们亲自进行有力的实践，鼓励领导对在关键领域所需要的绩效目标、绩效的评定等级、绩效的奖励进行有针对性的评论。

- 提高生产线管理人员的绩效管理过程所有可能结果的知识水平。生产线管理人员在和员工进行"棘手的谈话"中可能不会完全放开手脚，因为他们不能确定在如下问题上的立场，比如重新部署、提前退休、裁员、提升，等等。生产线管理人员认为，他们在开始进入"棘手的谈话"这个混乱的领域之前就要把上述问题排除在外，因为他们没有这样做，所以就根本没有进入这个领域。人力资源职能需要通过及时的简报、知识数据库等为同事提供必要的知识以便增强他们的信心。

- 灌输纪律和注意事项。人力资源部门可以使用一系列的工具来保证绩效管理得到应有的关注。例如，一家公司把绩效管理目标的实现锁定在某一时间，然后给领导团队一份资料，解析关于公司的不同部门在绩效周期的这个阶段进展的情况；在另一家公司，每年会进行一次量化调查，以收集员工对那年的绩效管理质量的意见。

- 提供提高技能水平所需要的指导和开发机会。

我们的调查数据表明，管理人员能够提供改进的指导是公司在绩效领域应该最为优先考虑的事情，有很多培训干预措施都可利用。人力资源功能需要帮助生产线管理人员摆脱无意识不熟练的状态（我一无所知），转变成无意识熟练的状态，在这方面更多的是语言问题，如果没有绩效管理的共同语言，谈话内容就会很肤浅。但是如果经过培训，谈话就会变得深刻多了。很多公司都采用有效的指导方法对他们的管理人员进行培训。

## 员工的影响

员工的影响就是把员工的意见引入绩效管理过程，在绩效管理过程中员工会得到多大回报？他们的生产线管理人员在哪方面做得好或者不太好？需要作出哪些改进？员工的影响可以使用一系列调查方法和感知工具获得。

## 同事的影响

在绩效管理过程的关键阶段，无论是在周期的开始即绩效管理目标取得了一定进展的时候，还是在周期末评定绩效等级、形成奖励决策时，都需要考虑同事的影响。

## （关于绩效管理）星期一你做什么

### 1. 你需要数据！

确保人力资源部门的员工能为你提供一些数据，提供哪些人的行为是驱动敬业所必需的，哪些人的行为不是，这应该是一个简单的追踪过程，不需要行政部门的干预。

### 2. 评估疑难问题

你的团队不能逃避难题，解决问题但是要积极地设计你的反馈方式（这可以做到）。你要解决某个行为或者某项任务时，记住不要告诉任何人关于他们是否是值得依赖的对象。

### 3. 做好强硬的准备

你要做好给出强硬反馈意见的准备，如果你不这样做的话，会出差错，将会导致你不能履行诺言或者你的反馈无效。适当的负面结果也可以考虑。"眼里有刺和在公园散步"的比喻就是说，很清楚，你是严肃认真的，作为管理人员你在指出员工缺点的同时还要支持他们。要毫不留情地消灭办公室政治。并且指出那些不能、现在不会、将来也不会花时间激励他们身边的员工的人。没有人激励，就不会有人能成为高潜能团体的成员。

## 4. 明白

如果你处在解雇员工前的阶段（解雇人是最后一招），一定要明白需要说些什么。如需要，给他们提供所需的培训、辅导、顾问指导、意见等。

## 5. 要果断

解雇那些真正的阻碍者。如果他们是一些专家，你还需要他们，那么就把他们调离原来的部门（你可以用头衔或者工资等进行补偿）。

## 6. 要积极

你在表扬员工的时候不要缺乏热情。如果物质奖励合适，那么就使用奖金或者提高工资或者是一些表达方式，比如邀请合作者和员工一起参加晚宴等。在非物质奖励合适的情况下，可以给予员工额外的工作责任，让员工承担重要的任务；授予员工在外部代表公司和在一些内部事件上代表你的机会；为员工提供全职或兼职的发展借调的机会。例如，一些员工喜欢参加会议，为他们提供机会。对于员工付出的特殊努力，同事团体也要给予奖励，同事团体最好是以小组为基础，当然个人也可以。在会议上为员工提供介绍公司成功故事的机会等，尤其是这些成功的故事代表了你试图想在整个公司效法的工作惯例。

## 7. 把绩效奖励公开化

要保证有"颁奖仪式"。你可能会畏惧颁奖仪式，但是这的确很有效，也可以是颁奖晚宴，颁奖会议结束后就公开答谢。

## 8. 参与进来

不断强调技能和能够给系统增添活力奖励的意愿，也就是通过提问来确保系统的运行（技能），不断地检查系统的输出（鼓励奖励的意愿）。

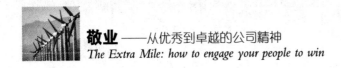

# 支持

## 人力资源支持

> **实际上人人都能作贡献。**

一旦你衡量了取得的成绩和结果，你就要提供必要的支持，把优秀绩效提升为卓越绩效，还要通报不良绩效。如果员工做错了事情，也不能就此认为他们天生就没能力或朽木不可雕，实际上每个人都可以有所贡献，你的工作是提供让更多人都能有更多贡献并发挥潜能的环境。

对于很多公司来说，要想做到这一点只需在人力资源部门进行一次革命，不需要别的什么。实际上，人力资源部门通常就是"穿着制服"的警察，重点围绕着告诉管理人员什么是合法的或者是不合法的，或者是哪些是符合政策的，而不是作为生产线管理人员的真正的合作伙伴。与生产线管理人员一起追求更好的绩效，这个问题已经被讨论很多遍了，通常还是解决不了，敬业提供了能够改变这种状况的语言，因为构成敬业的基本要素是贯穿于整个公司的团结之中。这需要人力资源部门来理解，实际上是一起合作确定公司的战略方向，从制定战略到实施战略。还要求人力资源部门关注必要的行为。人力资源部门要寻求首席执行官的全面支持。美国通用电气公司的首席执行官杰克·韦尔奇曾带着他的人力资源部门主管而不是财务主管视察公司，因为他知道人力资源部门是公司最重要的资产。如果真是这样，显然，这对每一个公司都应该是真的。在实践韦尔奇这句话的时候，人力资源部门主管就是"明星"。

这并不是现在大多数公司采用的方式，如果人力资源部门想要提升到这么重要的位置，它最好的机会是在绩效管理上作出明显的、可见的、可衡量的改善。这时他们的职责就是执行衡量的任务，包括确保注册敬业的衡量标准，好的绩效应该得到相应的奖金、工资、提升，敬业考评分数低的管理人员在本部门内要接受指导和支持。如果人力资源职能能够成功地支持那些把优秀绩效转变成卓越绩效、或者把糟糕的绩效转变成可接受的绩效，那么他们对公司就作出了巨大的贡献。人力资源部门的员工应是具有相应业务水平的专业人员，他们应该是所在工作领域的专家，具有开发别人才能的能力，应该是教练而不是管理者。日常管理活动能外包出去，就让别人做。

苏格兰皇家银行把人力资本看得很重要，建立了以公司和人力资源部门领导为主的人力资本委员会，委员会根据人力资本措施对公司的作用利用数据区分出优先性，一系列的人力资本措施作为每年账目的一部分被公开，并作为和竞争者的绩效比较的基准。苏格兰皇家银行的人力资本模式关键的内部输出是"影响图"，解释了不同的人力资本因素对敬业的影响，强调重视可提高或威胁敬业的具体问题的机会。

这些都需要公司有效的支持。提供支持的员工也是一种成本，要有效地调配和使用他们。苏格兰皇家银行的人力资本工具箱可以提供关于公司内部和外部基准信息、公司外部最好的实践模式和研究成果，这样管理人员在认识到他们该如何表现、为了改善绩效他们应该做什么和怎么做这些方面都得到了支持。这样管理人员和他的老板就会进行明确的谈话。进步、监督、坦诚的对话很重要，然而却不多见，诚实并不是要让人变得讨厌，也不是批评某个人是"你是失败者"，而是要认识哪些行为和表现不够好，同时给那些人打气，相信他们能做到、必定能做好。

如果有人力资源部门员工给予支持，还不能解决问题，你就需要换人了。如大卫·欧蒙德爵士所说，如果在这种情况下，所有人工作都不卖力，这就不公平了：

"我确实同意杰克·韦尔奇所说的，公司能做的最残忍的事就是太软弱，不告诉员工实际上员工所做的事情并非他们的职业。越早解决谁适应公司并且能够在公司得到成长的问题就越好，这对于某些人来说，有些真不该是他们做的工作。现在在公司的其他部门有

> 时也存在着机会，因为并不是每一个人都是优秀的个案社会工作者，并不是每一个人都善于跟公众打交道，并不是每一个人都会在他们尽力做自己喜欢的财务计划时还会感到灰心丧气。因此在一家大公司，我认为尽管你能包容做不同类型的员工，但是我要说的是，你犯的最严重错误就是惧怕告诉员工真相，然后员工被固定在他们不适合的岗位上了。"

最后，把结果总结如下：需要在你的员工面前表现出公司对敬业高度重视。上岗的员工发现他的同事没有付出努力但是与他获得同样的报酬；管理人员意识到在所有关于交流的谈话中，没有人想到他一直在努力用语言来激励员工，没有人会追踪这个结果；有些员工意识到他们填写的所有关于敬业的调查问卷，还没等他们采取具体的行动，这些调查问卷就已经存档了，以上所有这些都会导致员工不敬业。你对那些代表你在工作中付出努力的人有一种义务，这种义务就是要尽力关注他们所付出的努力，有时候这种关注意味着按功行赏，有时候又意味着采取措施纠正他们的行为，但是对于结果来说，最关键的是公司要表现出对以上所有这些事情的极度关切，因为如果你不关注敬业，如果你自己都不敬业，那么就不要期待你的员工也会敬业了。

### （为得到人力资源部门的支持）星期一你做什么

#### 1. 把人力资源部门和生产线管理人员整合在一起

建立一个拥有人力资源部门和生产线管理人员的业务组，确保人力资源部门的战略重点来源于正在运行的业务计划。

#### 2. 关注附加价值

尽可能让人力资源部门做他们的工作，让人力资源部门员工成为真正的业务合作伙伴，不被人力资源部门的非附加价值流程的事物所控制。

### 3. 人力资源部门要树立榜样

人力资源部门作为一个部门，想要推动其在团结和敬业两方面都成为榜样很难。要他们在其职责范围内工作，监督他们。

### 4. 确立事实

确保通过人力资源部门建立的简单的 360 度全方位反馈流程，并附加其他的人力资源数据（离职者、加入者、对一般员工的调查、绩效管理数据等）清晰地反映出能够表现出支持（敬业和团结）决策者的行为。

### 5. 支持

确保在公司系统内对那些支持或者不支持敬业的、团结的计划的人都要给出合适的处理。人力资源部门需要发展一种在线支持工具来帮助那些得分低的员工，还可以帮助诊断在公司发展过程中出现的问题（有针对性的研究、基准数据、内部和外部、在相同情况下帮助其他人的简单流程等）。

通过指导对那些需要重点支持的人建立一对一的帮助，不管你指导的内容是公司内部还是外部的情况，都要认真选择和精炼指导的内容，要保证接受指导的人要理解战略的内容，这样他们就能重视给予他们的支持。

### 注 释

[1] 韬睿咨询公司. 全球劳动力致胜决策[C] 全球劳动力研究, 2005.

敬业

从优秀到卓越的公司精神

# 结　论

## 敬业，从优秀到
## 卓越的公司精神

你想要雇佣什么样的员工？你想要拥有什么样的公司？这两个问题紧密相联。

你想要拥有的公司类型可能用一个词就可以总结出来，即成功的公司。你可以运用多种标准量化成功，包括市场地位、利润提高、股票价值、公共价值，但是不管你怎样看待成功，成功都是我们奋斗的目标。

你想要雇佣什么样的员工看起来是一个更加复杂的问题，一些公司可能期待冒险的企业家精神，其他的公司可能期待的是安全的合作团队。在一些职位上你可能需要的是联络员或者是推销员，另一些职位上可能需要的是方向坚定或者关注细节的人。每个公司都是一个复杂的生态系统。

但是，所有对员工的要求中有一个共同特征，那就是敬业。无论是在公司什么部门，无论是什么职位，你需要雇佣的员工都是关心公司的人，是代表你把他们的体力和脑力都贡献给公司的人。

如何才能具有这种难得的品质呢？这是在你招聘新人的过程中很难进行选择的部分。每个员工都具备敬业的能力，但是关键是要由你来决定建立一种文化，可以鼓励员工们代表你在公司的业务中敬业。提升员工敬业水平就是你的责任所在了，有些事是需要去做的，不能仅是期待，你需要下决心在敬业上投资，你的手中就掌握着驾驭敬业这匹骏马的缰绳，这对你来说是个好消息。

你的公司要付出额外的努力，大家不怕吃苦、不怕吃亏、多用心一点、多做一点，才能收获敬业的回报。编织敬业的绳索是多样的，错综复杂地交织在一起，尽管这样，最终答案却是简单明了，即你要让你的员工既敬业又团结，你需要有在组织内外都是表现上佳、鼓舞人心的领导作为坚强基础。这样公司的员工就能对领导公司的人充满信任。一旦这些事情都安排好了，你就需要表现出责任感、透明度和交际能力。公司应该给员工公平的待遇，最大限度地挖掘出员工的才能，充分地发挥管理人员的作用。你还需要确保每个员工知道敬业对于他们自己和公司的重要性，尤为重要的是这些多种多样的基础和要素可以概括为一条最主要的原则，那就是相互信任。

**公司应该给员工公平的待遇。**

每个公司都希望成功，领导的主要职责就是确保公司的成功，如果是以牺牲员工为代价，那么这样的公司就不会成功，我们不能为了实现成功而损害为我们工作的人的利益。让员工参与进来，利用他们的才能和热情，打造一种能鼓励员工把他们所做的一切都投入到工作中的文化，这才是建立一种更加稳定、持久地成功公司的途径，也是建立一种在公司遭遇危难时共患难，在公司繁荣昌盛时共享丰硕成果的途径。

关注你的员工：这样做的回报是巨大的。你关注他们，员工们也会关注你。

**敬业**

从优秀到卓越的公司精神

# 附录 A

# 关于敬业和绩效关系的研究

## 敬业和绩效之间的联系：对文献资料的回顾

我们对敬业和公司绩效之间的联系的了解大部分来自于对如下这些公司所作的广泛研究，比如苏格兰皇家银行、全国建筑商协会、信息检索和存储公司、韬瑞咨询公司以及在第 2 章所介绍的其他多家公司，在附录 A 让我们看一下在这个领域里其他的相关贡献。

"员工敬业"是一个集体名词，包括很多人力资本领域的实践。这个概念的发展来源于很多相关的观点，我们把这些观点分解成如下类型：

1. 把公司行为和生产率联系在一起。

2. 把公司文化和公司绩效联系在一起。

3. 在公司层次把员工的满足感、态度、绩效联系在一起。

4. 把个人对工作的满意度和公司的绩效联系在一起。

5. 链接服务利润链。

# 1. 把公司行为和生产率联系在一起

1985 年，施奈德（Schneider）对公司的行为和其与生产率之间的联系进行了评论，他还对除此之外的货币价值、管理干预的"效用"比如改进的选择方法、培训、工作设计和工作满意度进行了考察，考虑了与这些多种多样的干预相联系的成本（比如咨询费、生产时间的损失，等等），这些文献资料要追溯到 45 年前，即有记录的研究开始表明可计量收益的时候，其中在对 200 个案例考察的一项研究中表明生产率明显提高了 87%[1]。

另外一项评论关注的是管理干预及其对生产率的影响，这种荟萃统计分析法有较大因果效应，在那些使用干预计划的公司，其生产率比不使用这种计划或者是运用这种计划不够的公司要高出很多。这种生产率的提高在统计上也是显著的，见证了培训、设定目标、社会技术干预的作用[2]。

# 2. 把公司文化和公司绩效联系在一起

在接下来的相似的主题和动力的研究中，人们对公司文化及其对公司绩效的影响给予了大量关注。丹尼生（Denison）对 25 个不同行业的 34 家公司 1966—1981 年的调查数据进行了研究，这 34 家公司的 6671 个工作组的 43747 名受访者完成了具有标准化的 125 个项目的问卷调查，这项问卷调查关注了公司文化问题、参与型决策水平、人力资源重点和管理行为等方面。丹尼生是这样描述公司文化的："一系列的价值、信仰、行为类型形成了公司的核心特征[3]"，公司文化要和自 1981 年以来五年的员工的收入和其他财物绩效的数据作出比较（比率来自标准普尔财务数据），建立了人力资源重点、高的参与型决策水平和财物绩效之间的相互联系，五年来相关的强度在提高，研究结果显示拥有参与性文化的公司的绩效几乎是只有很少的参与文化的公司的两倍。丹尼生得出了如下结论："这里提供的数据很难证明公司的文化

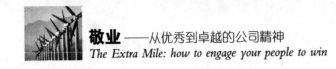
和行为两方面与公司的短期绩效和长期生存之间有着紧密的联系。"戈登（Gordon）和蒂图毛索（DiTomaso）报告的相同的调查结果也支持了丹尼生的结论[4]。

考特（Kotter）和海斯格特（Heskett）调查了 200 家公司，想尽力解决如下这个问题："公司的文化和公司的长期经济绩效之间是否存在关系？[5]"他们得出了公司文化会影响公司的财务绩效的结论。像重视各层次领导一样重视所有主要的、管理上的支持者，比如客户、股东和员工的公司，与不这样做的公司之间的对比如下：

- 公司收入提高了 682%（与 166%相比）
- 员工增加了 282%（与 36%相比）
- 股票价格提高了 901%（与 74%相比）
- 公司净收入提高了 756%（与 1%相比）

另外一项由丹尼生和米什拉（Mishra）进行的研究成果在 1995 年发表，展示了在参与度、一致性、适应性和使命感四个特征基础上的公司文化模式[6]。结果显示参与度和适应性（反映了灵活性、公开性和反映性）是业绩增长的强有力的预测表，一致性和使命感（反映了整合性、方向和前景）是关于利润率较好的预测表，所有的这四个特征都是关于资产收益率和销售额的最有效的预测表。但是这只适用于大公司。

## 3. 在公司层把员工的满意度、态度、绩效联系在一起

员工的态度和满意度是决定员工行为的重要的因素，并且二者共同影响公司的整体绩效。奥斯佐夫（Oatroff）[7]在一项包括学校在内的研究中，调查了员工的满意度、态度和公司绩效之间的联系，美国和加拿大的 364 所学校作为样本参与了这项调查（其中包括 364 位学校校长和 13808 名教师）。教师的满意度通过问一些与对同事、管理者、工资、管理部门、职业发展机会、

学生的纪律性、学校的课程、社会和家长的支持、物质设施和通讯的满意程度相关的问题来衡量；还测量了教师的态度、责任感、压力水平和调整情况（围绕着信任感、工作的舒适度和归属感）；依据以下标准对学校的绩效进行了衡量：学生的学习成绩、学生的行为、学生的满意度、教师的人员更替率和行政管理绩效。在衡量中发现大多数绩效和员工满意度以及员工态度之间有着极大的联系，除此之外，在员工满意度、员工态度和离职意向之间，在满意度和测试评分结果之间，在管理绩效和调整之间都有着紧密的联系。

阅读和数学成绩的提高、较高的学生满意度、较低的教师人员更替率甚至较好的学生表现都会伴随着学校里教师的满意度、教师的态度和调整分数的提高而大为改善。结论是员工满意度高的公司比员工满意度低的公司更有效率，这种关系在公司层面比在个人层面上表现得更加明显。奥斯佐夫承认，如果这种关系在公司层面上表现比较弱的话，那么就表明实际上这种关系在个人层面上表现更弱，但是她也认为公司内一些显著的特征，比如忠诚、员工身份、相互依赖、工作流程的相互影响都可能造成在公司层面上的差异，这些调查结果表明在公司层面上，管理和组织进程、公司文化和行为都可以变革，以此改善公司的整体绩效。

# 4. 把个人对工作的满意度和公司的绩效联系起来

在回顾 19 世纪 60 年代的文献材料时，劳勒（Lawler）和波特（Porter）讨论了描述个人工作满意度和个人工作绩效之间少而一致的联系的迹象，他们进一步把人们普遍认同的看法的特征总结为：管理者应该经常地关心提高员工的满意度，因为更加满意的员工也是更加高产的员工，通过运用问关于员工的工作满意度和在公司他们的同事和下属的绩效这样的问题的调查来考察员工的工作满意度和工作绩效之间的关系，调查的数据来源于五家公司的148 名中级和初级管理人员，他们的研究比之前弗鲁姆（Vroom）[8]的研究表现出更强的相关性，在上级领导评估绩效时相关系数是 0.32，当同事评估绩效的时候相关系数是 0.30。（与弗鲁姆相似）劳勒和波特的研究的局限性是样本量过小，样本的范围过窄，他们得出的结论是员工的满意度很重要因为它会影响到员工的人员更替率和缺勤率。

他们在复杂的员工满意度与绩效的关系上也提出了一种不同的解释，即方向性并不是人们普遍认同的看法，指出员工的工作绩效较好，并不是因为员工的满意度较高，实际上恰恰相反：在员工表现好的时候，他们就会得到奖励，然后就会导致员工的满意。考察了个人的需要是怎样通过工作来满足的，还应用了马斯洛（Maslow）的需要层次理论，尝试了怎样才能满足这些与工作绩效相关的需要，从低层次到高层次，一共包括五种需要：生理需要、安全需要、社交需要、尊敬需要和自我实现需要，所有这些需要和工作绩效之间都是正相关，相关性最强的是和最高层次"自我实现"的需要之间的关系（相关系数达到 0.30）；外在的激励（公司可以控制的因素比如工资、提升、地位和安全感，这些都与马斯洛低水平的需要即生理需要、生存需要、生活的基本需要相对应）没有与绩效完全联系在一起，相关性很弱；内在的激励（内在的可以解决的问题，比如成就感）比外在奖励更加直接地与绩效联系在一起[9]。

最近一个由 312 个样本组成的研究包括对 54417 名员工的调查显示工作的满意度和绩效之间的相关系数是 0.30[10]，这对于埃弗丹侬（Iaffaldano）和马新司凯（Muchinsky）的发现是一个挑战，1985 年他们在这方面写了有创意的论文，论证了工作满意度和绩效之间的关系脆弱性[11]，否定工作满意度和绩效之间的联系的案例被驳斥，表明在 1989—2001 年间进行的众多研究都认为绩效和工作满意度之间有着极强相关性。

2003 年公开的另一项研究考察了员工态度和公司绩效之间的联系[12]，结果显示了在财务和市场绩效与员工整体的工作满意度之间、在员工态度和资产回报及每股收益之间，资产回报和每股净收益在改善员工的态度（比反过来有较强的因果方向性）之间有重大指向性联系，还指出了以下一些相互的关系：当公司和财务的绩效下降的时候员工对工资的满意度会上升，当公司和财务的绩效上升的时候员工对工资的满意度将会下降。

其他的员工态度（例如员工对授权的满意度、对参与工作的满意度）被认为几乎很少影响到财务绩效，这些其他的态度上的变量不能直接与公司和财务的绩效联系在一起，但是却显示出这些因素会在很大程度上间接地影响到缺勤率和员工的人员更替率，这项研究中值得关注的贡献就是研究了所有要素之间的相互关系。

### 与员工的满意度相联系的其他研究

还有额外的一项研究衡量了员工满意度和公司的有效性（运用对客户的满意度的调查），力求表现出二者之间定向的关系，提出了这样一个问题："积极的员工态度和行为或可能成功的公司产出哪个应该排在第一位？[13]"结果显示人力资源部门的产出与公司其他部门的产出之间的平均相关系数为0.33，这个方向是从人力资源部门的产出到公司的绩效，其他结果显示了公司的员工角色行为（员工勤勤恳恳、不自私、员工的美德、运动家精神和谦恭有礼）对收益性的影响，这项研究还展示了员工的满意度对客户的满意度的巨大影响。

来自另一项的研究结果显示了高绩效的工作实践（员工的参与度、整体的质量管理和重新设计计划）和之后的公司绩效之间有较强的滞后关系[14]，这个定向是从工作实践到财务绩效。

## 5. 链接服务利润链

可能建立的最好的指向性联系要数在描述零售业的服务利润链的文献中提到的。在服务利润链中，这条锁链代表了一套有力的、可以保留的信念，适用于任何服务公司，包括金融服务、专业服务、零售业、饭店、旅馆等等。海斯格特、塞瑟（Sasser）和施利星格（Schlesinger）的研究工作表明："简单地说，服务利润链思维认为在利润、增长、客户忠诚度、客户满意度、传

递给客户的商品和服务价值、员工的能力、满意度、忠诚和收益性之间存在着直接而强烈的关系。[15]" 服务利润链公司通过巨大的利润率超过了其竞争对手。1986—1995 年，这些公司的股票价格提高了147%，用标准普尔指数 500来看相当于提高了110%[16]，在这里客户忠诚度的价值是第一位的，市场份额是重要的，但是如果没有客户忠诚度，什么都不会发生，在这个基础上，可以得出客户的忠诚度是员工对工作满意和尽责任的结论。重要的支持数据显示利润和客户的忠诚度、员工的忠诚度和客户的忠诚度、员工的满意度和客户的满意度（客户的满意度是首要的事，最终可以导致客户的忠诚度）之间有着最强的联系，我们发现的这种联系是实质性的。

布鲁克（Borucki）和伯克（Burke）在大的百货公司考察了服务利润链[17]，重点是 1985 和 1986 年美国国内一家大的零售连锁店，在 594 家商店里作者调查了 6 万名员工和相同数量的客户（数据只来源于一家公司是个局限性），他们验证了一个解释服务利润链的模型：

（1）服务对管理的重要性。

（2）关心员工和客户。

（3）个人服务绩效销售额。

（4）商店的财务绩效。

调查的数据显示了服务利润链这个链条上所有点之间因果或者是预测性的联系，服务对于管理的重要性与关注员工的客户有着积极的联系，可以预测个人服务绩效销售额，而个人服务绩效销售额又可以预测商店的财务绩效，但是与商店的财务绩效的相关性最强的是服务对于顶层管理的重要性。

格雷德（Gelade）和杨（Young）把服务利润链定义为"满意的具有积极性的员工产生了满意的客户，满意的客户倾向于购买更多的产品，这样就会提高公司的收入和利润[18]"，在这方面他们观察了四家国内的零售银行（包括英国的三家和爱尔兰的一家），总共调查了 55200 名员工，完成了 37054 份调查问卷，回应率为 67%，这里还要提到一个局限性那就是调查的问题总是不相同的，结果显示有力的员工态度和工作环境改善会带来客户满意度和销售额的提高。

## 西尔斯（Sears）和员工—客户—利润链[19]

西尔斯（Sears）公司在 20 世纪 90 年代中期在服务利润链的方式和见解方面进行了深刻的变革。传统的服务利润链要求紧密地关注客户，初步的结果显示在服务利润链中有一些硬性联系，那就是员工积极性的提高可以使客户印象得到改善，客户印象的改善又可提高营业收入。西尔斯公司在转型计划的第四年应用了这些衡量标准，公司的努力使员工满意度提高了 4%，客户满意度也提高了 4%。通过这种模式的拓展，使得这些数字转换提高了营业收入。这个分析最值得关注的地方就是西尔斯公司声称收入的提高是由管理者和员工共同努力的结果。令人印象深刻的是这些结果是关于员工和客户的满意度的提高之间的关系，但是这些数字与收入之间的关系如何却未得到证明。

在这些衡量标准和结果报道以后，西尔斯公司决定放弃这个计划，重新聘请一位首席执行官，关掉一些商店，实施以节约成本、改进供应链、提高利润率为目标的其他的财务驱动措施。如果西尔斯的大转变理论能够长期支持这个计划，那么赞同这一理论就容易多了。

最近的一篇关于西尔斯的文章描述的是西尔斯被凯马特（Kmart）接收的过程，以及对现在是美国第三大的零售商的凯马特的未来的推测，回想到 90 年代那个动荡的时期，当时亚瑟·马丁内兹（Arthur Martinez）任西尔斯公司的首席执行官[20]。马丁内兹曾说他应该更严厉些，使用更多的"把烂政客赶下台"的方式，他大转变的努力很快就失败了，关注客户的努力必然也被放弃了。现在，合并以后的凯马特和西尔斯如何运作还要拭目以待。

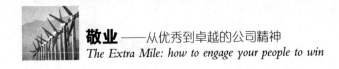
# 结论

我们仔细检查了一些以往对员工敬业研究，以及它们与敬业公司绩效的关系。就像上面所概括的那样，我们以各种形式做了大量工作，且有足够的证据支持企业的成功与员工敬业之间存在必然联系的想法。

## 注释

[1] 施奈德. 公司的行为[J]. 心理学年鉴, 1985(36):573–611.

[2] 古佐, R.A., 扎特, R.D., 卡特泽尔 R.A.. 基于心理基础上的干预计划对工人生产率的影响：荟萃分析[J]. 人事心理学, 1985(2):291.

[3] 丹尼生, D.R.. 把公司文化带到公司底层[J]. 组织动态, 1984 (2)：5–22；丹尼生, D.R.. 公司文化和组织效力. 纽约：威力数据库, 1990.

[4] 戈登, G.G., 蒂图毛索, N.. 从公司文化预测公司绩效[J]. 管理研究期刊, 1992 (29):783–798.

[5] 考特, J.P., 海斯格特, J.L.. 公司文化和绩效[M]. 纽约:自由媒体出版社, 1992.

[6] 丹尼生, D.R., 米什拉, A.K.. 关于组织文化和效力的理论[J]. 组织科学, 1995 (3–4):204–223.

[7] 奥斯佐夫, C.. 员工满意度、态度和绩效之间的关系:在公司水平上的分析[J]. 应用心理学期刊, 1992(6):963–974.

[8] 弗鲁姆, V.H. 工作和积极性. 纽约：威力数据库, 1964.

[9] 劳勒, E.E., 波特, L.W.. 绩效对工作满意度的影响[J]. 劳资关系, 1967(10):20–28.

[10] 扎志, T.A., 斯瑞森, C.J., 波诺, J.E., 等. 满意度和工作绩效之间的关系：定性和定量研究[J]. 心理学公报, 2001(3):376–407.

[11] 埃弗丹侬, M.T., 马新司凯, P.M.. 工作满意度和工作绩效:荟萃分析[J]. 心理学公报, 1985(3):251–273.

[12] 施奈德, B., 汉哲斯 P.J., 史密斯 D.B., 等. 员工的态度和公司的财务和市场绩

效:哪个是第一位的[J]. 应用心理学期刊, 2003(5):836–851.

[13] 考埃斯, D.J.. 员工满意度、公司的员工行为、和人员更替率对公司的效力的影响:部门水平上的纵向研究[J]. 人事心理学, 2001(1):101–114.

[14] 劳勒, E.E.Ⅲ,冒曼 S.A., 莱德福德 G.E.Jr. 高绩效公司的决策:员工参与、全员管理质量及财富 500 强公司的再造计划[M]. 圣弗朗西斯科:乔西-贝斯, 1998.

[15] 海斯格特, J.L., 塞瑟, W.E., 施利星格, L.A.. 服务利润链:主要的公司是怎样把利润和增长与忠诚、满意度和价值联系在一起的[M]. 纽约:自由媒体出版社, 1997.

[16] 同上, 16 页。

[17] 布鲁克, C.C., 伯克, M.J.. 对与服务有关的经历与零售商店绩效的检查[J]. 组织行为期刊, 1999(11):943–962.

[18] 格雷德, A., 杨,S.. 对零售银行业服务利润链模式的测试[J]. 职业和组织心理学期刊, 2005(3):1–22.

[19] 瑞希, A.J., 克恩 S.P., 奎恩 R.T.. 西尔斯的员工—客户—利润链[J]. 哈佛商业评论, 1918(1/2):82–97.

[20] 伯纳, R.. 在西尔斯, 一个伟大的交流家[J]. 商业周刊, 2005(10):50–52.

**敬业**

从优秀到卓越的公司精神

# 附录 B

# 统计术语和分析

在整本书中我们都提及了数据和数据分析，这样的话我们就能够提供不同层面的观点并且指出行动路线。本书所运用的统计技术如下：

因素分析——考查调查项目的组间相关性，判断哪些项目倾向于可以确实地"结合"在一起，作为一个因素或者是该项目的"目录"来对待（例如，员工敬业、顾客导向），因素分析还在数据中提供了某种意义上的核心主题。

一般描述统计——考查一些方法、标准差和反应分布来分析数据的趋势，包括多样的人口统计群体的反应类型，数据中关键的主题对吸引员工、使员工敬业和留住员工的影响，还包括对于公司来说一般的长处和机会。

T检验、方差分析（ANOVA）——分析群组差异，判断人口统计差异在统计上是否显著。

连锁分析——运用多元统计建模技术来分析一组变量的因果结构（例如，员工、客户、运营和财务指标之间的联系），理解它们之间直接和间接的关系。连锁分析可以识别和确认员工的衡量尺度，这个尺度对衡量公司的绩效的尺度有着巨大的影响。

相关性、回归和多元回归——"驱动因素"分析可以用来理解一系列的项目和变量中的方向和数量关系进而来判断，例如，哪些调查项目和调查种类可以预测敬业的指数分数、离职意愿或者是其他感兴趣的结果变量。

影响分析——通过观察多层面的调查项目和目录可以帮助确定一些行动的优先性。通过观察影响（员工敬业度的统计关系）和运动概率（有利的和偏离标准的百分比），影响分析可以区分出优先关注的区域。

单元记分卡——在单元之间进行比较，表现出在调查项目中关键的人口统计差异，解释优点、潜在的机会和改进的机会。

说明/作分析——指出管理层说出的关键价值观是重要的，管理层还要证实价值观（例如，员工和客户导向的价值观）的重要性，鉴别出管理者所说的和员工想的与他们做的存在差异。

连带和完全报酬优化分析——分析员工对于多样的报酬计划设计水平的相对偏好，共同分析各种报酬设计对员工敬业和留职的影响，并有方案费用信息。连带和完全报酬优化分析可以用来识别理想的成本/收益完全奖励设计。连带分析要求与传统调查方法不同的调查设计方案。